CHANGER LES LIMITES - ILLUSTRÉ

Harrisburg Railers – Tome 1

RJ SCOTT

V.L. LOCEY

Love Lane Books

Copyright

Changer les Limites Harrisburg Railers 1

Copyright © 2018 RJ Scott

Copyright © 2018 VL Locey

Couverture par Meredith Russell

Traduction de l'anglais : Bénédicte Girault

Relecture et corrections : Clotilde Marzek, Yvette Petek

Dedication

À mon grand frère pour avoir accepté de répondre aux questions de deux auteurs de MM exubérants concernant sa ville, celle de Harrisburg, et pour être le frère le plus cool depuis des années *câlins*

V.L. Locey

À Vicki, qui m'a rendu la joie d'écrire lorsque j'ai cru l'avoir perdue. Et, comme d'habitude, à ma famille, qui supporte mon nouvel amour pour le hockey et mon obsession pour une certaine équipe, avec de longs soupirs de souffrance et de gentilles petites tapes sur la tête.

RJ Scott

HARRISBURG RAILERS 1

CHANGER
LES LIMITES

ILLUSTRÉ

ÉCRIT PAR
RJ SCOTT & V.L. LOCEY
ILLUSTRÉ PAR SARAH CHREENE

UN

Tennant

— Ten, je pense sincèrement que tu devrais de nouveau discuter avec ton agent.

Je levai les yeux vers les trois visages qui me fixaient depuis l'écran de mon ordinateur portable. Celui qui parlait à présent était Brady, mon frère aîné. Il jouait dans l'équipe de Boston en tant que capitaine. Il avait une magnifique femme blonde, prénommée Lisa, qui travaillait comme aide juridique, des jumelles âgées de deux ans : Gwendolyn et Amelia et une maison pour laquelle vous aviez besoin de Google Maps pour vous y retrouver. Brady, âgé de trente et un ans, se révélait être l'un des meilleurs défenseurs de la ligue, mais également la personne la plus agressive et la plus autoritaire de toute l'histoire de l'humanité.

— Je ne recontacterai pas mon agent, Brady. L'affaire a été conclue et je suis vraiment d'accord avec ça, dis-je à Monsieur Perfectionniste, tout en ouvrant une autre coquille de cacahuète.

La pile de coques vides posées à côté de moi, sur le canapé, devenait à présent impressionnante.

— S'il est content, Brady, je crois que nous devrions le soutenir au lieu de faire en sorte qu'il se sente encore plus mal à ce sujet.

Le visage numéro deux et locuteur actuel était Jamie, ou James comme ma mère l'appelait toujours. Jamie, cadet des frères Rowe pratiquait aussi le hockey. Il vivait à Fort Lauderdale où il occupait le poste de capitaine adjoint et jouait sur l'aile gauche. Jamie était l'époux de Lisa – je l'appelle Brunette-Lisa et la femme de Brady, Blonde-Lisa. Pas devant elles, bien entendu, sinon comment diable pourrais-je les différencier ? Brunette-Lisa, une superbe assistante dentaire, attendait leur premier enfant pour dans trois mois. Ils étaient mariés depuis quatre ans. Le rôle de Jamie dans la dynamique du trio des frères Rowe restait celui de Monsieur Négociateur.

— Il n'y a plus grand-chose qui puisse être fait à ce stade de toute façon. Son contrat ne courait que sur trois ans et Harrisburg l'a récupéré.

Et ça, c'était l'interlocuteur numéro trois, mon père, Bruce Rowe. Le géniteur des célèbres frères Rowe de Caroline du Sud. Papa, directeur de district de plusieurs Happy Mart de Myrtle Beach et des zones environnantes, connaissait plus de choses sur le hockey que nous trois, joueurs, nous n'en saurions jamais. Si vous regardiez mon père, vous pouviez tous nous voir d'ici une trentaine d'années : cheveux noirs bien épais et ondulés, des yeux bleu-vert et un sourire qui, d'après ce que Maman disait, lui causait encore des ennuis.

— Mais, Papa, il fait vraiment un pas en arrière dans sa carrière ! insista Brady.

Je mâchai en écoutant. Il s'agissait de mon rôle dans la famille : Tennant, le petit dernier qui se fait conseiller par les frères Rowe plus âgés, parce que, manifestement, il n'a aucune idée quant à ce qu'il doit faire de sa vie. Il est le plus jeune, après tout. Maman le dorlote toujours. Regardez-le assis là, dans un petit appartement de Dallas, sans maison luxueuse, sans mannequin sexy possédant une ample poitrine à son bras et qui vient d'être transféré dans une équipe quelconque, qui n'a même pas réussi à atteindre les séries éliminatoires de l'année dernière.

— Passer d'une équipe aussi bien établie que celle de Dallas à celle, toute nouvelle de Pennsylvanie équivaut à recevoir une gifle en plein visage. Son agent aurait dû piquer une crise. Je veux dire... le moins qu'il aurait dû faire était de l'amener à signer dans une des Six Originales.

— Oh ! Et nous y revoilà ! Encore à bâcher ceux d'entre nous qui ne jouent pas pour Boston, New York ou Montréal ! cracha Jamie.

Papa et moi soupirâmes de manière théâtrale. Je brisai une autre coquille et papa prit une gorgée de son café. Cela allait durer un certain temps.

— Jamie, ne remets pas ces conneries sur le tapis une fois de plus. Je n'ai jamais voulu dire qu'il y avait quelque chose de mal à jouer dans une équipe d'expansion, récita par cœur Brady.

— Bien sûr, comme si tu n'étais pas assis là depuis quinze minutes à déclarer à Ten qu'on évoquait un transfert merdique puisqu'il vient d'être racheté par une équipe d'expansion. N'est-ce pas toi qui viens de balancer tout ça avec ton accent geignard de Boston ? Dégage de là, Boof !

Jamie poussa son chat roux du clavier de l'ordinateur. Brady sauta sur sa déclaration comme une puce sur le dos d'un chien.

— D'accord. Et d'une : je n'ai *pas* l'accent de Boston.

Ce qu'il avait vraiment.

— Et dans ce cas, j'en serais fier, tout couineur qu'il est. Et de deux : je ne dis pas que certaines équipes d'expansion ne s'en sont pas bien tirées au cours des années, mais…

Ma mère s'assit à côté de mon père avec sa propre tasse de thé. Elle m'adressa un petit sourire. Je savais qu'il s'adressait à moi, parce que son sourire spécial voulait dire « Tennant est mon bébé ». Elle incarnait l'exact opposé des hommes Rowe : svelte, blonde et petite. Elle enseignait toujours la musique au lycée que les trois frères Rowe avaient fréquenté. Elle adorait le hockey plus que tout, et avait pourtant insisté pour que ses garçons apprennent à jouer d'un instrument de musique afin qu'ils possèdent d'autres compétences que celle de frapper des rondelles et de pousser des gens pour qu'ils tombent sur le cul.

— Mais rien du tout ! Qui a gagné la Coupe Stanley l'année dernière ? Ouais, c'est vrai : une équipe d'expansion. Suce. Ma. Bite !

— *James !*

— Désolé, maman, je n'avais pas vu que tu te trouvais là. Boof m'en empêchait.

— Je suis certaine que Tennant sait parfaitement ce qui convient le mieux à sa vie, reprit ma mère.

— Je ne me sens vraiment pas mal à ce sujet, répétai-je, alors que j'envisageais de m'évincer de l'appel groupé sur Skype et de disparaître.

Mes frères et mon père ne remarqueraient même pas que j'étais parti avant au moins cinq minutes. La conversation à propos du massacre de ma carrière et de moi se poursuivit alors que ma mère et moi échangions des grimaces l'un avec l'autre. Lorsque Brady annonça qu'il devait couper la communication pour donner le bain à ses jumelles, Jamie se souvint brusquement qu'il devait changer la litière du chat. Papa embrassa maman sur la joue, puis s'allongea pour regarder un vieux western avec James Coburn.

— Eh bien, maintenant que les « Messieurs Je-sais-tout » sont partis, pourquoi ne pas discuter un peu ?

Maman déposa l'ordinateur portable sur la table de la cuisine et se pencha près de la caméra.

— Que ressens-tu sincèrement à propos de ce transfert, Tennant ?

J'avalai ma bouchée de cacahuètes.

— Cela me va vraiment bien.

Elle fronça ses sourcils fins.

— Non, sérieusement. Cela me convient parfaitement. Je pense que c'est même ma chance de pouvoir enfin me sortir de cette ombre que Tate Collins projette sur chaque centre de l'équipe.

— Je croyais que tu aimais bien Tate ?

Je pris une gorgée de chocolat au lait et mon regard passa de l'ordinateur portable posé sur mes cuisses à la ville de Dallas qui s'étalait sous ma copropriété. Tate Collins *incarnait* le hockey à Dallas. Vous connaissez cette chanson à propos des étoiles qui brillent haut dans le ciel de la nuit ? Eh bien, aucune étoile ne luisait davantage que Tate Collins au cœur du Texas. Il symbolisait le visage même du hockey, le centre principal de la ligue et son premier buteur, depuis trois années consécutives. Je ne pourrais jamais me faire remarquer – ou tenter ma chance en première ligne – avec Tate dans l'équipe. Et cela n'avait rien de personnel contre lui. C'était un gars bien : amical, humble, généreux, tout ce qu'un joueur de hockey devrait être. Toutefois, pour ceux qui travaillaient dans son ombre, les ténèbres paraissaient parfois déprimantes. Je savais, de manière certaine, que je pourrais être en première ligne dans n'importe quelle autre équipe. Surtout pour une qui évoluait au niveau professionnel pour la deuxième année, comme les Railers. Ce n'était pas un ego surdimensionné qui parlait, mais ma confiance. Je connaissais mes aptitudes et elles ne correspondaient pas à une seconde ligne.

— En effet ! Néanmoins, je suis fatigué de me retrouver tout le temps dans l'ombre de quelqu'un d'autre.

— Cela fait partie de la malédiction d'être le plus jeune, chéri.

Maman m'adressa un triste petit sourire.

— Comment Chris prendra-t-il ton départ de Dallas ?

Le carton d'un demi-galon de lait glissa de ma lèvre inférieure.

— Chris ?

Je toussai et m'empressai de m'essuyer le menton du dos de ma main. Impossible ! C'était totalement impossible qu'elle sache pour Chris. Lui et moi avions été super discrets.

— Oui, Christine, cette rousse qui sautait partout que tu avais emmenée au prix de l'Athlète Texan de l'Année pendant l'été ?

Maman m'adressa un coup d'œil qui voulait dire qu'elle s'interrogeait sérieusement sur mon état mental.

— Elle a tweeté à ce sujet pendant des semaines.

— Oh, Christine ! Oui…

Bien entendu, je comprenais ce qu'elle voulait dire à présent. L'une de ces filles qui me servaient de paravent. Ouais, *cette* Chris et non pas Chris, le barman avec la barbe et le chignon avec qui je sortais en cachette depuis quelques semaines.

— Notre histoire s'est terminée toute seule.

— Oh, c'est bien dommage. Elle était jolie. Quelque chose à l'horizon ?

— Nan, pas vraiment.

Dallas scintillait de chaleur bien qu'il fasse nuit. Le prix de l'Athlète de l'Année du Texas, je m'en souvenais bien. J'étais arrivé en second, après Tate pour le prix de l'Étoile la plus Brillante sur Glace, deux années de suite.

— C'est probablement aussi bien. Tu vas bientôt déménager. Je suis sûre qu'il y a beaucoup de jolies filles à Harrisburg.

— J'en suis certain.

Ugh ! Ça craignait. Le fait de mentir était pénible, car représenter le seul enfant gay des deux côtés de la famille était difficile, comme sortir avec des femmes se révélait ardu ; de même qu'introduire en douce des hommes dans mon appartement, déplaisant. J'affichai un petit sourire pour elle.

— Tu rencontreras bientôt la bonne personne, Tennant.

Mon père l'appela. Elle roula des yeux et je ricanai.

— Je te jure que cet homme est incapable de mettre la main sur ses propres lunettes. Combien veux-tu parier qu'elles se trouvent sur le dessus de sa tête ?

Je gloussai.

— Je ferais mieux de me déconnecter et de te laisser

te reposer. Tu vas avoir quelques semaines bien occupées afin d'emballer et de déménager. Nous t'aimons, Tennant.

— Je t'aime aussi, maman.

Je refermai le couvercle de mon Dell, posai les mains dessus et contemplai la ville que j'allais laisser derrière moi. Dallas me manquerait. C'était une ville formidable avec des fans incroyables, cependant, pas sûr que Chris me manque beaucoup. Le Chris avec des poils sur le visage, je veux dire. Nous avions eu quelques séances de frottage, mais cela se résumait à peu près à tout. Malgré son côté mignon, il nous manquait cette étincelle dont on entendait tant parler. Probable que si j'étais resté, nous serions allés plus loin, simplement parce que me masturber me fatiguait. Il n'en restait pas moins que cette raison s'avérait minable pour coucher avec quelqu'un.

Je devinais qu'être transféré dans une équipe du Nord avait simplement mis une autre croix dans la colonne des « ce pourrait être pas mal, après tout ». J'avais quelques soucis, comme trouver un endroit pour vivre, avoir à deviner comment seraient mes futurs coéquipiers et l'entraîneur, et chercher si Frank Sinatra ou n'importe quel chanteur de renom avait chanté un air à la gloire de Harrisburg. Vous saviez qu'une ville avait réussi quand il existait une chanson populaire à propos d'elle. Des endroits tels que New York, Dallas, San Francisco, Chicago… avaient tous des chansons bien à eux. Bon sang, même Allentown possédait sa propre chanson. Un air décrivait un lieu où il faisait bon vivre, non ? Une rapide recherche sur Google m'informa qu'un mec du nom de Josh Ritter avait effectivement chanté quelque chose sur la ville où je déménageais. J'en déduisis qu'on avait atteint le Nirvana, non ?

Septembre. Bordel… Où diable l'été avait-il disparu ? Oh, ouais, certainement englouti par mes recherches d'un nouvel appartement, en emballages, en visites chez mes amis, du temps passé à m'assurer que mon changement d'adresse avait bien été pris en compte par la Poste.

La première chose que je remarquai, tandis que je traversais la frontière de la Pennsylvanie avec mes affaires personnelles entreposées à l'arrière de ma Jeep Wrangler, était le manque de palmiers. Non, sérieusement… Comme si je ne m'étais pas douté, en toute logique, qu'il n'y en aurait aucun, alors qu'en réalité, le fait de ne pas en croiser fut un sacré choc. Il y avait toutes sortes d'autres arbres, toutefois, rien qui se rapproche un tant soit peu d'un palmier. Ce qui signifiait que l'hiver devait faire partie intégrante de la vie d'ici. Donc, pas très cool ! Un garçon du bord de mer tel que moi, aux prises avec des températures avoisinant les deux/trois degrés, cela ne me correspondait pas, mais alors, pas du tout. Une croix fut mentalement tracée dans la colonne des « ce n'est peut-être pas une si bonne chose après tout ».

Heureusement, ma tante en tant qu'agent immobilier m'avait trouvé un bel appartement en centre-ville, sur Front Street, avec vue sur la rivière Susquehanna depuis le toit. Le bâtiment massif, tout en briques et rempli de « grâce et de charme » pour citer ma tante me plaisait. J'avais choisi un appartement de deux chambres pour le même prix que celui d'une seule que j'avais à Dallas. Dans l'ensemble, j'étais ravi de l'endroit et envisageai de transformer la deuxième pièce en salle de gym. Mes meubles, arrivés le jour d'après, avaient l'air incongru ici. Les motifs western s'intégraient bien dans la Big D. Par contre, à Harrisburg, ils semblaient débiles. Je vendis ces vieilleries en une semaine et travaillai actuellement à remplir les grandes pièces vides avec des meubles qui indiquaient que j'étais un citadin en plein succès. Jusqu'à présent, j'avais un fauteuil et un lit. Oh, la télé et ma PS4 aussi. L'essentiel se retrouvait là, au moins.

Entrant dans la cuisine, j'appuyai sur l'interrupteur et préparai le petit-déjeuner qui consistait en une boisson protéinée et une omelette au fromage et champignons. Maman et papa étaient passés pendant le week-end et maman avait rempli le congélateur et chaque étagère du frigo avec de bons produits, alias de la nourriture saine. Le pack de six bières m'avait valu un regard sombre, cependant elle n'avait pas évoqué le fait qu'elles contenaient des graisses, ni que je me comportais tel un idiot après en avoir bu deux. Pour cette fois. Comme si je ne savais pas déjà que je ne tolérais absolument pas l'alcool.

Tandis que je mangeais, je passai en revue les journaux locaux sur une application de mon téléphone. Chacun d'entre eux avait quelque chose à publier sur les Railers. La plupart des articles restaient centrés sur l'argument comme quoi l'État ne pouvait pas soutenir trois équipes de hockey professionnel. Ce qui semblait peut-être exact – le temps le dirait. Le hockey gagnait en popularité, néanmoins il lui restait encore beaucoup de chemin à parcourir pour rattraper le football, le baseball ou le basketball ici, aux États-Unis. Il y avait quelques articles sur moi et les espoirs que ces journalistes sportifs émettaient pour les attaquants de l'équipe maintenant qu'ils possédaient un centre venant d'une des Six Originales. Marquer des points avait constitué le problème majeur lors de la dernière saison, ainsi que leur faible défense. Il faudrait du temps pour bâtir une bonne équipe, le projet d'expansion ayant fait très peu à ce sujet. L'alarme de mon téléphone se déclencha tandis que je mettais mon assiette sale dans le lave-vaisselle. Mon estomac se noua.

La période d'entraînement pour des gars expérimentés comme moi débutait aujourd'hui. Les nouvelles recrues de l'équipe avaient dû se présenter hier. Aujourd'hui, tout porterait sur les examens médicaux, les tests de condition physique et les relations avec les médias. La presse fonderait sur moi comme du beurre sur une tartine. Cool ! Ce serait probablement bon de me retrouver sous le feu de quelques-uns de ces projecteurs qui avaient toujours brillé pour Tate. Bon sang, même en grandissant, j'entendais toujours « Oh, tu es le petit frère de Brady/Jamie ! J'espère que tu seras aussi bon étudiant/joueur qu'il/ils sont ! » de la part des enseignants et des entraîneurs. C'était mon tour à présent, et j'allais profiter des feux de la rampe jusqu'à m'en brûler les ailes.

Une douche rapide et je me rendis au centre de formation de Rutherford, à environ une vingtaine de minutes de mon appartement. *Glass Animals* fournit la musique durant le trajet pour me rendre à mon travail. Je me garai dans le parking de l'East River Arena, domicile de l'équipe de hockey des Harrisburg Railers et j'aperçus des fourgonnettes de presse éparpillées un peu partout, ce qui me remplit d'une excitation nerveuse. Je me glissai à l'intérieur sans être repéré, la foule des journalistes ne me jetant qu'un rapide coup d'œil tandis que je descendais une volée de marches afin d'aller vérifier la glace. Je fermai les yeux, inhalai cette odeur particulière, l'enfermant dans mes poumons et souris. Il n'y avait rien de tel : l'air froid, le son des lames sur la glace, les grognements et cris, l'impact du corps d'un homme contre les vitres et protections autour de la patinoire sans oublier le gyrophare au-dessus de la cage des buts. Presque aussi bon que du sexe. La glace semblait parfaite. Quel dommage que nous autres, les vétérans, nous ne puissions pas monter dessus avant demain.

— Tennant ! Hey, bienvenue à Harrisburg ! Que pensez-vous amener à l'équipe ?

Je jetai un coup d'œil par-dessus l'épaule de mon tout nouveau sweat-shirt à capuche des Railers, au gars maigre qui descendait les marches en béton. Il avait des cheveux bruns hérissés et de grands yeux écarquillés. Il tendit la main, serra la mienne, puis tourna le regard vers le téléphone portable qu'il tenait dans sa main.

— Bob Riggs, dit-il. Je tiens un site en ligne qui traite exclusivement du hockey sur glace de la région d'Harrisburg. Des pros aux juniors.

— Bien. Libre à vous d'enregistrer.

Je m'appuyai contre le verre, croisai les bras sur mon torse et commençai l'interview. En moins de cinq minutes, il y avait probablement une vingtaine de personnes autour de moi, au niveau de la glace. Je fis de mon mieux pour répondre à toutes les questions qu'ils me posaient. Je leur indiquai combien j'étais excité d'être ici, que j'espérais pouvoir contribuer à l'équipe et à la ville de manière positive et que c'était cool que le hockey professionnel se retrouve en pleine expansion. C'était une rencontre impromptue afin de faire connaissance et mon genre préféré. Je me sentais beaucoup plus à l'aise dans ces situations, en opposition à la journée réservée aux médias strictement réglementée que les équipes organisaient toujours. Celles-ci étaient toujours tellement mises en scène et rigides. Je me retrouvais sur le point de répondre à un mec costaud, chauve avec juste une énorme touffe de poils lui sortant des oreilles, vêtu d'un survêtement, quand quelqu'un tapa sur le verre derrière moi.

Je sursautai et me retournai, mon regard croisant et se perdant dans les plus beaux yeux bleu clair que j'avais jamais vus. Des prunelles familières aussi, maintenant que le choc s'estompait. Elles appartenaient à Jared Madsen, ou « Mads » ainsi surnommé dans notre maison. Je ne l'avais pas revu depuis des années. Il semblait si différent et pourtant le même, si cela avait un sens et incroyablement sexy à présent. Avait-il toujours été comme ça ? J'avais probablement dix ou peut-être douze ans la dernière fois que je l'avais vu, et à l'époque, j'étais totalement inconscient des hommes et de combien je me sentirais attiré par eux quelques années plus tard. Ses cheveux avaient-ils toujours eu cette nuance de blé doré, ses yeux si perçants et ses épaules aussi larges… ?

DEUX

Mads

───────────

TEN ME DÉVISAGEAIT AVEC UN REGARD QUI INDIQUAIENT qu'il me reconnaissait et même un soupçon de sourire. Quel gars magnifique – il n'y avait pas d'autre moyen de le dire. De ses pommettes ciselées à ses yeux verts, il était toujours à deux doigts de devenir une véritable beauté. Ma réaction à son égard tenait du viscéral. Il représentait exactement le genre d'homme que j'aimais passer du temps à contempler.

Tennant Rowe. D'un côté, le centre star et un joueur d'équipe avec un excellent sens du hockey et de l'autre, un homme magnifique, sexy et une icône pour un million de fantasmes de fans.

Je dois me concentrer sur le hockey. J'ai neuf ans de plus que lui et c'est un ami de la famille. Je décidai de me répéter cette sorte de mantra jusqu'à ce que l'appréciation qui avait traversé mes pensées se dissipe. Je me focalisai donc sur le sport.

Même à onze ou douze ans, peu importe l'âge qu'il avait la dernière fois que nous nous étions croisés, on pouvait déjà noter, avec évidence, que Tennant possédait les gènes du hockey des Rowe – avec le potentiel d'être meilleur que ses frères, même. Non pas que Brady ou Jamie l'aient laissé les surpasser. L'amour fraternel n'avait pas permis à Ten d'atteindre ses objectifs, ni même d'obtenir la pomme de terre supplémentaire lors d'un dîner. Leur sens de la compétitivité aurait étouffé un enfant moins endurant, pas Ten cependant – cela l'avait aidé à s'épanouir.

— Que savez-vous de Tennant Rowe ? m'avait demandé l'entraîneur en chef Mike Benning avant le match. Vous avez joué avec Brady, non ?

J'avais presque eu l'impression que mon opinion restait très importante à ce moment-là, comme si ma connaissance préalable du frère de Ten, Brady, signifiait que lorsque je parlerais, le Coach m'écouterait réellement. Je ne dis pas qu'il ne le faisait pas, ne vous méprenez pas, il demeurait un bon gars sous son apparence glaciale. Il était vraiment concentré sur les attaquants. Voilà justement un des points que l'équipe fichait en l'air, non pas que je sois prêt à le reconnaître à haute voix pour l'instant. J'avais encore un camp d'entraînement à passer, afin de trouver un noyau d'hommes que je pourrais former. Ensuite, je dirai exactement ce que je pensais au Coach Benning, qu'il aime ou non.

Il serait alors trop tard pour se débarrasser de moi.

Alors, ouais, il avait raison. J'avais joué avec Brady chez les Juniors, en tant que deuxième membre de notre paire et nous étions bons. Plus que cela même. Il finit par atteindre son premier choix puis rejoignit l'équipe de Boston où sa rapide nomination en tant que capitaine m'avait même pris par surprise. Là encore, il s'était toujours comporté comme un bâtard insoumis qui allait chercher ce qu'il voulait. Quant à moi ? Mon ascension ne fut pas aussi rapide, et je m'étais démarqué avec les Sabres de Buffalo en nous amenant jusqu'à la finale de la Coupe Stanley. Seulement, ma carrière était terminée tandis que l'étoile de Brady brillait toujours. Allez comprendre !

— Vous ne pouvez pas juger Tennant d'après ses frères, avais-je répondu et je le pensais.

Brady occupait le poste de défenseur, grand et mauvais sur les bords, avec une étincelle qui faisait de lui le meilleur. Ouais, il était capitaine et ouais, il possédait des compétences à double sens, toutefois, il n'était pas un attaquant comparable à Ten qui possédait tous les meilleurs attributs dignes des Six Originales, comme la vitesse et des placements intelligents de la rondelle.

Ten me fixait toujours et je suppose que cela signifiait que j'en faisais autant. J'esquissai un petit geste de la main qu'il imita, puis l'un des journalistes lui posa une question et il se retourna, distrait. Rien de plus normal. Ce n'était pas comme si nous avions quelque chose à nous dire, juste cette petite reconnaissance due à la familiarité. Ayant vérifié ses antécédents sur Google lorsque le Coach me l'avait demandé, et au vu des photos standards de la LNH, une, en particulier, avait retenu mon attention. Ten posant devant les couleurs de Dallas, collées derrière son cou, souriant, ses lèvres formant une moue, les yeux brillants. Je le trouvais effectivement bien grandi et super sexy, mais étant donné le nombre de photos de lui en compagnie de nombreux mannequins féminins, il penchait du mauvais bord.

Quoi qu'il en soit, avouons-le, Brady me tuerait si je m'approchais de son frère. Après tout, il m'avait surpris lors d'un trio à Montréal et s'était retrouvé confronté à moi, alors qu'un brun plantureux et autre gars taillé comme un bûcheron s'occupaient tous les deux… Enfin, ouais, Brady avait juré qu'il avait besoin de se nettoyer les yeux à la javel, depuis lors, son opinion me concernant m'avait fermement classé dans le rôle d'une pute.

Cela s'avérait relativement exact, enfin la plupart du temps, du moins jusqu'au cinquième match du troisième tour, lorsque j'eus une rencontre foudroyante avec des bandes m'ayant fait sortir d'une partie éliminatoire, puis définitivement du hockey professionnel. Rien de tel que votre corps qui vous laisse tomber pour arrêter vos comportements de prostitué.

Je m'obligeai de cesser de penser à Ten et ses frères quand l'entraîneur Benning patina jusqu'à moi.

— Et ? demanda-t-il dans sa barbe.

— Et, quoi ?

— Le gamin vous paraît-il bon ?

— Qui ?

— Tennant Rowe, dit-il avec une pointe d'exaspération, comme si j'étais stupide.

Je pouvais m'épancher de manière lyrique sur le corps souple recouvert du tout nouveau sweat-shirt des Railers, ou sur la façon dont ses yeux verts brillaient sous les lampes de la patinoire. Bon sang, j'aurais même pu parler de son dos qui m'avait paru bien large, pressé contre la vitre avant qu'il se retourne. Cependant, j'étais loin de ce que l'entraîneur attendait, il désirait juste un aperçu instantané de son talent.

Il y avait tellement de choses que je voulais dire en cet instant. Dans le sens où les Raiders avaient de la chance d'accueillir quelqu'un avec ses statistiques, que le gamin, ou plutôt l'homme désormais, possédait le potentiel pour mener l'équipe vers une bonne année. Peut-être même atteindre les play-offs. Je désespérais de dire au Coach de ne pas tout foutre en l'air. Je ne prononçai pas un mot. Mon haussement d'épaules fut ma façon de m'exprimer, avant de commencer à parler à un homme dans l'incapacité de différencier un bon joueur d'un mauvais.

Benning murmura quelque chose qui semblait

distinctement contenir les mots « connard » et « merde ». J'y étais habitué à présent. Nous avions ce que l'équipe aimait appeler une « relation intéressante ». Moi, je nommais cela un bordel foireux. Néanmoins, je savais que tout ne résultait pas de sa faute.

Une vague de jurons et de rires, et les dix recrues que j'avais avec moi ce jour-là arrivèrent sur la glace. Je les examinai objectivement pendant qu'ils s'étiraient et glissaient paresseusement en cercles afin de s'échauffer. Nous avions six places dans l'équipe, dont quatre déjà remplies par certains des meilleurs D-hommes que j'avais vus depuis longtemps. Ce qui n'en laissait que deux pour les dix qui se trouvaient là pour s'entraîner. J'avais déjà un œil fixé sur Travis MacAllistair. Il avait passé l'année dernière dans l'équipe mineure qui servait de réservoir aux Railers, s'y était montré prometteur, se faisant appeler à plusieurs reprises, sans jamais participer à un match. Mac, comme on le surnommait, serait un atout bénéfique pour l'équipe et il le savait, ce fils de pute. J'aimais ça chez un défenseur – qu'il ait confiance en ses capacités et qu'il puisse pousser quelqu'un contre les bandes et s'éloigner en souriant.

Je le mis avec ce nouveau gamin – yeux brillants, avec une confiance indiquant sa certitude de régner sur le monde, qui irradiait de chacun de ses pores. Il s'agissait d'un Suédois d'un mètre quatre-vingt-quinze, avec un grand sourire maladroit, à l'apparence inoffensive au premier regard, toutefois, Arvid « Arvy » Ulfsson n'avait rien d'innocent. Avec du potentiel derrière ce sourire, il passait beaucoup de temps près du filet, teigneux et acharné. Sa faiblesse provenait de son besoin désespéré de lancer des attaques, alors qu'il devait d'abord asseoir sa position et prendre ses marques avant qu'il fasse le beau et essaie de marquer des buts.

Le reste était constitué d'un mélange de gars qui brillaient et d'autres qui n'y parvenaient pas. Ils méritaient tous une place dans l'équipe mineure, mais de là à se demander s'ils se défendraient bien dans le cadre des Railers, voilà une tout autre affaire.

J'associai Arvy et Mac dans un trois contre deux, échangeai leurs rôles, me concentrant vraiment fort sur la session de pointe, sur les vérifications qu'ils devaient mener à terme, sur ceux qui ne le faisaient pas... du moins, aussi durement que je le pouvais alors que Ten restait assis et observait.

Je me demande ce à quoi Ten pense ? Prend-il des notes mentales comme moi ? Il avait grandi en s'entraînant contre ses frères, tous deux faisant partie des stars de la LNH à part entière. Regardait-il cette mêlée et imaginait-il que la défense pourrait être meilleure ? Est-ce qu'il jugeait Arvy et Mac ? *Me juge-t-il ? Pourquoi m'en inquiéter ?*

À la fin de la séance d'entraînement, j'avais mentalement rayé cinq gars de la liste. Difficile de leur annoncer qu'un contrat ne leur serait pas offert, pourtant ils devaient apprendre, non ? La LNH représentait une cible brillante, la Coupe Stanley, les Six Originaux, une centaine d'années d'histoire. Tout le monde ne pouvait pas avoir une place assurée à la table dès leur première année. L'un d'entre eux, un gars énorme sembla vouloir dire quelque chose, toutefois, je maintins ma position, comme seuls les meilleurs défenseurs réussissaient à le faire et il concéda avec un triste sourire. Je ne pouvais pas en vouloir aux gars pour leur déception – les défenseurs se montraient agressifs, arrogants et ultra-confiants par définition et vous ne pouviez pas vous attendre à ce qu'ils s'arrêtent dès la fin de l'entraînement.

À la fin de la première séance, il m'en restait cinq, ainsi que le sentiment troublant que Ten observait chacun de mes gestes. Je l'excusai parce que j'étais familier avec lui, un ami de la famille, quelqu'un avec qui il avait l'habitude de jouer en tant qu'adolescent, les rares fois où je restais à l'occasion à la maison Rowe afin de jouer au hockey. Lorsque je patinais, formant une boucle pour me rapprocher de l'entraîneur des gardiens de but, je levai les yeux vers les sièges où Ten et les autres se tenaient assis, mais il n'y avait plus que des espaces vides. Ils étaient partis et, l'espace d'une seconde, je fus déçu. J'avais espéré pouvoir discuter avec lui après l'entraînement. À propos de quoi ? Je n'en avais aucune idée.

La dernière chose à faire était de demander à Tennant Rowe comment allaient ses frères, ou un commentaire sur les succès les plus récents de Brady ou de Jamie. Non pas qu'il n'éprouvait pas une certaine fierté vis-à-vis d'eux, j'en étais certain – ils formaient une famille proche et une que j'avais toujours enviée en tant qu'enfant unique avec une mère absente, mais quand même... Ten s'était octroyé beaucoup de temps pour se faire un nom.

Je le savais, parce que je l'avais suivi. Non pas comme un harceleur, ou avec une alerte Google, ou quelque chose dans ce goût-là. Je veux dire que j'écoutais toutes les bribes d'informations provenant de Dallas, les mentions de Ten, souvent comme un addendum, à ce que le grand Tate Collins, sauveur de la LNH, faisait. J'avais vu des photos du petit Ten alors qu'il grandissait, tenant cette deuxième ligne à Dallas, avec une ténacité qui lui avait valu quatre-vingt-neuf points de moyenne sur les trois années. J'avais regardé des interviews après des matchs où les journalistes tentaient de lui poser des questions sur ses frères. Il souriait toujours à celles-ci et répondait du mieux qu'il le pouvait, cependant, pour quiconque le connaissait, pouvait remarquer la frustration dans son expression.

— Tu surveilles Arvy et Mac ?

Alain Gagnon, l'entraîneur extraordinaire des gardiens de but, vétéran des Canucks depuis vingt ans, interrompit le fil de mes pensées. *Arvy. Mac. Travail.*

— Ouais.

Gagnon soupira.

— Mac constitue un atout. Arvy ne parvient pas à se contrôler et veut marquer des buts.

— Il n'y a rien de mal avec une défense à deux voies, dis-je.

Je pensais être sarcastique, alors qu'en fait, je me montrais ravi de recevoir la confirmation de quelqu'un que je respectais et qui me confortait dans la situation pas tout à fait claire concernant Arvy.

— Il est bon, et a du potentiel. Alors, tu devrais travailler avec lui, déclara Gagnon, avant de s'éloigner.

Il le faisait souvent : le truc de partir en patinant. D'après moi, les gardiens de but paraissaient juste bizarres – amusants, parlant de leurs postes de façon étrange. Là encore, si vous étiez le genre d'homme heureux de rester immobile alors qu'un palet se dirigeait droit vers vous à plus de cent-cinquante kilomètres/heure, vous étiez forcément un peu singulier. Les Railers ne cherchaient pas de nouveau gardien pour cette année – les deux que nous possédions constituaient précisément la raison pour laquelle nous n'avions pas plongé tout au bas du classement. En fait, eux et quelques-uns de nos attaquants les plus brillants nous avaient laissés à seulement huit points d'une place en séries éliminatoires, lors de notre première année après l'expansion.

— Dans mon bureau ! lança l'entraîneur et je patinais lentement vers la porte.

Une partie de moi ne voulait pas quitter la glace. Mon chez-moi. Je me sentais bien là. Tout était doux, lisse et froid, et non pas déchiqueté et ruiné comme ma vie à l'extérieur. Et ouais, étant conscient que cela pouvait paraître dramatique, néanmoins, la glace demeurait toujours mon refuge. Ce premier pas vacillant quand le patin touche le caoutchouc de la passerelle, vous sentez à nouveau tout le poids de votre corps sur cette lame minuscule et tout vous semble bancal pendant quelques secondes. Je ne savais pas si d'autres patineurs ressentaient cette même impression – je ne le leur avais jamais demandé, parce que je devais surtout me montrer féroce et réprimandais les gars que j'entraînais. Je pouvais l'imaginer – me tenir en plein centre, tandis qu'ils étaient alignés contre les parois et les interroger sur ce qu'ils éprouvaient lorsqu'ils se trouvaient sur la glace.

Aucun risque que cela arrive.

La réunion fut plus courte que la normale, Dieu merci – Benning avait une façon de parler jusqu'à ce qu'il s'étouffe pratiquement sur ses paroles, tandis que le reste des personnes présentes dans la pièce perdaient petit à petit toute volonté de rester éveillées. Il ne parlait que de dynamique de l'équipe, de points de pression, d'échecs, de retours, de tout et de rien. J'étais plutôt « allons déjeuner, parce que le petit-déjeuner était un désastre, et j'ai à peine réussi à avaler une bouchée d'un Pop-Tart froid ». Apparemment, la réunion fut raccourcie parce qu'il avait un rendez-vous officiel très important avec le nouvel attaquant, Tennant Rowe, étoile brillante, membre de la dynastie Rowe, et ainsi de suite. Il me fixait pendant qu'il discutait et je pense qu'il tentait probablement de me faire comprendre, sans l'exprimer à haute voix, que même si je connaissais Ten, lui seul tenait les rênes. Qui sait ?

Je partageais un bureau avec Gagnon, ce qui me convenait, parce qu'il n'y venait jamais. Probablement en train de faire des trucs bizarres. Cela signifia que j'eus la chance de pouvoir manger en paix, de prendre un café et de vérifier ma boîte mail. Celui de Brady était attendu. Ce n'était pas que nous échangions beaucoup – à peine depuis l'accident qui avait mis fin à ma carrière, avec une brutalité terrible. Je posai mes mains sur ma poitrine, une habitude que j'adoptais quand je réfléchissais à propos de mon cœur. Un coup mal placé contre la rambarde, une bonne commotion cérébrale, puis je m'étais effondré dans la zone médicale.

Le début de la fin.

Brady représentait l'une des premières personnes que j'avais repoussées. De tous mes amis, ce connard tenta de me contacter très longtemps, avant de finir par abandonner.

Comme si je désirais conserver des amis qui évoluaient toujours dans le milieu du hockey, tandis que ma condition cardiaque ne me permettait même pas de jouer dans une ligue de buveurs de bière.

Hey, Mads, commença le mail et je dus admettre que j'aimais que ce ne soit pas formel. On m'appelait Mads depuis que j'avais débuté le hockey à l'âge de quatre ans. Il s'était avéré que porter le nom de Madsen et être décrit tel un défenseur fou, signifiait que mon surnom était le bon.

Il me demandait de mes nouvelles, espérant que j'allais bien et que j'aimais mon nouveau rôle auprès des Railers, mais il m'indiqua aussi être en colère que Boston ne m'ait pas accepté en tant qu'entraîneur. Où avait-il pioché l'idée que je désirais aller à Boston, je n'en avais aucune idée. Si nous étions de nouveau réunis tous les deux, cela m'aurait trop rappelé tout ce qui s'était passé.

Ouais. Je me montrais de nouveau mélodramatique.

Je lus le reste. Quelques nouvelles de ses jumeaux et du fait qu'il se retrouvait sur le point de devenir oncle. L'espace d'un instant, ma poitrine se serra. Ten était bien trop jeune pour devenir père et j'étais bien placé pour le savoir – je n'avais que quinze ans lorsque j'avais contribué à créer un enfant. Pourquoi avais-je immédiatement présumé qu'il s'agissait de Ten qui s'était laissé prendre, je ne sais pas, d'autant qu'il restait Jamie, le frère cadet.

Puis l'e-mail arriva à son but premier. *Donc, tu sais que tu as obtenu Ten – garde un œil sur lui pour moi ? Cette équipe, ce n'était pas ce que je voulais pour lui, mais il reste intraitable sur ce point.*

Ensuite, je pouvais lire la connerie habituelle : « nous devrions rester en contact ». Je sentis, le temps d'une phrase, que les Railers avaient été rejetés, comme une équipe sans valeur. On m'avait dit que Ten était meilleur que nous et que j'avais été rétrogradé au rôle de tuteur. D'une manière ou d'une autre, tout se mélangeait afin que j'aie l'impression d'être de la merde.

Je tapai une réponse fleurie d'adjectifs, lançai quelques calomnies sur la filiation de Brady et lui assénai en termes non équivoques qu'il pouvait se mettre ses platitudes là où le soleil ne brillait jamais.

Je supprimai tout et envoyai un simple : *Tu sais, il a grandi – il peut prendre soin de lui-même.* J'hésitai sur la signature. Mads semblait le plus logique, mais d'une certaine façon, cela impliquait une connexion personnelle avec laquelle je ne me sentais pas heureux. Néanmoins, Brady ne m'avait jamais appelé Jared, donc au final, j'écrivis Mads et appuyai sur la touche d'envoi.

Cet échange me laissa tout aussi instable que lorsque je marchais avec mes patins sur le tapis en caoutchouc et je fermai mes mails, décidant que plus tard constituerait un meilleur moment pour que j'aborde les courriels provenant de l'école de Ryker, de la banque et des modifications apportées à la myriade d'horaires qui changeaient continuellement dans une équipe de hockey.

Café en main et agité, je quittai mon bureau, contournant les vestiaires, la cuisine, les salles de musculation et autres endroits où je pourrais rencontrer quelqu'un et avoir à parler. C'est ainsi que je finis dans le couloir de derrière, près du débarras que nous utilisions pour ranger différentes boîtes quand nous jouions des matchs à l'extérieur. Malheureusement, quelqu'un d'autre se trouvait déjà là, assis sur un carton, jambes croisées, fixant le mur. Tennant. Je m'arrêtai et reculai, cependant il m'entendit, ou me vit, à moins qu'il ne possède cette espèce de sixième sens dont certains experts parlaient.

— Mads, dit-il, se penchant en avant, sortant de l'ombre afin que je puisse le regarder.

Le sweat-shirt bleu marine avec le logo des Railers à l'avant lui seyait parfaitement. Voilà tout ce à quoi je pouvais penser.

— Ten, répondis-je, sur pilote automatique.

— Ce type, le vingt-neuf... Ulfsson ou quelque chose comme ça ? Il ne prend pas le temps de finir ses contrôles, il veut obtenir le palet et marquer. Ce n'est pas bon.

J'observai Ten pour voir s'il plaisantait, toutefois, rien sur son visage ni dans ses beaux yeux verts n'indiquait que sa déclaration valait autre chose qu'un simple constat des faits.

— Tu le savais déjà, ajouta Ten, dénouant ses jambes, les étirant devant lui, une à la fois.

— Exact.

Super, c'était soit la conversation la plus profonde que j'avais jamais eue avec une autre personne, soit, notre échange devenait tout bonnement stupide.

— Brady te salue, lança Ten.

Cette fois, son étirement concerna ses bras qu'il tendit au-dessus de sa tête et... oui, la voilà, cette bande de peau, ce ventre tonique... et oui aussi, j'ai regardé. Pas la peine de m'en vouloir. Ten avait le corps typique d'un patineur : tout en muscle, avec des creux et des bosses et de la force. Après tout, un homme pouvait admirer.

Puis, je levai les yeux et remarquai qu'il souriait. Un sourire franc et authentique. Que cela signifiait-il ? Était-ce parce qu'il se savait beau et qu'il appréciait le fait que quelqu'un le reluquait ? Ou parce que Brady lui avait raconté l'incident de la triplette et qu'il espérait attirer mon attention ? Quoi qu'il en soit, Ten continuait d'être un bâtard content d'afficher toute sa merde et je ne pouvais pas être intéressé. Je devrais juste le lui faire remarquer, lui avouer que j'étais peut-être bi, et qu'il valait mieux ne pas essayer de se fiche de moi. Et si ce sourire faisait référence à autre chose ? Comme une plaisanterie familiale à mon sujet ?

Donc, je ne dis rien. Je changeai de sujet et ne pris pas ce sourire personnellement.

— Super. En fait, il m'a envoyé un mail, répondis-je, revenant sur Brady, parce que je refusais de lui sourire ou de me lancer sur autre chose.

Ten émettait une suggestion avec ce sourire.

À cette déclaration, son expression se modifia. De confiant et heureux, il se mit sur ses gardes.

— Ne me dis rien, fit-il, poussant un long soupir. Grand frère voulait t'avertir que je devais travailler sur mes dégagements, ou que mes mises en échec avant ne sont pas aussi rapides que nous en avons besoin, ou pire encore, que je ne suis peut-être pas à la bonne place pour dévier le palet afin de marquer un but ?

— Non, répondis-je, parce que les paroles de Ten se teintaient de dérision et que je n'appréciais pas ça du tout. Ton frère est fier de toi.

Toute trace de tension déserta Ten, et il s'affaissa visiblement.

— Ouais, je sais. Je le suis aussi pour lui *et* Jamie.

Il me regarda droit dans les yeux.

— Ne pense pas une seule minute que nous ne formons pas une grande et *heureuse* famille.

Aïe ! Un sous-entendu vraiment dur se dissimulait dans ces mots et je voulais vraiment faire en sorte de retrouver un Ten heureux et taquin, et abandonner cet homme obtus et fermé qui se tenait devant moi.

— Il voulait me rencontrer autour d'une bière un jour, mentis-je.

Parce que, peu importe que j'enseigne à mon fils que le mensonge ne pouvait pas être bon, parfois, c'était exactement ce que l'on devait faire.

— Oh !

Ten parut surpris. Puis, il sourit à nouveau, son sourire paraissant cette fois moins confiant et plus doux.

— Comment va Ryker ?

— Dix-sept ans, il subit les effets des hormones, très bon ailier gauche.

Cela caractérisait ma manière de parler de Ryker en public. Il était bien plus que mon adolescent de dix-sept ans agité et capable de bien tirer. Il représentait toute ma vie et la raison pour laquelle je me levais chaque jour.

Lorsque je m'étais retrouvé assis dans le cabinet de

ce médecin à l'écouter, entendant des mots qui ne signifiaient pratiquement rien pour moi, je l'avais interrompu pour lui demander la seule question qu'un joueur de hockey pouvait poser : *serais-je en mesure de rejouer ?*

La présence de mon fils dans ma vie m'avait empêché de me perdre dans les médicaments et l'alcool après que le docteur ait secoué la tête, et signifié par là la fin définitive de ma carrière professionnelle en tant que hockeyeur.

Vous ne pourrez plus jouer au hockey professionnel.

Donc, ouais, Ryker en imposait bien plus que ma manière de le décrire, cependant, je ne me sentais pas prêt à partager cela avec quiconque, encore moins avec Ten, que je ne connaissais plus aussi bien désormais.

— Je l'ai en ami sur Facebook, poursuivit Ten.

Et moi, non ! J'avais besoin de lui parler à ce sujet, parce que je devrais l'être, non ? Il s'agissait là du numéro un de la liste des responsabilités parentales ? C'était à mon tour de l'avoir ce week-end et j'ajoutai Facebook à la liste mentale de choses à discuter avec lui.

— Bien, finis-je par répondre.

Probablement avec trop de retard pour que ce soit socialement acceptable. Quoi que j'aie fait de mal, ce fut suffisant pour que Ten descende de la caisse et se redresse. Il tendit la main.

— Je vais aimer évoluer ici, déclara-t-il.

Je serrai fermement la main d'un homme à présent,

qui n'avait plus la même poigne que lorsqu'il était gamin. Il afficha encore ce même sourire. Et maintenant ? Allais-je l'étreindre comme un « frère » le ferait, non ? Il s'écarta et me contourna.

— À plus ! lança-t-il.

Et tout ce à quoi je pouvais penser, c'était que Ten avait vraiment bien grandi.

TROIS

Tennant

J'ENVOYAI UN TEXTO À BRADY, DÈS QUE JE TOURNAI AU coin du couloir, laissant Monsieur Jared « Yeux Bleus Sulfureux » Madsen derrière moi. Il fut court et alla droit au but.

Putain, reste en dehors de ma vie !

J'appuyai sur le bouton pour l'envoyer. Puis, je songeai à autre chose à dire à Brady.

Je suis sérieux. Plus d'e-mails à Mads. JAMAIS. Sur quoi que ce soit me concernant.

Je levai les yeux, tournai autour d'un gars que je présumais être un responsable de l'équipement, étant donné les patins qui pendaient sur ses deux épaules, puis envoyai un troisième message pour m'assurer que mon frère ainé saisisse bien. Parfois, cela ne suffisait pas. En fait, il refusait tout le temps de comprendre.

Sérieusement. Plus jamais. Je le dirai à maman.

Je marquai une pause, regardant ce que j'avais tapé,

avant d'effacer la partie concernant maman. C'était le seul atout que j'avais dans la manche. Je ne voulais pas le sortir trop tôt.

Sérieusement. Plus jamais. C'est ma vie. Arrête d'essayer de la régenter. T'es lourd.

Là. Cela me paraissait bien. Devrais-je ajouter un paquet d'émojis représentant de la merde, juste pour m'assurer qu'il enregistrait bien ce que je pensais de lui ? Marcher en envoyant des messages. Probablement dangereux. D'accord, très risqué. Un ballon de football me rebondit sur la tête. Je laissai tomber mon téléphone et glapis.

Une voix retentit, exacerbant ma douleur.

— Grosse balle rebondit, annonça-t-elle.

Je m'accroupis afin de ramasser mon appareil, puis me relevai tandis que mon regard montait, montait, montait pour atteindre le visage de l'homme qui avait repris le ballon posé sur le béton. Le ton des mots, lourdement accentués, contenait une excuse.

— C'est cool, lançai-je immédiatement. Ma mère a toujours dit qu'envoyer un texto et marcher en même temps me mènerait tout droit à la catastrophe.

Je rangeai mon portable et tendis la main.

— Tennant Rowe.

Le mastodonte la prit et la serra.

— Stanislav Lyamin. Stan.

— Ouais. J'ai vu tes enregistrements.

Le gars était *énorme*. J'avais l'impression de serrer la main de Groot. Il culminait facile à deux mètres cinq ou deux mètres dix, et devait probablement peser dans les cent-quinze kilos, voire plus. Ses cheveux noirs frisaient jusqu'à son cuir chevelu. Il arborait des yeux gris orageux et un long nez aristocratique. Les Railers l'avaient débauché de la KHL pour une saison. Stan avait la taille et du talent à revendre. Il marquait des buts, bien qu'il manque de vitesse et d'agilité. Une fois qu'ils l'auraient un peu entraîné, il irait plus vite et toucherait le filet à chaque coup.

— Tu aimes le foot, hein ? demandai-je.

— Idiot de lapin.

Je restai bouche bée devant le géant.

— O-kay… ouais… Eh bien, j'allais juste dîner, alors…

— Big Mac.

Stan se frotta le ventre, puis me suivit sur quelques pas. Je m'arrêtai de marcher et levai la tête vers lui. Il me regarda fixement. Merde ! L'homme se montrait intimidant. Content de ne pas avoir à me frotter à lui.

— Ouais, bon… nourriture, alors… je vais manger.

J'agitai une main vers la sortie la plus proche et souris largement, m'écartant légèrement de lui.

— Ravi de t'avoir rencontré.

— Je suis un Pepper.

— Mec, es-tu en train de dire que tu veux aller au McDo ou quelque chose dans ce goût-là ?

Je jetai un coup d'œil aux alentours, à la recherche de quelqu'un – n'importe qui – pour me sauver, mais il n'y avait que moi et le Russe en short et baskets.

— Ils sont *bons* !

— Stan, tu as *bien trop* regardé la télévision américaine, dis-je en riant.

Vingt minutes plus tard, nous étions en train de nous bâfrer de hamburgers et de frites, attirant toutes sortes de regards bizarres. Ce devait être Stan qui devait fasciner tous ces badauds. Il se distinguait facilement, cependant, il était drôle. Ses yeux gris ne cessaient pas de bouger. Vraiment jamais. Il les dardait dans tous les sens. Je me demandai s'il effectuait quelques exercices de suivi pendant qu'il mangeait. J'avais vu une vidéo d'un gardien à D.C. faisant la même chose, en préparation d'un match. Bien que, puisque nous n'étions pas prêts à jouer, peut-être qu'il essayait juste d'absorber tout ce que l'Amérique lui offrait.

— Lécher les babines, bon, dit-il après avoir englouti son quatrième burger.

Je m'étais contenté d'un seul et de quelques frites. Des calories inutiles. Elles ne faisaient pas partie de mon plan d'alimentation saine, mais bon sang, que la graisse s'avérait savoureuse.

— Certainement. Très bien, donc voilà le problème : étant nouveau dans cette ville, et je ne connais personne.

Je m'adossai et pris une gorgée de mon milk-shake. Bon sang, j'allais devoir courir dans tout Chicago demain pour éliminer ce repas.

— Enfin, je veux dire... je connais Mads, mais ça paraîtrait bizarre, non ?

Les prunelles grises de Stan atterrirent sur moi et

restèrent collées là. Mon regard parcourut le menu affiché au-dessus des têtes des caissiers.

— Bizarre dans le sens où il est bien plus sexy que je ne m'en souvenais.

Mon esprit dériva un peu, les prix devenant flous tandis que l'image de l'entraîneur des défenseurs des Railers surgissait dans mon cerveau. Merde ! Qu'il était chaud bouillant ! Ces yeux bleu ciel et cette bouche… Il sentait bon aussi. Son eau de Cologne était fraîche, avec un petit fond nautique. Un enfant cria à quelques mètres de nous, me sortant du souvenir de sa main dans la mienne. Mads avait une poigne ferme.

— Merde ! Euh… ouais… donc, je ne connais personne ici, en dehors de Mads et de son emprise.

Stan m'observa et je cherchais quel point commun nous pouvions bien avoir afin que nous discutions d'un sujet qui ne concernait pas le hockey. Mon portable bipa, me faisant savoir que j'avais reçu une notification de mon jeu Pokémon.

— As-tu déjà joué à des jeux sur ton téléphone ?

Je secouai le mien.

— Pokémon ?

Il mâcha et me regarda. J'ouvris mon jeu actuel et l'agitai sous son nez. Il haussa les épaules et ses yeux s'illuminèrent.

— Pikachu, dit-il.

Il semblerait que les Pokémons représentent un sujet universel après tout.

— D'accord, eh bien, je pense que nous devrions

monter notre propre académie d'entraîneurs de Pokémons dans l'équipe.

Je lui montrai à nouveau l'écran.

Il hocha la tête en aspirant la moitié d'un Coca super grand format. Je ne déconne pas. Une longue aspiration et la moitié du soda avait disparu. Incroyable.

— Ce sera comme ce truc de connexion, non ?

Stan sourit.

— Cool ! Alors, tu en es ?

Une femme passa en courant, pourchassant un petit recouvert de ketchup. Stan continua de sourire tandis qu'il entamait la première des cinq petites tartes aux pommes empilées sur son plateau.

— Nous devrions choisir un nom d'équipe. En dehors des Railers, même si je suppose que cela marcherait.

— Culbutage minions.

— Ouais, pourquoi pas ? Hey ! Tu sais ce que nous devrions faire maintenant ?

Stan mordit dans sa tarte et secoua la tête.

— J'aimerais trouver un salon pour me faire tatouer mon Pokémon préféré. En as-tu un ?

Je pointai un doigt vers mon bras, puis le sien.

Il fronça les sourcils, avant de remonter la manche de son maillot, exposant une putain de belle inscription en cyrillique. Je me demandai ce que cela voulait dire, cependant je devinais que je n'obtiendrais pas d'explications de la part de Stan.

Je levai une main pour un top là et en obtins un qui

manqua de peu de me disloquer l'épaule. La vie à Harrisburg prenait de l'ampleur. J'avais une toute nouvelle équipe à séduire, un grand pote à qui il était facile de parler, et un petit béguin secret pour l'ami de mon grand frère. Ce soir-là, j'eus aussi droit à un tout nouveau tatouage sur la nuque et une série de textos de Brady. Il me parlait avec condescendance, donc chacune de mes réponses était une pile souriante d'émoticônes représentant de la merde. Finalement, Brady m'envoya son dernier message pour la nuit.

Putain, grandis un peu !

QUATRE

Tennant

J'AFFICHAI UN GRAND SOURIRE LE MATIN SUIVANT, pendant tout le trajet jusqu'à Rutherford et au centre d'entraînement. Stan vint à ma rencontre à l'entrée des joueurs, s'abaissant, jusqu'à ce qu'il soit pratiquement plié en deux pour franchir le seuil de la porte. Nous échangeâmes un salut de nos poings serrés.

— Comment va le tatouage ? demandai-je, indiquant le biceps qui arborait un Pikachu.

Je ne savais pas pourquoi il avait consenti à le faire, mais il avait été si excité. Même si je m'étais efforcé de lui expliquer le caractère non obligatoire pour que l'équipe soit considérée en tant que telle.

— Po-Kee-Mon, génial !

Son visage se fendit d'un sourire.

Je rejetai ma tête en arrière et éclatai de rire.

— Tu as raison ! répondis-je, giflant son dos large.

Nous entrâmes dans les vestiaires et je pris une

seconde pour l'examiner. Le logo des Railers se détachait sur le tapis bleu marine, posé au centre de la pièce semi-circulaire. Tout le monde veillait attentivement à ne pas marcher dessus. Le faire était sacrilège et risquait d'attirer la malchance sur l'équipe.

Je regardai le logo d'un œil critique. Le train à vapeur à l'ancienne ressortait gris sur fond bleu marine, un rappel de l'époque où Harrisburg représentait le centre de production des voies ferrées. Je le trouvais assez badass en fait, toujours mieux qu'un animal quelconque ou un oiseau. La salle était remplie de joueurs, dont la plupart s'apprêtaient à se déshabiller et à se préparer pour notre première journée en tant qu'équipe.

— Hey, Tennant, je ne me suis pas présenté hier. La journée réservée aux médias cette année était complètement folle, puis ma femme a insisté pour que je me rende à la réunion parents-professeurs de mes enfants, puisque je serai souvent absent à partir de maintenant, lança Connor Hurleigh, le capitaine des Railers.

Je lui serrai la main. Connor âgé de trente-cinq ans avait toujours été un très bon centre. Toutefois aussi bon que moi ? L'avenir nous le dira, puisqu'il jouait en première ligne et que je visais également cette place. Arrivé dans l'équipe l'année dernière, suite à l'expansion, et grâce à ses années d'expérience sur la glace, l'équipe l'avait choisi pour porter le « C » sur son maillot. La rumeur disait qu'il était un très bon capitaine, et probablement le plus démonstratif dans les vestiaires. Un exemple, ce gars.

— Quelle folie, c'est certain, répondis-je, relâchant sa grande main.

Il avait l'air d'un homme d'apparence normale avec des cheveux et des yeux bruns et affichant une affreuse cicatrice sur le menton à cause de la lame d'un patin lorsqu'il jouait pour l'Arizona.

— J'espère vraiment pouvoir contribuer à la qualité de l'équipe.

— Voilà ce que nous aimons entendre.

Connor s'éloigna pour discuter avec certains joueurs plus âgés. Stan resta dans son coin, et il fixait désormais les parpaings. Personne n'osait le toucher ni le déranger. Sans doute un truc bizarre de gardien… pour se concentrer ou autre. Bordel, peut-être que c'était ainsi que tous les joueurs russes avaient tendance à entamer leur routine de préparation mentale. Qu'en savais-je ? Je me jetai dans le bain et saluai le reste de l'équipe, sélectionnant les gars de moins de trente ans et les invitant à rejoindre l'équipe Pokémon. Au moment où je m'assis afin de retirer mes chaussures de ville, j'avais ajouté dix gars à la liste. Stan se trouvait toujours dans son coin, en train de faire des trucs excentriques de gardien de but. Sachant qu'il était l'heure d'aller sur la glace afin de m'entraîner avec l'équipe entière, cela m'excita. Je me changeais rapidement et remontais mes chaussettes pour maintenir mes protège-tibias lorsque je m'arrêtai et regardai en direction de la porte des vestiaires.

Cela risque de paraître stupide, mais je sentis l'équipe des entraîneurs entrer dans les vestiaires bien avant leur arrivée. Comme si des doigts chargés d'électricité statique se faufilaient devant Mads pour bondir dans la pièce et accourir dans mes bras, dressant les poils de ma nuque sensible. Son regard se fixa sur moi. Je le soutins. Il détourna rapidement les yeux. Je restais assis ici, à moitié nu, mon tout nouveau sweat-shirt d'entraînement jaune à l'effigie des Railers posé en travers du banc à côté de moi, concentré sur son profil tandis que l'entraîneur Benning nous adressait son discours habituel sur le travail d'équipe, le dévouement, la diligence et ainsi de suite.

Nous eûmes droit à une présentation vidéo, suivie par des encouragements des entraîneurs qui se séparèrent pour parler avec les hommes dont ils avaient la responsabilité. Le coach des gardiens, avec les gardiens de but, les entraîneurs défensifs avec les gars de la section D et nous, les attaquants, avons écouté celui qui nous était associé, Colin Pike, qui nous expliqua ce que l'organisation attendait de nous pour la prochaine saison. À croire que nous avions besoin qu'on nous le rappelle. Chaque joueur de hockey ne visait qu'un seul et unique but : celui de hisser la Coupe au-dessus de sa tête. Tout ce que nous faisions, à partir du moment où nous lacions nos patins minuscules, lorsque nous étions enfants, était orienté vers la réalisation de cet objectif. Nous poursuivions tous le même rêve. Donc, bien sûr que je comprenais que les entraîneurs s'obstinaient à nous le rappeler, mais pour ma part, je n'avais pas besoin d'eux. Et si un membre de cette équipe n'ambitionnait pas ce but en haut de sa liste des priorités, il devrait être renvoyé à l'ECHL ou quelque chose de similaire. J'en avais assez de toujours venir en seconde place.

Nous fûmes répartis en quatre groupes pour cette première session sur la glace. La première partie du test consista à devoir patiner de la ligne des buts à celle du côté opposé, à pleine vitesse, pendant trois minutes d'affilée. Sans s'arrêter. Nous portions des appareils sous nos sweats, attachés à nos torses, afin de mesurer les battements de nos cœurs, la fréquence de notre respiration, la température de notre corps, nos accélérations et décélérations. Cela ciblait un objectif clair : de mettre le doigt sur nos faiblesses et donc d'améliorer nos performances. Je faisais partie du deuxième groupe. Les entraîneurs Madsen et Pike dirigeaient la séance. Le responsable lisait les données recueillies qu'il enregistrait dans l'ordinateur installé à la table du chronométreur.

— Tenez-vous prêts ! cria Mads, sa voix se répercutant sur les poutres d'acier de la patinoire d'entraînement.

Je m'inclinai légèrement, me collai à la glace et

bloquai mes yeux à autre extrémité. Le trille tranchant d'un sifflet retentit et nous nous élançâmes tous les quatre. L'astuce consistait à prendre un bon élan avant de se ramasser, parce que rester trois minutes sur la glace était épuisant. Cela ne paraît peut-être pas être très long, cependant au hockey, il s'agit d'une question de rapidité. Le TOI typique – ou le temps passé sur la glace – est de quarante-cinq à soixante secondes pour les attaquants. Les défenseurs pouvaient tenir plus longtemps, cela variait selon chaque joueur ou dépendait de la situation. Raison pour laquelle, une bonne équipe possédait toujours un minimum de quatre lignes solides, les envoyant les unes après les autres. Cela nous permettait de reprendre notre souffle et de nous réhydrater.

J'atteignis la ligne des buts le premier, pulvérisant de la glace et pivotai. Les deux entraîneurs criaient des encouragements aux hommes qui patinaient. Quatre allers et retours et nous haletions tous, avec des jambes et des poumons en feu. Mads et Pike continuaient de nous hurler dessus, nous poussant à aller jusqu'au bout de nos limites. Quand le coup de sifflet retentit pour nous signifier d'arrêter, mes cuisses et mes mollets ressemblaient à du pudding. J'aspirai des bouffées d'air comme un aspirateur et la sueur coulait dans mes yeux et la raie de mes fesses, cependant, j'avais fumé les trois autres gars de mon groupe, l'un d'eux étant notre capitaine.

— Bon boulot ! fit Mads lorsque je passai devant lui.

Je lui adressai un signe de tête, puisque parler ne risquait pas d'arriver pour le moment. Je sentis son regard posé sur moi tandis que je me cognai à la balustrade devant le banc des joueurs à domicile et pliai la moitié supérieure de mon corps par-dessus.

— Ça… craint, haletai-je aux gars qui attendaient leur tour.

Dix minutes plus tard, les quatre plus rapides de chaque série eurent droit à trois autres minutes d'enfer. Yay ! Jouer au hockey se révélait tellement amusant… Ce fut serré, mais je dépassai Troy Hanson, l'ailier gauche de la première ligne pourtant plus petit que moi et plus léger. Cependant, je réussis à le déborder de deux dixièmes de seconde. Puis, après avoir repris notre souffle, il y eut d'autres tests : des sprints sur quarante mètres en avant et en arrière, des essais de slaloms entre des cônes, et une autre série de tours pour l'endurance. Lorsque mes patins touchèrent le caoutchouc, j'étais épuisé. Il n'y avait plus la moindre petite bouffée d'énergie que j'arrivais encore à puiser au plus profond de moi-même.

Je rêvais désespérément d'un peu de lait au chocolat. Je déambulai dans le couloir à l'extérieur des vestiaires des Railers et tournai au coin d'un corridor pour trouver Mads essayant de pousser un billet d'un dollar dans la machine à café. Il jeta un coup d'œil par-dessus son épaule. Nos regards se croisèrent et se retinrent. La machine recracha son argent et il jura, se penchant pour le ramasser.

— Besoin d'un petit remontant ? m'enquis-je, me faufilant vers le distributeur de boissons froides.

— Quelque chose comme ça.

Il retourna le billet et essaya de nouveau.

— Pourrais-je t'emprunter un billet ?

Mads me dévisagea comme si je lui avais demandé de me prêter un rein.

Je tapotai l'arrière de mon pantalon de hockey trempé de sueur.

— Pas de portefeuille sur moi.

— Oh, bien sûr. Tiens, utilise celui-ci. Peut-être que cette machine l'aimera mieux.

— Merci.

Je pris le billet froissé et essayai de l'aplatir sur le côté du distributeur de sodas. Mads sortit son portefeuille et prit un billet moins abîmé.

— Alors, qu'as-tu pensé des courses ? l'interrogeai-je afin de faire la conversation.

Me tenir à côté de lui, son coude heurtant le mien sans lui parler me semblait bizarre et maladroit.

— Tu sais que je ne peux pas en discuter avec toi, répondit-il, puis il sourit lorsque le distributeur aspira son billet.

Bon sang, ce sourire… cela le changeait complètement. Les fines rides autour de ses yeux et de sa bouche s'approfondissaient légèrement. Cela le faisait paraître un peu plus mature et dix fois plus sexy. Mon corps se mit à me picoter, une vague de désir enflammant mon ventre et déferlant comme un de ces incendies contrôlés par les services forestiers. Si je le touchais maintenant, rien que pour flirter, ce flamboiement contenu rugirait et me consumerait tel de l'amadou sec. Mads me fixa du regard lorsque le silence étouffant perdura.

— Oh, ouais… euh… non, je veux dire… ce n'est pas ce que je demandais, balbutiai-je tandis que mon corps éreinté trouvait assez d'énergie pour échauffer mes joues et faire durcir mon sexe.

— Bon. Tu as bien réussi, comme tu le sais déjà.

Il gifla ma nuque en sueur.

Je grimaçai et sifflai.

— Tu t'es blessé pendant les tests ?

— Nan, c'est juste un nouveau tatouage.

— Oh !

Il me regarda avec curiosité.

— Ouais, Stan et moi sommes sortis hier soir et nous en avons profité. C'est mon Pokémon préféré. Tu veux voir ?

Je pivotai et laissai tomber mon menton sur mon torse.

— Il s'agit d'un poney, dit-il. Avec des nageoires et des rubis dans sa crinière et sa queue, déclara Mads d'une voix si sèche, à croire que son commentaire avait failli s'enflammer comme de la poudre de talc.

— Non, ce n'est pas *du tout* un poney.

Je me retournai face à lui. Son expression indiquait qu'il trouvait que mon tatouage était drôle.

— C'est Pharamp, la forme la plus évoluée de Wattouat. Ce « poney » pourrait te botter le cul jusqu'au Capitole. Je dresse une telle bête depuis une éternité.

— Et voilà ce que tu fais pendant ton temps libre ? Dresser des animaux de dessins animés ?

Wow ! Il ressemblait exactement à un grand frère que je venais juste d'énerver.

— Pour ton information – les Pokémons sont très importants sur les campus. Je fais aussi du hockey virtuel, je joue à des jeux vidéo, regarde RWBY, Docteur Who et je lis des bandes dessinées. Oh, je me branle aussi !

Je haussai un sourcil. Mon carton de chocolat au lait tomba dans le réceptacle de la machine. Mads se tenait là, me dévisageant, on aurait pu croire que je lui avais parlé dans une langue étrangère. Je doutais qu'il sache que RWBY représentait un dessin animé très populaire, il devait au moins connaître Docteur Who, non ? Des cris et des rires provenant des vestiaires arrivèrent jusqu'à nous.

— Je dois y aller.

Il tourna les talons et partit, laissant sa tasse de café derrière lui.

— Hey, si tu penses que Ryker aimerait entraîner ses Pokémon avec moi et les autres gars, dis-lui de me joindre sur Snapchat ou Instagram.

Je courus après lui, du mieux que je le pouvais, alors

que j'avais encore mes patins, et en portant une tasse de café brûlant.

— Ou, tu sais, je peux lui donner mon numéro de téléphone portable et tu le lui passeras.

Il s'arrêta net dans son élan. Je faillis lui rentrer dedans par l'arrière. Lorsqu'il se retourna, je lui tendis sa tasse de café et lui adressai mon sourire le plus désarmant.

— Mon fils, Ryker ?

Je ricanai.

— Non, le bras droit du Capitaine Picard ! Bien sûr, ton fils, Ryker.

— Ton numéro de téléphone ?

Était-il toujours aussi lent ? Je ne me souvenais pas qu'il fût aussi faible. Avait-il pris un coup sur la tête dont j'ignorais tout ?

— Ouais, une série de chiffres que tu composes et cela te connecte à…

— Je suis familier avec le concept d'un numéro de téléphone, Rowe.

Ow ! Nom de famille.

— Bien sûr… ouais… normal que tu le sois. Alors… euh… tu veux mon numéro… pour le donner à Ryker ?

Il prit la tasse de café, prenant grand soin que nos doigts ne s'effleurent pas du tout. Tant mieux, parce que la situation avait été vraiment chaud bouillant il y a une seconde. Me brancher avec Mads s'avèrerait une mauvaise idée pour bien des raisons. Je ne parvenais pas à en trouver une seule pour le moment, toutefois je restais persuadé qu'il devait y en avoir des tonnes. Ses yeux bleus s'assombrirent légèrement.

— Alors, qu'en dis-tu ? Tu veux mon numéro ou non ?

CINQ

Mads

JE PRIS SON NUMÉRO. J'ALLAIS FAIRE UNE NOTE SUR mon portable, quand Ten soupira et me le prit des mains, faisant défiler les options avec son pouce. Pendant tout ce temps, je ne pouvais pas m'empêcher de fixer sa tête penchée, et quand il me rendit mon appareil, je me sentis déçu de ne pas pouvoir le regarder sans être remarqué. Ses cheveux noirs affichaient un tourbillon intrigant qui signifiait qu'il adorait le style que cela lui donnait. En ce qui me concernait, je gardais mes cheveux blond coupé court – rien d'extraordinaire. Ten devait passer beaucoup de temps le matin dans la salle de bain.

Ne t'avise même pas d'aller par-là…

— Dis-lui que tu l'as, d'accord ? ajouta Ten.

J'acquiesçai de la tête, me tirant d'emblée loin d'un fantasme intéressant. Bon boulot aussi, puisque je n'appréciai pas outre mesure d'afficher une érection mal venue dans un couloir public.

— Très bien, alors, ajouta-t-il, avant de me laisser là.

J'avais l'impression que je devais le remercier, ou lui assurer que je donnerai l'information à Ryker. Je ne fis ni l'un ni l'autre. La meilleure des choses que j'avais à faire était de rester loin de Ten.

Et ce fut pratiquement ce qui se passa. Si je le voyais se diriger vers l'espace de repos, je l'évitais. Si j'avais besoin de faire une démonstration avec mes gars, je choisissais quelqu'un d'autre que Ten qui ne me le fit jamais remarquer. Pourquoi l'aurait-il fait d'ailleurs ? Étant l'entraîneur, il devait exécuter ce que j'ordonnais. Le problème subsistait : je ne parvenais pas à détourner les yeux de ses cheveux hérissés ni de ce tatouage stupide. En fait, tout ce que j'indiquais concernant Ten était mal avisé.

Arrive le matin du jour de mon check-up complet, l'examen à la loupe bimensuel qui me permettait de garder mon assurance santé intacte et les Railers heureux.

J'avais hérité cette merde de mon père, tout comme ses yeux bleus, alors que mes cheveux blonds me venaient de ma mère. Lors de mes recherches sur le Syndrome Brugada, j'ai tout de suite remarqué que je ne remplissais même pas les critères adéquats : cette maladie était plus présente chez les hommes asiatiques, sans pour autant leur être exclusivement réservée et je ne présentais aucun symptôme avant mon évanouissement dramatique à la fin du match. Pourtant, si un gars, en fin de vingtaine portait cette maladie en lui, ce serait forcément moi. Je ne faisais jamais les choses à moitié et il semblerait que même mon cœur soit spécial.

Il avait mis fin à ma carrière de joueur. J'étais fini, mort. Toutefois, pas suffisamment pour m'empêcher de continuer à vivre et à entraîner.

— Comment vous sentez-vous ? demanda le médecin.

Je lui fournis les réponses habituelles – que j'allais bien et que je me sentais optimiste, que je ne continuais pas de penser que, peut-être, la fin de ma carrière de hockeyeur ne constituait pas une raison suffisante pour me suicider.

Un an de thérapie et le fait de savoir que je devais vivre pour mon fils avaient payé.

— J'ai vu le jeune Ryker sur YouTube, ajouta le doc avec un sourire.

Il avait la soixantaine, expert en maladies cardiaques, et il regardait YouTube… allez comprendre.

— Il a un sacré coup de poing.

— En effet.

— Vous devez être fier de lui.

— Je le suis.

Et c'était vrai. Si sacrément fier. Après avoir appris que tout allait bien, et quelques discussions sur le hockey, Ryker et une prescription médicale, je partis.

Dès que l'air froid me frappa, je respirai profondément, imaginant que la glace se figeait à l'intérieur de moi, comme si j'avais marché sur une patinoire.

Je n'en avais pas encore terminé avec ma vie parfaite. J'étais loin d'en avoir fini.

———

— Entraîneur Madsen ?

Je me retournai sur mes patins au son de mon nom, et reconnus Deidra, appartenant au bureau. Elle semblait toujours aussi petite. Mesurer un mètre cinquante-sept dans une pièce pleine d'hommes de plus d'un mètre quatre-vingt-cinq perchés sur des patins ferait paraître n'importe qui minuscule. Elle semblait également nerveuse, chaque fois que nous nous rencontrions. De toute évidence, ma réputation me précédait, et quelle qu'elle soit, je n'en avais aucune idée.

— Quelqu'un demande à vous voir.

— Qui ?

— Casey Everett, répondit-elle avant de me regarder.

Casey ? Que faisait-elle ici ?

— Laisse-moi cinq minutes, indiquai-je à Gagnon, qui hocha la tête et me fit signe de la main d'y aller.

Y avait-il un problème avec Ryker ? Je dénouai les lacets de mes patins à toute vitesse et enfilai une paire de baskets, trottinant dans le couloir afin de regagner mon bureau. Au moment où j'arrivai, dans mon imagination débordante, Ryker se trouvait impliqué dans un accident et je m'étais même représenté conduisant à toute allure afin de le rejoindre.

Ce ne fut pas Casey que je vis en premier mais Ryker lui-même. Il ne semblait pas blessé physiquement, pourtant mon fils ressemblait au stéréotype d'un adolescent classique : maussade, énervé, les épaules affaissées.

Casey arborait un visage de marbre, cendreux, ses yeux rouges indiquaient qu'elle avait récemment pleuré. Je la pris dans mes bras pour l'étreindre rapidement, puis refermai la porte derrière moi.

— Quel est le problème ? demandai-je.

Personne ne me répondit.

— Pourquoi Ryker a-t-il quitté l'école ?

Il était scolarisé à Shattuck – Sainte-Marie au Minnesota – un établissement prestigieux, onéreux et destiné aux meilleurs pour tout ce qui concernait le hockey. Pourquoi Ryker ne le serait-il pas, lui aussi comme son grand-père, le très respecté Jimmy Everett, l'ailier gauche et remplaçant du capitaine pour les Red Wings jusqu'à sa retraite. Et son père ? Eh bien, en l'occurrence moi, et jusqu'à ce que la désastreuse nouvelle me parvienne, et toutes les conséquences qui en ont découlé, j'avais été un bon joueur de hockey. Ryker avait ce sport dans le sang.

— Dis-lui, Ryker ! cracha Casey, manifestement à bout de patience.

Il leva les yeux vers moi, une lueur de défi traversant ses yeux bleus, si semblables aux miens.

— Grand-père a dit...

Chaque phrase qui commençait avec les mots « grand-père a dit » aboutissait forcément à des problèmes. Jimmy Everett, ou Ev, surnommé par ses milliers de fans inconditionnels, n'aimait rien de plus que de raconter à sa fille et son petit-fils toutes sortes de conneries. Cela avait débuté dès le premier jour. Littéralement un beau matin – ou quelques jours plus tard – lorsqu'elle lui avait annoncé qu'elle garderait son bébé alors qu'elle n'avait que quinze ans. Le découvrant, il avait failli me tuer arguant que par ma faute elle se retrouvait enceinte. Il le savait, car je le lui avais avoué. Je me tenais alors à côté d'elle, aussi effrayé que n'importe quel gamin pourrait l'être et j'avais endossé la responsabilité de ce que nous avions fait.

Ouais, je garde toujours une cicatrice de l'endroit où il m'avait envoyé son poing. Elle s'était estompée, néanmoins, elle demeurait toujours présente, juste là, sous mon menton, lorsque j'avais heurté le coin de son bureau en m'effondrant.

Je ne lui en voulais pas pour cet accident. J'étais stupide, m'étais laissé emporter, cependant, étant responsable, alors ouais, je voulais rester à ses côtés. Je n'avais plus l'autorisation de venir la voir chez elle, mais j'étais parvenu à me faufiler à la maternité et j'avais tenu Ryker quelques secondes, juste après sa naissance. Ce simple contact avait suffi pour que mon fils s'installe dans mon cœur cabossé pour le reste de ma vie.

Non pas qu'Ev ait été heureux à ce sujet. Il m'avait fait signer tout un tas de papiers, stipulant que j'abandonnais mes droits sur la vie de mon enfant et je l'avais accepté. Parce que Casey m'avait regardé et qu'elle avait pleuré, comme elle le faisait à présent, et j'avais renoncé à tout. Elle ne voulait pas de moi dans la vie du bébé, je ne donnais pas l'image d'un bon père, je n'étais qu'un gamin. Donc, je m'étais raccroché au hockey, au troisième tour des repêchages chez les Sabres et j'avais gagné de l'argent pour mon enfant.

Ev, le salaud, avait toujours été là, sachant mieux que tout le monde, et même quand Casey et moi avions conclu un arrangement en privé pour partager la garde de Ryker, il avait fait tout vérifier par ses avocats hors de prix. S'il demeurait la moindre faille dans l'arrangement, j'étais certain que ce serait la dernière fois que je verrais mon petit garçon.

Ouais, la situation semblait merdique, mais Ryker nous appartenait à nous, Casey et moi.

— Grand-père dit que je n'ai pas à rester à l'école si je n'en ai pas envie, et il a raison.

Casey s'essuya les yeux et me fixa, s'attendant à ce que je puisse résoudre ce problème.

— Casey, voudrais-tu nous apporter des cocas ?

Je pris quelques pièces de monnaie sur mon bureau

et les lui donnai, ce qu'elle accepta avec un sourire tendu en guise de remerciement.

Dès qu'elle fut partie, j'entrai en mode « papa ».

— Tu ne vas pas arrêter l'école.

— Je le peux et je le ferai, rétorqua Ryker, et la pointe de défi contenue dans sa voix était parfaitement claire. Toi, tu n'as pourtant aucun diplôme.

— Et regarde-moi aujourd'hui, répondis-je sèchement. Tu crois vraiment que j'avais envie de devenir entraîneur ? Et si j'avais voulu être autre chose ?

Ryker plissa les yeux.

— Tu es millionnaire, Jared, et tu adores ce boulot.

Il m'avait eu là. J'aimais vraiment ce travail, autant que je pouvais apprécier une carrière où je ne jouais pas au hockey alors que ce sport représentait toute ma vie. Et ouais, j'avais de l'argent caché. Je n'étais pas ce genre de joueurs qui aimaient le clinquant – après tout, j'avais un enfant à élever. Non ?

— D'abord, tu m'appelles papa, pas Jared et ce n'est pas ce qui compte. Ton grand-père n'est pas responsable de toi et tu iras à l'école. L'éducation reste importante.

— Je pourrais être millionnaire à mes vingt-deux ans, contra Ryker et je l'interrompis.

— À condition que tu ne sois pas blessé, si tu parviens à atteindre ton but et si tu es sélectionné dans une bonne équipe. Tout cela est aléatoire, tandis que l'éducation est primordiale.

— Je ne vais pas rester assis ici à écouter ça, cracha Ryker et il se leva.

Soudain, il se dressa juste devant moi, loin d'être l'adolescent maussade comme à son arrivée. Juste là, il affichait la partie de moi qui subsistait dans son sang, celui du fonceur, celui qui ne reculait jamais dans les combats. Bordel, même ses poings se retrouvaient serrés à ses côtés.

— Tu veux me frapper ? demandai-je, parce que j'avais vraiment cette impression en le voyant. Tu peux me battre tout ce qu'il te plaira, mais tu me respecteras, tu ne feras plus jamais pleurer ta mère et tu termineras tes études au SSM.

Il me fixa droit dans les yeux, avec une étincelle brillante dans les siens, alors que je ne détournais pas les miens et patientais. J'avais dit quelque chose qui apaisa sa colère et je savais très bien de quelle partie il s'agissait. Certainement pas celle où il devait me respecter, bordel, je n'avais pratiquement rien fait pour gagner son respect, à l'exception d'être là, à l'occasion de quelques trucs propres aux pères. Mais plutôt celle qui impliquait sa mère. Plus que la partie me concernant, et certainement davantage que son grand-père inquisiteur.

— Je ne voulais pas la faire pleurer, lança sèchement Ryker, détendant ses poings, les yeux brillants. Mais grand-père a dit…

Il s'arrêta à nouveau.

Très bien, je pouvais gérer à partir de maintenant.

— Faisons un compromis : termine au moins ton projet de sélection détaillé.

— Je pourrais jouer dès maintenant, rétorqua-t-il, avec un soupçon d'hostilité.

Je n'allais pas abandonner.

— Et tu devras mûrir en tant que joueur, développer plus de muscles, affiner tes capacités, le programme de hockey au SSM est incroyablement bon, tu en sortiras meilleur et seras apte à réfléchir afin de proposer des stratégies, étudier les problèmes sous différents angles, ce genre de choses – tu pourrais devenir capitaine un jour.

— Grand-père dit que j'ai de l'instinct et que je possède des atouts qui ne peuvent pas être appris à l'école.

Les mots semblaient mesurés et incertains, et ressemblaient vraiment au genre de conneries qu'Ev pourrait sortir.

— Très bien.

Je m'assis, un truc appris de l'entraîneur Benning. Il m'avait expliqué que ce n'était qu'une question de psychologie, afin de réduire le niveau de confrontation et j'approuvais ce point de vue. Ryker marqua une pause pendant un moment, puis se réinstalla dans le fauteuil en face de moi.

— Une autre année, offrit Ryker.

Voilà un bon signe, nous avions atteint le stade des négociations.

— Pas de marché. Termine tes études, puis tu

pourras choisir si tu préfères faire une pause, aller à l'université ou sauter sur l'occasion afin de tenter ta chance et rejoindre une équipe.

Ryker me dévisagea. C'était un gamin de belle apparence, une future étoile brillante et pour le moment, il me souriait, et je retrouvai ce bon vieux Ryker, l'enfant qui jouait au dur avec moi. J'avais définitivement perdu tellement de premières avec lui – ses premiers pas, patins, jours à l'école – cependant, j'étais déterminé à avoir mon mot à dire dans sa carrière. Je ne désirais pas qu'il perde le contrôle, ni qu'il se blesse en étant si jeune. Égoïstement, je souhaitais qu'il regagne la carrière que j'avais perdue. Il pouvait avoir les meilleures parties de moi : mes yeux, mes cheveux, et Dieu merci, il n'avait pas hérité de mes stupides problèmes cardiaques.

— D'accord, déclara-t-il enfin.

Je posai une main sur son épaule.

— Je suis fier de toi.

Il haussa les épaules comme si cela n'avait aucune espèce d'importance, pourtant j'espérais que cela représente vraiment quelque chose pour lui.

J'ouvris la porte pour laisser Casey entrer, mais il n'y avait pas qu'elle qui se trouvait devant mon bureau. Ce putain de Tennant Rowe se tenait là, un grand sourire aux lèvres tandis qu'il échangeait cette poignée de main compliquée avec Ryker.

Lorsque je regardais Ryker, je voyais mon fils de dix-sept ans.

Lorsque je me regardais, je voyais un homme qui se dirigeait vers ses trente-trois ans et sentait chaque jour ses muscles endoloris par le hockey.

Et quand je regardais Ten, je m'arrêtais à son âge et j'avais toujours des doutes.

Je le voyais comme un homme, quelqu'un que je désirais embrasser, cette pensée irrationnelle refusait de me laisser tranquille. Il n'était pas gay, ni bi, ni même curieux, autrement Brady m'aurait dit quelque chose, ou encore, quelqu'un en aurait fait tout un plat.

Regardez-moi, à me pâmer après un hétéro.

— Je dois retourner travailler, expliquai-je, bien que Ten et Ryker soient occupés à discuter et qu'il n'y eut que Casey qui m'entendit. Je l'étreignis et lui murmurai à l'oreille les détails de mon accord avec Ryker. Elle sembla reconnaissante.

Lorsque je les laissai tous les trois devant mon bureau, Casey et Ryker se faisaient un câlin et Ten me dévisageait. Je ne parvenais pas à interpréter son expression. Je n'étais pas certain de vouloir savoir pourquoi il me fixait en arborant ce curieux petit sourire. Il voyait un père, un entraîneur et il se montrait amical avec mon fils.

Je ne pouvais rien avoir de plus. Je ne désirais rien de plus.

Mes murs restaient dressés et je n'allais pas les laisser s'effondrer.

———

Alors, lorsque la situation se mit à mal tourner, je n'étais pas prêt. Nous étions à deux jours de notre premier match amical de pré-saison, et nous jouions contre une équipe de Jersey venue en visite. L'ambiance sur la patinoire semblait bonne. Parallèlement à ma ligne de défense, avec l'ajout de Mac et d'Arvy pour la séance, les attaquants allaient bien.

Non pas que je regardais – ou plutôt fixais – Ten.

De trop…

En feu, il courait, formant des cercles autour de ses équipiers. Ma seule inquiétude, en tant qu'observateur, était de le voir positionné sur la seconde ligne, alors que ses partenaires ne parvenaient pas tout à fait le suivre. Ils essayèrent, cependant Ten possédait un esprit vif, des instincts encore plus rapides et lorsqu'il faisait une passe, il n'y avait personne pour le recevoir, entraînant trop de revirements. Que pouvions-nous faire ? Lui demander de ralentir, ou le mettre en première ligne, là où était vraiment sa place ?

Certain que le problème lié à la vitesse pouvait être réglé, je savais pertinemment que son ailier gauche, Lee Addison, un pro chevronné dans sa septième année de parcours professionnel se montrait frustré. Je l'avais déjà remarqué au cours de la séance d'entraînement de la journée – quelques bousculades, saupoudrées de jurons, cependant, la plupart du temps, cela restait inoffensif. Le Russe Stan gardait les buts et nous faisions des exercices à trois contre deux, chaque ligne devant se mesurer à l'une de mes paires. J'avais une bonne idée quant à qui apparier avec qui, et possédais assez de notes pour soutenir ma décision quand nous aurions une réunion de stratégie après l'entraînement.

J'entendis le combat avant de le voir, et je patinai, suivant mon instinct, glissant pour m'arrêter et tenter de découvrir ce qu'il se passait. Un rapide comptage des têtes et je compris que cinq gars se battaient les uns contre les autres, et qu'au beau milieu de tout cela, se trouvait Ten.

L'entraîneur arriva à son tour.

— C'est quoi ce bordel ? cria-t-il, avant de siffler.

Trois des combattants reculèrent, sauf Ten et... merde ! Il s'agissait d'Addison, son équipier de ligne. Ils continuaient encore, Ten glissa vers l'arrière, perdit pied et tomba sur les fesses, entraînant Addison avec lui, dans un enchevêtrement de bras et de jambes. Le craquement d'une crosse se brisant me fit grimacer et je m'insinuai entre les spectateurs, choqués par les deux autres qui se roulaient au sol. Ten se trouvait en dessous pour commencer, puis au moment où je les atteignis, il se trouvait à cheval sur Addison et lui hurlait en plein visage.

Je ne parvins pas à distinguer ses paroles, pas clairement, pourtant je grimaçai à ce que j'entendis : « pédé ». Et cela provenait de Ten. Une sensation de dégoût et de déception déferla en moi. Ten me connaissait, savait que j'avais eu un petit ami. Il n'était pas le genre de gamin à franchir les limites comme ça. J'agrippai son maillot, et tirai si brutalement qu'il craqua, puis je le redressai. La colère me fit voir rouge et je l'envoyai voler sur la glace. Il ne put se rattraper, perdit l'équilibre et faillit pratiquement s'écraser sur le caoutchouc lorsque nous quittâmes la glace.

— Seigneur, Mads ! dit-il, se redressant en posant une main sur la balustrade.

— Avec moi ! crachai-je.

L'entraîneur des attaquants arriva en patinant, cependant, je lui fis signe de partir. J'allais m'occuper de cela, et même s'il fronça les sourcils, mon homologue laissa tomber.

— Cinq minutes.

Ce fut tout ce qu'il dit.

— Puis, il sera à moi.

Je me frayai un chemin à travers les vestiaires, me dirigeant vers la zone d'aiguisage insonorisée. J'avais deux mots à dire et je n'allais pas me taire. Ten me suivit et je le poussai sur le côté afin de pouvoir refermer la porte de mon bureau.

— C'était quoi ce bordel ? demandai-je avec une agressivité contenue.

— Putain, il a commencé le premier ! répondit Ten, effleurant la bosse sur son front. Connard !

Ce système de défense ne signifiait rien pour moi et ce fut à mon tour de réagir. Je le plaquai contre la porte.

— Si jamais je t'entends utiliser ce mot encore une fois, je veillerai personnellement à t'en mettre plein la gueule !

Je hurlai après lui, les yeux dans les yeux et je vis le

moment où la colère présente dans ses prunelles se transforma en autre chose : de la confusion.

— Je n'ai pas… je n'aurais…

— Je t'ai entendu, Ten. Tu l'as traité de pédé…

— Non ! m'interrompit-il et il semblait tellement blessé – presque sur la défensive. C'est lui qui m'a balancé ça, disant que j'en faisais trop que j'avais besoin de ralentir, puis il m'a traité de pédé et j'ai perdu les pédales, d'accord ?

À mon tour de me sentir perdu.

— Je t'ai entendu dire…

— Que si jamais il utilisait encore une fois le mot « pédé » je l'enverrais six pieds sous terre.

— Pourquoi ?

— Pourquoi, quoi ?

Ten me dévisagea comme si une deuxième tête venait de me pousser, ou comme si j'avais quelque chose sur le visage. Il semblait essayer de trouver un indice et tout ce que je pouvais lui montrer, c'était ma confusion.

— As-tu fait ça pour moi ? demandai-je.

Brusquement toute ma force s'évapora et je m'affalai contre le mur pour me soutenir.

— Jared…

— Ne fais pas ça, d'accord ? Je suis en paix avec qui je suis. Je n'ai pas besoin que tu te battes pour moi, tu comprends ? Tu dois penser à ta sécurité avant tout et surtout ne pas réagir à ce que les autres disent.

— Conneries ! cracha Ten. Ce terme est offensant et

je ne veux pas qu'il soit utilisé de cette manière, pour humilier ou même rigoler. Je ne l'accepterai jamais.

— Pourquoi ? Ten, il y a toujours la possibilité de régler le problème autrement. Par des moyens officiels.

— Il n'a pas arrêté de le dire et il savait…

— Savait quoi ? Pour moi ? Le monde entier et même sa femme sont au courant que je suis bi, je n'ai pas besoin de protection.

Ma confusion augmentait et Ten donnait l'impression que quelqu'un lui avait balancé un coup de pied dans les couilles, le laissant pleurer sur le sol.

— Il m'a vu, il a dû…

— Ten ?

— Ce n'est pas grand-chose, d'accord ? reprit-il. J'ai emmené un gars dans ma chambre lorsque je suis arrivé ici, et il m'a vu.

— Que veux-tu dire ?

Ten me fixa droit dans les yeux.

— Tu n'es pas stupide, reprit-il. Je suis gay, Jared, homosexuel et au fond de ce putain de placard. Compris ?

Là-dessus, il partit et referma la porte derrière lui, tandis que je restais figé sur place. Je me frottai le visage de mes deux mains.

Brusquement, tout ce que j'éprouvais et désirais se tenait là, juste à portée de main.

Je réalisai que je me retrouvais en état de choc.

SI JAMAIS JE T'ENTENDS À NOUVEAU UTILISER LE MOT EN P, JE TE CASSE LA GUEULE.

NON! C'EST LUI QUI L'A DIT.

C'ÉTAIT POUR ME DÉFENDRE ? LE MONDE ENTIER SAIT QUE JE SUIS BI. JE N'AI PAS BESOIN D'ÊTRE PROTÉGÉ.

NON, JE SUIS GAY, JARED. JE SUIS DANS LE PLACARD, PUTAIN! MAIS JE SUIS GAY. D'ACCORD ?

TA FAMILLE ?

ILS NE SONT PAS AU COURANT.

COMMENT... SEIGNEUR, TEN... TA FAMILLE...

HARRISBURG HOCKEY

SIX

Mads

—————

JE LE SUIVIS DÈS QUE JE COMPRIS LA TENEUR DE SA déclaration. Il était gay et pas « out ». Il s'était battu contre Addison qui connaissait son homosexualité ?

Sa famille était-elle au courant ? Pourquoi Brady ne m'avait-il pas averti ? Il aurait certainement pu me faire confiance pour épauler Ten s'il avait eu besoin d'aide avec sa nouvelle équipe.

L'énormité de ce qu'il venait juste de me révéler s'avérait trop étourdissante pour que je l'enregistre et j'avais tellement de questions.

— Jared !

Je me tournai vers la voix, une partie de moi espérait que ce soit Ten, tandis que l'autre le redoutait, même si celle-ci ne lui ressemblait pas.

L'entraîneur Benning se tenait au bout du couloir, les bras croisés sur le torse, et semblait très énervé.

— Mon bureau ! dit-il, ouvrant la porte, m'indiquant d'un geste de passer le premier.

— J'ai besoin d'éclaircir quelque chose d'abord, lançai-je, mais il secoua la tête et fronça les sourcils.

Si c'était à propos de la bagarre et du fait que j'avais sorti Ten de la glace comme je l'avais fait, alors je devais l'affronter et négocier tout de suite. Puis j'irai trouver Ten afin de lui parler et de lui poser des questions. Tellement d'interrogations…

Résigné, j'entrai dans le bureau de Benning, remarquant le désordre qui y régnait, et qui ressemblait tellement peu à l'homme organisé que je connaissais. Et il y avait Ten, plié sur l'une des chaises pour les visiteurs.

— Ten ? demandai-je, bien que je n'aie pas besoin de l'interroger sur la raison de sa présence.

Je savais ce qui se passait ici. Il ne s'agissait pas d'une réprimande à mon égard, c'était bien plus sérieux que cela.

L'entraîneur ferma la porte et se glissa derrière son bureau, s'assit et entrelaça ses doigts qu'il posa sur la surface.

— Ten vient juste de faire une annonce, déclara Benning, et il y avait de la colère dans sa voix, ainsi que de la résignation.

— En tant que spécialiste sur l'égalité des chances de l'équipe, vous devez entendre cette déclaration.

Spécialiste en égalité des chances ? Cela ne faisait pas partie de mon contrat. Depuis quand avais-je hérité de cette étiquette ? Ce que l'entraîneur voulait vraiment dire, c'était que j'étais le seul de tout le bâtiment à avoir ouvertement admis que j'aimais les queues, ce qui faisait automatiquement de moi une sorte d'expert.

— Ten ? demandai-je à nouveau.

— Je suis gay, répondit-il simplement.

Il était calme, son regard ne faiblit même pas alors qu'il se concentrait sur le coach. Il ne me regarda même pas.

— Okay, repris-je, tout aussi posément, comme il s'agissait de la première fois que j'apprenais la nouvelle et que j'incarnais une sorte de rôle lié à l'insertion et à l'équité pour tous les joueurs.

— Et la raison pour laquelle je me suis battu contre Addison, c'est parce qu'il le sait et qu'il a utilisé des mots qui m'ont offensé.

Il me semblait relativement évident que Ten avait dû répéter ces paroles, et seulement quelqu'un qui le connaissait aussi bien que moi, ou qui, du moins, prétendait le connaître, aurait été capable de discerner la pointe d'anxiété présente dans sa voix.

Il utilisait le même ton haché que les fois où, enfant, ses frères l'avaient poussé trop loin. Donnant l'impression qu'il était si près de s'effondrer qu'il devait vraiment essayer de rester concentré et en contrôle de ses faits et gestes.

L'entraîneur se leva.

— Vous devez aplanir cette animosité, déclara-t-il.

Je vous laisse mon bureau et je vais vous envoyer Addison. La direction devra savoir.

Je me levai également. Que voulait-il dire ? Qu'il allait quitter son bureau et... quoi ? La tâche me revenait de gérer toute cette merde, alors que tout ce que je voulais faire, était d'agir d'un point de vue très personnel avec Ten et lui demander comment diable il avait réussi à dissimuler son secret pendant aussi longtemps ?

— Coach, ce n'est pas mon domaine, commençai-je.

Je surpris Ten qui m'adressa un regard blessé, cependant, je ne reculai pas. En tant qu'ami, je serais là pour lui, toutefois, en tant qu'employé des Railers, je n'étais pas un expert en égalité de quoi que ce soit, sous prétexte des relations sexuelles que je pouvais avoir. J'avais raison, non ?

Il s'arrêta devant la porte, la main posée sur la poignée.

— Je discuterai d'une augmentation de salaire avec la direction, en rapport avec votre nouvelle responsabilité.

Et là-dessus, il partit.

Tout ce à quoi je pouvais penser était que je n'avais pas besoin d'argent. Je ne voulais pas devenir le porte-parole de l'équipe au titre de l'égalité. Et bordel, je ne voulais pas être ici non plus avec Ten, en cet instant. Je fermai la porte et m'adossai sur le panneau, au moins de cette façon, nous serions avertis de l'arrivée d'Addison.

— Ta famille ? m'enquis-je, en abrégé, sachant qu'Addison arriverait d'un instant à l'autre.

Ten ne se retourna pas pour me faire face.

— Ils ne savent pas.

— Comment diable... Seigneur, Ten... ta famille...

Ten se raidit sur son fauteuil, refusa encore de pivoter, et n'ajouta rien d'autre.

Un coup fut frappé à la porte, et je m'écartai pour l'ouvrir. Un Addison à la mine contrite, et un bandage papillon sur le front et du sang sur son maillot, pénétra à l'intérieur.

— Le coach m'a envoyé, répondit-il, avant de se laisser tomber dans l'autre fauteuil réservé aux visiteurs, que je venais juste de libérer.

Ce qui ne me laissait plus que la place de l'entraîneur, ou celle d'un principal qui annoncerait les punitions pour violations scolaires. Au moins, sous cet angle, je pouvais voir Ten et il semblait totalement étranger à celui qu'il avait l'habitude d'être : mortellement sérieux, figé, immobile. À côté de lui, Addison n'était pas mieux, avec des yeux brillants, semblant sur le point de pleurer.

Je ne peux pas régler cette merde.

J'avais besoin d'une sorte de manuel pour apprendre comment épargner les sensibilités de chacun. Je devrais être assis là, avec tous les mots justes, sachant exactement quoi dire. Sans doute pourrais-je contacter You Can Play, ou mieux encore, ils auraient peut-être quelque chose d'approprié sur leur site web ? Pourquoi l'équipe n'avait-elle pas déjà quelqu'un en place pour régler ce genre de conflits ?

Et si j'avais besoin de parler à quelqu'un moi-même, en tant qu'homme bisexuel ? Qui allait m'aider si nécessaire ?

Je me raclai la gorge et Addison sursauta, donnant l'impression que j'avais armé un pistolet et que je le pointais sur lui.

— Qui veut commencer le premier ?

Ten ne répondit rien, quant à Addison, il continua de s'agiter.

Je pris l'objet le plus proche de moi, un des stylos fantaisie du coach, et jouai méthodiquement avec les différentes parties, attendant que l'un d'entre eux se décide à prendre la parole.

— Merde ! lâcha Addison, le premier à céder. Je suis désolé, Ten. Sincèrement.

— Hmm… hmm… répondit-il.

— C'est juste… Je ne suis pas en première ligne, d'accord ? Je n'y arriverai jamais avec toi. Tu es trop rapide et mon contrat se trouve en cours de renouvellement, et… merde ! J'ai simplement perdu la tête.

Addison affichait un air misérable et je regardai Ten afin d'évaluer son expression. Il y eut une petite réaction, une certaine tension dans son corps, et je le vis brièvement fermer les yeux. J'envisageai d'intervenir à ce stade, histoire de mettre un terme à la réunion impromptue maintenant que des excuses avaient été présentées, toutefois, Addison n'avait pas terminé.

— Et ma cousine est lesbienne, tu sais. Je tuerai quiconque lui balancerait ça, avec toute cette haine. Tu dois savoir que cela m'a échappé dans le feu de l'action et que si je pouvais reprendre ce que j'ai dit, je le ferais.

Ten hocha la tête, puis se tourna vers lui.

— Est-ce cette cousine germaine que tu as baisée et avec qui tu as eu des enfants ? demanda-t-il, d'un ton parfaitement clair.

Je n'eus pas le temps de réagir, Addison me devança.

— C'est quoi ce bordel ? cracha-t-il, choqué.

— C'est ce que vous autres, les ploucs, vous faites dans votre État, non ?

Addison ouvrit et referma la bouche, comme un poisson hors de l'eau, puis un déclic se mit en place entre eux et il offrit son poing, que Ten cogna. Je réalisai alors ce que ce dernier venait de faire : il avait insulté Addison, lui balançant le pire cliché auquel il pouvait penser et il l'avait pris pour ce qu'il était.

— Désormais, nous sommes à égalité, non ? reprit Ten. Inutile de faire des détours pour m'éviter… nous avons un match à gagner.

— Je suis vraiment désolé, mec, répéta Addison.

— Navré de t'avoir fendu le crâne… et d'avoir sous-entendu que tu baisais ta cousine.

— Merde ! Tu m'en as mis une bonne ! lança

Addison, avant de toucher sa blessure. As-tu vu ce sang ? On aurait dit qu'il recouvrait toute la glace.

Ils sourirent tous les deux, se cognèrent les poings encore une fois, avant de se tourner vers moi, dans l'expectative.

Super ! Maintenant, à mon tour d'intervenir.

— Nous faisons partie d'une organisation équitable et accueillons toutes les orientations... commençai-je, voyant un sourire se former sur le visage de Ten.

Je le détestais tellement en cet instant.

— Pédé est un mot intolérable, reprit Ten, allant droit au but. Tout comme le sont pédale, tantouze, tarlouze et toutes les variations et dérivés de ceux-ci.

Addison acquiesça.

— Je suis d'accord. Je ne les utiliserai plus jamais.

— Cependant, ajouta Ten, « violeur de fion » était tout nouveau pour moi.

— Merci, répondit Addison. Je m'assurerai, à partir de maintenant, que je n'utiliserai plus de termes homophobes, et je ne révèlerai à personne d'autre de l'équipe ce que je sais, à moins que tu ne décides de le rendre public.

Il se leva, ainsi que Ten, et ils s'étreignirent rapidement, échangeant force de tapotements dans le dos. Honnêtement, j'avais du mal à croire en ce que je voyais.

— Joli discours, Coach Madsen, déclara Addison avant de partir.

— Aucun de vous deux n'a pris cela au sérieux, dis-je dès que la porte se referma.

Ten se contenta de me regarder et son expression se révéla mortellement sérieuse.

— Voilà exactement la meilleure manière de gérer ce conflit – avec des excuses en face à face. Je ne tiens pas à en faire toute une montagne. C'est moi, mon identité et je n'allais pas rester assis là et te laisser cocher des cases pour me définir moi et celui que je suis, ni comment les gens doivent me parler.

— Pédé…

— Cela reste un très mauvais terme. Je le sais, toi aussi et, espérons qu'il ne sera plus jamais utilisé. Un jour, je n'aurais plus envie de tuer quelqu'un, ni de lui arracher la tête parce qu'il aura négligemment inséré ce genre de mots dans chacune de ses phrases, en guise de ponctuation.

— Ten…

— Je dois y retourner.

Je le laissai partir, parce que je ne savais plus ce que je voulais dire à ce stade. Je restai assis là, pendant un bon moment. Ten avait-il raison ? Était-ce un moyen d'atteindre l'équité pour que tous les gars soient acceptés ? Cela se répercuterait-il sur les autres entraîneurs, la direction et les fans de hockey ? Le fait d'être bi me procurait – en quelque sorte – une espèce de laissez-passer. Je couchais avec des femmes aussi, donc les gens considéraient que j'étais indécis.

Conneries que cela ! Pourtant, je n'avais jamais cherché à rectifier quoi que ce soit.

Personne ne me jugeait, et tout ce qui pouvait être raconté sur moi, je me contentais de l'ignorer. Peut-être que j'aurais dû relever le gant lors d'insultes. Peut-être que j'aurais dû être celui qui déclencherait la révolution.

Au moment, où je sortis, Ten, parti depuis longtemps, ne répondit pas à mon message lui demandant de venir me retrouver quelque part.

Je pris la résolution en cet instant que je devais amener les gens à accepter l'équité, les sensibiliser, respecter l'égalité ou peu importe comment on l'appelait, afin de vraiment essayer de faire quelque chose de bien.

SEPT

Tennant

MON PREMIER MATCH DE PRÉ-SAISON SOUS LES couleurs des Railers et ma tête s'était envolé dans le cosmos. Imitant complètement le *Docteur Who*, mon cerveau sautait à travers le temps et l'espace, puis atterrit dans un endroit étranger où je sortais de la boîte bleue qu'était ma tête, jetais un coup d'œil au paysage rouge étranger à travers mes lunettes en 3D avant de lâcher – avec ma meilleure imitation d'un accent purement britannique – « Nan, pas la moindre idée de l'endroit où je me trouve ! » avant de retourner dans le TARDIS et d'essayer une autre planète, où le même scénario se reproduirait.

— Hey, Rowe ! Ferons-nous un peu d'entraînement après le match ?

Je chassai ma sensation de voyager à travers le temps et regardai un de mes équipiers. Il secouait un nouveau paquet de cartes Pokémon devant mon visage.

— Carapuce est tout prêt d'atteindre sa seconde évolution.

— Ouais. Bien. Rappelle-le-moi après le match et peut-être que nous pourrons mettre quelque chose au point.

J'obtins un sourire et une grande claque dans le dos.

Je levai les yeux vers Stan, assis à côté de moi. Ses prunelles grises glissèrent sur mon visage.

— Plop, plop, fizz, fizz ? demanda le gigantesque Russe.

— Vis-tu à TV-Land ou quelque chose comme ça ? m'enquis-je.

Stan haussa un épais sourcil noir.

— Non, mec, suis pas malade, sur une autre planète.

— Ah ! L'espace ! L'ultime frontière…

— Exactement.

Il sourit parce qu'il pensait avoir compris… je suppose. Je ne savais pas ce que Stan pouvait capter des dires des autres, en dehors du traducteur qui l'aidait avec les médias. Il semblait relativement heureux cependant. Je souhaitais pouvoir atteindre cet endroit, moi aussi. Faire mon coming out devant Mads avait été épique et terrifiant à la fois. Je veux dire… d'un côté, cela pourrait être agréable d'avoir un homme à qui parler de problèmes gays… non pas qu'il le soit, il était bi, mais sérieusement, il comprenait. Essayez de rester assis dans une pièce remplie de gars parlant de chattes tout le temps, alors que vous êtes gay. Cela équivalait à être végétarien dans une salle remplie de mangeurs de viande, ne discutant que des steaks et du porc qu'ils avaient avalés ou qu'ils avaient l'intention d'ingérer.

Le fait que la direction soit au courant demeurait une tout autre histoire. Bientôt, toute l'équipe le saurait, ou peut-être que c'était déjà le cas. Allait-elle me demander de faire une annonce publique ? Ma famille même l'ignorait. J'allais devoir leur parler d'abord. Seigneur, je ne voulais vraiment pas avoir à faire ça. Je voulais juste jouer au hockey et voir Mads me sourire au matin alors que nous partagions le même oreiller. Des plaisirs simples, vous voyez ?

Stan se leva, mit son masque sur sa tête et sortit des vestiaires. Je jetai un bref coup d'œil sur l'horloge.

— Merde !

Je me dépêchai de finir de m'habiller et de scotcher des bandes de protection. Sans doute qu'être sur la glace me permettrait de me concentrer. Cela le faisait toujours auparavant.

Il m'était impossible d'éviter Mads ou ses yeux bleus, pourtant je fis de mon mieux. Et il ne me poussa en aucune façon. Je le surpris à me regarder avec inquiétude, une fois, alors qu'il se trouvait à l'autre extrémité du banc, cependant, le jeu reprit le dessus. Le bruit de mes patins fendant la glace commença à me remettre les idées en place et je pus me reprendre. Nous jouions contre le New Jersey ce soir. Et oui, je savais que ce match ne représentait rien, comme tous ceux de pré-saison. Ils servaient surtout à consolider les lignes, à repérer les problèmes et les résoudre, tout en aidant les entraîneurs à réduire leurs listes. Alors, bien que le match n'ait aucune incidence sur le classement, il restait la pression. Je la ressentis même si j'étais à peu près sûr d'avoir un bon point de départ. Vous voyez, j'étais là pour obtenir un poste au centre de la première ligne. Et notre capitaine, il me sentait respirer dans son cou. Il savait que le jeune type visait sa place. Que cela l'incite à mieux jouer ou non, seul le temps le dirait. Je savais que je n'allais pas reculer.

Les premières vingt minutes avaient été carrément bâclées, c'était souvent le cas. Je n'avais jamais joué avec aucun de ces hommes, le moment était donc venu de faire mes preuves. Certains ne semblaient pas en grande forme, toutefois, la plupart d'entre eux l'étaient. Les plus lents pesaient sur ceux d'entre nous qui avaient travaillé tout l'été pour rester en bonne santé et perfectionner nos compétences.

La seconde période s'ouvrit à peu près au moment où les buts furent échangés, soit une dizaine de minutes. New Jersey avait ramassé le palet sur la ligne rouge, les crosses cognaient la glace, renvoyant la rondelle d'un ailier à l'autre et pouvait facilement être interceptée par un centre qui possédait des jambes. Voilà mon rôle. Je la passai à l'un des défenseurs, puisque nous nous dirigions vers un changement de ligne. Il la mit en réserve près des rambardes, pour une raison inconnue et l'équipe du New Jersey la récupéra. Notre gardien de réserve était froid à force de rester assis, et le faible tir frappé roula droit à travers ses cinq trous. Je m'assis sur le banc et écoutai Mads hurler après ses joueurs défensifs. Quand il fut temps pour nous de retourner sur la glace, je grimpai par-dessus les balustrades, empli de détermination.

Ma chance survint rapidement. Le palet glissait à l'extrémité de la zone des visiteurs. L'un des défenseurs de Jersey se trouvait derrière le filet, essayant de se défaire de Lee, tandis qu'un autre en rouge avait rattrapé la rondelle, même s'il savait qu'il aurait dû se trouver devant son but. En bon gars que j'étais, je pris sa place devant le but. Et comme de bien entendu, le palet se fraya un chemin jusqu'à ma crosse et je la levai afin de passer par-dessus l'épaule du gardien, et bam ! Droit dans le filet de Jersey. Net et sans bavure. La lumière rouge s'alluma, étreintes des membres de l'équipe – y compris de Lee Addison – et beaucoup d'entrechocs de poings. Seigneur, j'adorais ce sport ! Il représentait le seul point stable et constant dans ma vie en ce moment. Une fois assis, alors qu'une ligne différente prenait la suite, je retirai mon casque et m'essuyai la tête. Jetant un coup d'œil au banc à travers le coton humide, mon regard atterrit sur Mads, et le truc avec l'espace et les étoiles tourbillonnant recommença.

Euh… Peut-être que ce n'était pas le hockey du tout qui me retournait de l'intérieur. Probablement qu'il s'agissait de Mads. Il inclina la tête. Je fis de même. Mes intestins se nouèrent. Ouais… c'était donc bien ça. Cool. J'avais officiellement un sérieux béguin pour mon entraîneur, qui s'avérait non seulement être plus âgé que moi, mais qui était également l'ami de mon frère. *Tu as vraiment le chic pour faire les bons choix, Ten !*

Nous réussîmes à gagner ce premier match de présaison, bien que de justesse. Les entraîneurs avaient du boulot à effectuer afin de perfectionner leurs différentes lignes d'attaque et de défense, et nous autres, les joueurs, devions travailler pour améliorer nos performances. Cela viendrait avec le temps. Pour moi, pour l'instant, je devais partir. J'avais besoin de mettre un peu d'espace entre les vestiaires, les gars, l'odeur de sueur, les tenues de hockey et surtout, avec la vue de Jared Madsen qui passait devant moi toutes les dix minutes. Il ne dit jamais rien ni ne fit quoi que ce soit qui pourrait être considéré comme… eh bien, même comme amical. Je suppose que vous pourriez appeler cela un comportement distant.

Je me glissai derrière le volant de ma Wrangler. Il n'était que seize heures, les matchs en matinée nous laissaient beaucoup de temps libre. La circulation était quasi inexistante en partant de la patinoire. J'insérai un disque de Marianas Trench dans la chaîne, la musique entraînant mes doigts à tapoter le volant, alors que j'attendais à un feu rouge, à un pâté de maisons de l'arène. Je lançai un rapide coup d'œil sur ma gauche et restai bouche bée. Là, dans la grande vitrine d'un magasin de ventes d'occasion se trouvait un piano droit.

— Sans déconner ! murmurai-je, tandis que « *Stutter* » jaillissait des haut-parleurs de ma voiture.

Un connard derrière moi klaxonna. Je sursautai,

sortis de la circulation et me garai sur une place de stationnement, juste devant la boutique. Je faillis me casser la figure en sortant de mon véhicule. Je me précipitai vers la vitrine, posant mes doigts sur le verre poussiéreux. J'avais l'impression d'être un gamin devant des chiots. Au lieu de cela, j'étais un adulte en costume, souriant devant un piano droit fatigué. Bon sang, il semblait mal en point. Des autocollants de fruits recouvraient son bois blond bosselé et creusé. Le son devait probablement être merdique, pourtant cela me procura une sensation de connexion instantanée avec ma mère. Je me sentais tellement déchiré intérieurement... si perdu et confus à propos de mes sentiments pour Mads... c'était stupide d'éprouver le sentiment que ma mère me manquait, simplement parce que j'avais remarqué un vieux piano usé dans une vitrine, n'est-ce pas ?

J'entrai dans la boutique dont l'intérieur était étouffant et poussiéreux. Un vieil homme émergea des étagères de vieilles cafetières, de passoires et autres articles ménagers. Le type âgé, petit, fronçait les sourcils et portait une barbe.

— Combien pour ce piano ? demandai-je avant qu'il puisse se présenter. Quoi que vous en vouliez, je le prendrai. Pouvez-vous le faire livrer chez moi aujourd'hui ?

Au moment où je quittai le magasin, j'avais dépensé deux cents dollars pour le piano et huit cents pour que le vieil homme persuade ses fils de transporter le vieux truc déglingué à mon appartement. Ouais, j'avais déjà fait venir une équipe de nettoyage, et deux heures plus tard, j'avais le piano le plus moche au monde installé chez moi. Bien sûr, certains diront que posséder un piano droit alors qu'on n'avait même pas de console de jeux était stupide. Ces gens, évidemment, n'avaient pas été élevés par Jean Rowe. Maman avait toujours soutenu que toutes les formes d'arts étaient aussi importantes que le sport – peut-être même plus, parce qu'on pouvait se montrer capable de jouer du piano plus longtemps qu'on ne pouvait pousser un palet. Je m'assis sur le vieux banc, souriant comme un idiot tout en feuilletant plusieurs vieux livrets de partitions, que le commerçant avait ajoutés en plus, gratuitement. J'en tirai un de la boîte qui dégageait une odeur d'humidité et le plaçai sur le pupitre. Je les rangerai tous dans la zone de stockage du banc une fois que j'en aurai terminé.

Je fis courir mes doigts sur les touches et fus choqué d'entendre qu'il était accordé. Cela faisait des années que je ne m'étais pas assis devant un piano. Maman serait ravie. Souriant largement, je fouillai ma poche arrière, sortis mon portable et composai le numéro de ma mère. Elle répondit avant la fin de la troisième sonnerie.

— Maman, hey ! Devine ce que je viens d'acheter…

— Tennant, je suis au milieu d'un film avec James…

J'appuyai sur quelques touches avec mon index.

— Est-ce un piano que j'entends ?

— Exact. Je l'ai trouvé dans un magasin d'occasions. Un gamin a collé des autocollants de fruits partout sur les côtés, mais il sonne juste. Tu veux le voir ? demandai-je, sachant qu'elle le souhaiterait.

Moins de deux minutes plus tard, je l'avais en appel vidéo.

— Mon Dieu, Tennant, je me souviens d'avoir joué sur un tel instrument pendant des années, lorsque j'ai commencé à enseigner. Oh ! Laisse-moi aller au Steinway et nous pourrons exécuter un morceau ensemble comme autrefois, avant que le hockey ne prenne le dessus.

— D'accord, répondis-je et je me réinstallais tandis qu'elle prenait son portable et montait vers sa salle de musique.

Cette pièce constituait jadis l'antre de papa. Lorsque ce repaire s'était retrouvé au sous-sol, la salle de musique de maman avait pris le dessus. Des portes coulissantes en verre composant un mur entier donnaient sur notre véranda. Chaque garçon Rowe passait autrefois trente minutes tous les soirs à s'entraîner sur notre instrument préféré. Guitare pour Brady, saxophone pour Jamie et piano pour moi. Mes frères disaient que j'avais choisi le piano parce que j'étais un lèche-bottes, étant donné que le piano restait avant tout le premier amour de maman. Parfois, elle plaisantait, disant que papa passait en second, après son instrument de prédilection.

— Je suis si excitée !

Elle s'assit et posa son portable sur le pupitre de son bien-aimé Steinway.

— Penses-tu reprendre tes leçons de chant ?

— Maman, vu mon planning, quand pourrais-je le faire ? Je n'aurai sans doute pas beaucoup de temps pour jouer sur ce vieux truc.

Je fis courir mes doigts sur le bois abîmé.

— Tu possèdes une sacrée jolie voix, Tennant. Tu devrais t'entraîner pour le jour où le hockey ne subviendra plus à tes besoins.

— Maman, je n'ai que vingt-deux ans. Je pense avoir encore quelques belles années devant moi. Veux-tu que nous jouions une chanson ensemble, ou préfères-tu me donner un cours de chant ?

Elle fit une grimace.

— Très bien, nous allons jouer, mais je veux que tu gardes tes leçons vocales en tête.

— Oui, mère. Choisis l'air.

Je me tortillai sur le banc, roulai la tête d'un côté, puis de l'autre, et fixai ma mère qui s'installait. Elle retira le pull rose posé sur ses épaules. Oh, merde ! C'était sérieux à présent : elle avait enlevé son pull.

— Te souviens-tu de tes classiques ? demanda-t-elle alors qu'elle soulevait le couvercle de son Steinway.

— Les concertos et autres trucs ?

— Trucs ? Sérieusement, Tennant ? Que dirais-tu de « *Lettre à Élise* » ? Tu as toujours aimé celle-ci.

Elle se redressa et m'attendit.

— Ou bien, nous pourrions nous échauffer avec « *La Marche Turque* » si tu te sens plus effronté.

— Nan, Beethoven me convient parfaitement. Ensuite, ce sera à mon tour de choisir.

— Souviens-toi des techniques de tes doigts.

— Maman, pouvons-nous simplement jouer ?

Elle m'adressa un clin d'œil et hocha la tête, m'indiquant de me lancer. Les premières notes furent un peu rocailleuses. Maman m'ordonna de garder mes doigts relevés. Je m'attelai au morceau, puis nous passâmes à cette fichue marche de Mozart. Enfin, maman l'interpréta merveilleusement, je me contentais de jouer en arrière-plan. Nous levions les yeux des touches de temps en temps, afin de nous regarder jouer l'un l'autre et de nous sourire. Le jeu de jambes revint facilement, toutefois ma main gauche traînait, comme cela avait toujours été le cas sur cet air.

— Maman, tu es vraiment douée, dis-je après avoir dû mettre un terme à ce morceau à cause de mon travail de sabotage.

Elle sourit au compliment, tout en agitant la main.

— D'accord, pourquoi n'essaierions-nous pas celui-ci ?

J'entamai l'ouverture de « *Goodbye Yellow Brick Road* » et maman rebondit comme si elle se trouvait à un concert d'Elton John. Elle en avait vu une vingtaine. Sans rire. Elle avait vraiment assisté à vingt concerts. Elle adorait Sir Elton. Cet homme symbolisait pour elle un dieu du clavier. Papa plaisantait souvent sur le fait qu'elle était une groupie de « Piano Man ». Nous savions tous que si Sir Elton toquait un jour à notre porte, maman s'enfuirait avec lui, le fait qu'il soit gay ne la dérangeait pas du tout.

— Chante pour moi, Tennant.

Comme si je pouvais le lui refuser ? Je le fis, car elle me l'avait demandé et parce qu'elle me manquait. Je voulais tellement discuter avec elle à propos de Mads et des sentiments qui grandissaient en moi pour lui. Toutefois, je ne pouvais pas, et cela me faisait mal. Maman et moi avions toujours discuté de tout et n'importe quoi. Sauf du fait que j'étais gay, c'était… je me trompai dans les paroles, grimaçant un peu, avant de réussir à me concentrer sur la chanson. Ma voix n'était pas géniale, malgré ce qu'elle en disait, pourtant j'aimais vraiment jouer et chanter. Lorsque je relevai les yeux, maman se balançait sur son banc, faisant semblant de tenir un briquet au-dessus de sa tête. Cela m'acheva. Mes doigts glissèrent des touches tandis que je me pliais en deux de rire. Ce fut durant l'accalmie après notre concert que j'entendis frapper à ma porte.

— Merde ! Il y a quelqu'un à la porte. Je reviens tout de suite.

Je me relevai et laissai maman à son piano. Souriant de nos bêtises, j'ouvris le panneau. Mads se tenait là, me regardant avec humour, de ses incroyables yeux bleus.

— Hey, fis-je.

— Hey.

Son sourire me fit oublier toutes mes compétences

linguistiques. Mes yeux parcoururent son corps de la tête aux pieds. Jean, sweat à capuche, sourire. Du sexe sur pattes.

— Joli pull.

Oh ! Wow ! Grandiose, Tennant, d'autant que tu dois bien te douter qu'il porterait un pull à l'effigie des Railers, comme celui que tu possèdes. Tu n'es qu'un idiot !

— Ils vont à tout le monde.

Ce compliment est-il vraiment aussi nul qu'il le paraît ?

— Tu aurais dû le dire avec le fort accent de Rodney Dangerfield.

Je ricanai de manière stupide et hochai la tête.

— Tu n'as aucune idée de qui est Rodney Dangerfield, n'est-ce pas ?

— Pas la moindre.

— C'est un comédien.

Mads arborait cette même expression lasse que mes parents affichaient quand ils discutaient de connexion d'internet, de huit pistes ou encore de jeans Sassoon.

— J'écoute beaucoup de Bo Burnham.

Et maintenant, c'était au tour de Mads de me dévisager, le regard vide.

— C'est un humoriste.

— Seigneur, quel vieillard je fais !

Il rit doucement à sa propre plaisanterie qui n'en était pas vraiment une.

— Je me suis arrêté pour voir si tu allais bien. Après

cette bagarre et notre explication ? Tu semblais déconnecté et distant avec le reste de l'équipe pendant le match et…

— Pouvons-nous remettre cette discussion à dans quelques minutes ? Ma mère est au téléphone et je ne veux pas qu'elle nous entende parler de ceci.

J'inclinai la tête en direction du piano.

— Oh, bien sûr, cela peut attendre.

Il me donna l'impression qu'il allait partir. Je voulais vraiment qu'il reste et me sourie un peu plus longtemps.

— Non, cela ne peut pas. Je veux en parler.

Quel beau mensonge ! Je ne voulais ni évoquer la bagarre, ni les insultes, ou encore combien c'était pénible d'avoir à m'inquiéter que les gens découvrent que j'aimais coucher avec des hommes. J'ouvris plus largement ma porte.

— Juste plus tard, d'accord ? Après avoir raccroché, ajoutai-je doucement.

— Bien sûr, pas de problème.

Mads entra chez moi. Je m'empressai de refermer la porte afin qu'il ne s'enfuie pas comme un chat sauvage. J'affichai un sourire et retournai en trottinant vers le piano. Maman était toujours là, sirotant quelque chose de chaud dans une tasse aux pourtours incrustés de fleurs blanches.

— Tu te souviens de ce gars, non ? demandai-je, aussi décontracté que possible, alors que je me rasseyais sur le banc.

Mads s'installa près de moi sur le siège du piano. Le visage de ma mère s'illumina lorsqu'elle le vit à mes côtés. Son bras appuyé contre le mien me rendit tout rouge. Ce banc était vraiment trop étroit pour deux joueurs de hockey, mais qui avait besoin d'avoir ses deux fesses posées dessus ?

— Jared, comment vas-tu ? Brady m'a dit que tu dirigeais les lignes de défense dans l'équipe de Tennant.

Maman souleva son appareil, comme si l'amener plus près de son nez rendrait Mads plus grand. Les parents… je vous jure…

— Tu as l'air d'aller bien.

— C'est un plaisir de vous revoir aussi, Madame Rowe.

Wow ! Mads affichait de très bonnes manières destinées aux parents.

— Ça va, merci de l'avoir remarqué. Vous n'avez pas pris une seule ride.

Maman gloussa.

— Oh, stop ! Tu as toujours su comment parler. Je vais me préparer une nouvelle tasse de thé et retourner voir mon film avec Jimmy Garner afin que vous puissiez discuter de hockey tous les deux. Jared, cela fait trop longtemps. S'il te plaît, passe nous rendre visite bientôt. Tennant, assure-toi de pratiquer tes gammes et tes arpèges tous les jours maintenant que tu as un piano.

— Les profs de musique… murmurai-je pour Mads après nous être dit au revoir. Veux-tu une bière ?

— De l'eau serait bien plus appropriée pour nous deux, répondit-il, avant de retirer son sweat-shirt.

Je me rassis à côté de lui, les mains sagement posées sur mes cuisses et regardai son tee-shirt remonter en même temps que son sweat. Merci, électricité statique. Je jetai un bon coup d'œil sur son torse alors qu'il luttait pour ôter le sweat, sans prendre le tee-shirt en même temps. Ses muscles étaient sérieusement bien définis. Un fin duvet blond recouvrait ses pectoraux fermes. Ses abdominaux avaient besoin d'être touchés. Par moi. Avec ma langue.

— Ouais… de l'eau…

Je bondis de mon siège et me précipitai vers la cuisine. Lorsque je revins avec deux grands verres d'eau glacée, Mads avait remis ses vêtements en place et feuilletait l'un des livrets de partitions qui accompagnaient mon vieux piano. Les glaçons cliquetaient contre les parois. Il leva les yeux vers moi qui me tenais juste devant lui, le contemplant. Je lui tendis la boisson. Il posa le livret sur la pile, toujours installée sur le pupitre.

— Je n'ai pas de citron ni de sirop, ce sera donc juste cette bonne eau d'Harrisburg.

— Miam ! plaisanta Mads, avant de siroter son verre.

Je me réinstallai à sa gauche et avalai une gorge de mon eau riche en produits chimiques. Mads fit une grimace et posa lentement le verre sur le sol, près de ses pieds.

— Lorsque j'étais enfant, nous avions l'habitude d'aller à ce chalet de Chicopee pour skier, dit-il. Le long d'une de ses pentes, quelqu'un – cela remonte à des années – avait dégagé un tuyau qui provenait des montagnes, et de l'eau de source fraîche coulait toute l'année. Je m'arrêtais toujours pour en boire. C'était si froid que cela te donnait mal à la tête comme avec de la crème glacée.

Je hochai la tête.

— C'est la meilleure eau que j'ai jamais bue.

— Quand tu prendras ta retraite pour de bon, tu devrais retourner à Chicopee afin d'en boire chaque jour, proposai-je, parce qu'il paraissait mélancolique.

— Peut-être que je le ferai. Alors, comment te sens-tu par rapport aux récents évènements ?

Merde ! Il m'avait pris par surprise, ramenant le sujet sur le tapis très rapidement. Je jetai un coup d'œil au livret de musique. Il s'agissait d'un air de Disney. Quelques secondes se transformèrent en de longues minutes qui s'éternisèrent. Mads s'agita sur le banc. Il était temps que je réponde, mais je ne savais pas quoi dire. Mentir me semblait merdique. Enfin… raconter *plus* de mensonges, bien sûr. Pourtant, de là à admettre devant lui que mes sentiments partaient dans toutes les directions alors qu'il se trouvait à proximité, cela ne me paraissait pas être un bon moyen d'entamer la conversation.

— Ten, si tu ne veux pas en discuter, ce n'est pas un problème.

— Vraiment ?

Je fixai les glaçons qui nageaient dans mon verre. Il y avait de minuscules bulles d'air gelées en eux à l'image des choses piégées à l'intérieur de moi. Voilà présentement ce que je ressentais.

— Totalement. Pourquoi ne me joues-tu pas une chanson ?

Sa requête m'obligea à relever la tête et mes yeux à se détourner des cubes de glace. Il souriait à nouveau. Pourquoi faisait-il ça ? Ne savait-il donc pas que c'était une arme mortelle vis-à-vis de tous les hommes à qui il souriait ?

— Tu sais jouer, dit-il. Je t'ai entendu de dehors. J'avais oublié, pour être honnête. Brady gratte de la guitare, non ?

La dernière personne dont je voulais parler était mon frère.

— Euh… d'accord.

Je me penchai sur le côté pour poser mon verre d'eau sur le sol.

— Quelle chanson veux-tu écouter ? Je suis un peu rouillé, raison pour laquelle maman m'a demandé de reprendre mes gammes et mes arpèges.

— Et moi qui croyais qu'il n'y avait que les Aristochats qui le faisaient ?

— Très bien, *celle-là*, je peux la jouer, répondis-je en gloussant, tandis que j'attrapais les partitions des classiques de Disney.

— Et dire que nous pensions que nous ne

trouverions jamais rien de commun en dehors du hockey, plaisanta-t-il, avant de feuilleter le livret et de s'arrêter sur une page, puis il le déposa sur le pupitre. Celle-ci par exemple.

Je jetai un coup d'œil au titre. Wow ! Ce ne devrait pas être le genre de chanson que je devrais interpréter alors que sa hanche gardait la mienne au chaud. Dans celle-ci, Simba se frottait le visage. Je devrais en faire autant contre celui de Mads. Moustaches contre moustaches… Oh, bordel…

— D'accord.

Me mettre au piano me semblait moins dangereux que songer à ses moustaches.

— Y a-t-il les paroles ? demanda-t-il, après quelques notes exécutées.

— Ouais, mais elles ne sont pas notées sur la partition. Tu les veux ?

— Les connais-tu ?

Il semblait vraiment vouloir entendre cette chanson, pour une raison inconnue.

— Mec, j'ai été élevé par la plus grande fan de Sir Elton John. Je pourrais la chanter même en dormant.

Cela le fit sourire plus largement. Ouais, j'étais vraiment sur le point de fondre et toutes ces bulles pétillantes piégées à l'intérieur de moi allaient s'échapper. Au lieu de me liquéfier partout sur lui, je pris une profonde inspiration par le nez, expirai de la même manière, avant de commencer à jouer et à chanter « *Can You Feel The Love Tonight* » pour lui. Lorsque la dernière note s'estompa, je repoussai la sorte de brume que le fait de jouer avait répandue sur moi et je jetai un coup d'œil sur le côté. Mads semblait sous le charme.

— Je t'avais prévenu que mon doigté restait un peu faible.

Il devait dire quelque chose parce que, tout à coup, je pris conscience de sa présence. Mads cligna des yeux… puis se pencha et posa ses lèvres sur les miennes. Ce baiser chaste faillit quand même me renverser sur le banc. Ses lèvres étaient douces, bien que fermes, même s'il se montrait déterminé à ne pas insérer sa langue. Dès que mon cerveau s'arrêta sur le mot « langue » Mads se leva brusquement, comme s'il était assis sur un nid de frelons. Je l'entendis renverser son verre d'eau, cependant, cela restait la dernière de mes préoccupations.

— Ce n'était pas censé se produire !

Il toussait alors qu'il se dirigeait vers la porte. Je passai par-dessus le banc.

— Ce n'était pas censé se produire, répéta-t-il.

— Pourquoi pas ? demandai-je, lui coupant le chemin vers la porte.

Il semblait au-delà d'ébranlé. Il flippait, ses yeux bleus parcoururent la pièce stérile, à la recherche d'un moyen de s'enfuir.

— *Pourquoi pas ?* aboya-t-il, ses mains se crispant, donnant l'impression qu'il n'avait aucune idée de ce qu'il pouvait en faire.

J'enroulai mes bras autour de ma propre taille, afin

de me protéger de l'éviscération en règle qui n'allait pas manquer de suivre.

— As-tu vraiment besoin que je t'énonce toutes les raisons ? Que penses-tu du fait que je suis ton putain d'entraîneur ?

— Tu ne l'es pas. Tu es celui qui s'occupe des défenseurs. Je suis un attaquant.

Il me fixa comme si j'avais une mangouste qui fumait un tuyau de narguilé posé sur ma tête.

— Tu chipotes. Le fait demeure : je suis ton coach. Donc, totalement inapproprié.

Il passa ses doigts dans ses cheveux, les redressant et les faisant partir dans tous les sens. Cela lui donnait l'air fraîchement baisé et dix fois plus sexy qu'il ne l'était normalement.

— Oh, conneries ! Je n'ai pas quatorze ans ! Nous sommes deux adultes ! renvoyai-je aussitôt.

Sa mâchoire se serra un instant.

—Et qu'en est-il de Brady ?

— J'emmerde, Brady ! Qui s'en soucie si nous sommes ensemble ?

— Moi ! cria-t-il, avant de repartir en direction de l'endroit vers lequel il s'était initialement dirigé.

Je me serrai plus fort.

— Ton frère me tuera s'il découvre que je déconne avec toi. Et tes parents me détesteraient. Ils me font confiance pour ne pas m'imposer à toi.

— Tu n'aurais pas à me forcer. J'irais volontiers dans ton lit.

Je mordis l'intérieur de ma bouche. Il n'y avait pas moyen de reprendre ce que je venais d'avouer. Les traits de Mads se figèrent, toute colère dissipée, remplacée par le choc. Il semblait avoir été aveuglé par Bobby Orr.

— Voilà bien une horrible idée, dit-il doucement.

Toutefois ses yeux… ces prunelles bleu ciel disaient qu'il trouvait que ce serait tout, sauf horrible. Je n'avais peut-être pas des années d'expériences sexuelles, cependant, je savais reconnaître le désir quand je le voyais dans les yeux d'un homme. Mads désirait cela pour nous, et moi aussi.

— Je ne le pense pas. À mon avis, toi et moi, si nous couchions ensemble, ce serait épique.

Le regard qu'il m'adressa me pourfendit du sternum jusqu'au nombril. *Bien joué, Tennant ! La prochaine fois, dis-lui que tu veux porter ses enfants ! Espèce de crétin !*

— Tu es bien trop jeune pour comprendre les conséquences qui en découleraient. Tu n'es même pas sorti du placard.

— Parfois, Jared, tu dois agir comme un homme et dire merde aux conséquences.

D'accord, plutôt gonflé de la part d'un homme enfermé dans son placard, qui tenait ses organes internes en s'étreignant tout seul, semblable à une adolescente en détresse. Voir Jared se livrer une bataille intérieure était un spectacle à lui tout seul : ses narines s'évasèrent, ses pupilles se dilatèrent et sa respiration s'accéléra légèrement.

Sans doute qu'il en avait juste assez de se disputer. Bordel, peut-être qu'il était aussi taré que moi. Probablement, maintenant que j'y pensais. Quoi qui le poussa vers moi, j'en fus ravi. Mads fit une grande enjambée, et son torse frôla le mien. Il me poussa contre la porte. J'attrapai sa nuque épaisse et attirai sa bouche sur la mienne. Ensuite, il n'y eut plus d'arguments sur le hockey, les frères ou les placards, juste sa langue qui glissait sur la mienne, son corps qui me plaquait contre la porte et son sexe dur s'installant contre ma queue raide.

Mads se frotta le long de mon corps. Je gémis près de ses lèvres, mes doigts s'enfoncèrent dans la peau de son cou. Le désir déferla dans mon cerveau. Tout ce à quoi je pouvais songer, c'était à lui et moi nus, juste là, contre cette porte, mes jambes entourant sa taille, son membre glissant dans et hors de moi. Cela devait arriver. Ses mains palpèrent mon corps, ses doigts effleurèrent mes côtes sous mon tee-shirt. Je saisis deux poignées de courts cheveux blonds et tirai. Son gémissement monta du plus profond de sa poitrine. Il aimait ça. Je recommençai, cette fois en aspirant sa langue pendant que je tirais à nouveau sur ses cheveux. Son bassin tourna lentement tandis qu'il plongeait plus profondément dans ma bouche. Son sexe, long et rigide caressait l'os de ma hanche. Nous respirâmes tous les deux brusquement, l'air humide se mêlant à nos souffles.

— Seigneur ! haleta Mads.

Il se libéra de mes mains avides.

— Seigneur, répéta-t-il, avant de me pousser sur le côté afin de pouvoir ouvrir la porte.

Je vacillai dans le couloir, mes pensées lentes et embrumées par le désir. Mads se tenait à cinq pas de moi, les coudes fermés, les paumes posées à plat contre le mur, la tête entre ses bras. Je pense que je l'ai appelé, à moins que je n'aie toussé, qui sait ? Il releva brusquement la tête et nos regards se verrouillèrent.

— Nous ne pouvons pas faire ça, Tennant, déclara-t-il d'un ton bourru, puis il s'écarta du mur et se précipita vers les escaliers de secours.

Il se montrait si pressé de partir qu'il ne pouvait même pas attendre le putain d'ascenseur.

— Vie de merde ! murmurai-je tandis que mon cul heurtait l'encadrement de ma porte d'entrée.

Je me recroquevillai, le visage enfoui dans mes paumes. Je restai là, à moitié caché derrière mes mains, jusqu'à ce que mes jambes s'engourdissent. Alors, je me relevai, utilisant le chambranle pour stabiliser mes jambes bancales, passai mes doigts sous mes yeux et me projetai à l'intérieur de ma maison, me pliant en deux sur mon piano. Et merde à l'eau qui s'infiltrait dans le tapis. Je nettoierai plus tard, après que la douleur qui inondait mes entrailles ait disparu. Ce qui signifiait que l'eau ne serait jamais absorbée.

HUIT

Mads

_____

COMMENT PARVINS-JE À RENTRER CHEZ MOI ? JE N'EN avais aucune idée. La dernière chose dont je me souvenais était d'être sorti de l'immeuble de Ten et d'être monté dans ma voiture. Et maintenant, je me trouvais dans la cuisine et tout demeurait flou.

Le baiser avait été plus chaud que le sexe le plus pervers que j'avais jamais eu. Pourtant, ce n'était rien de plus que la chaleur de nos corps et le goût de sa bouche et… merde ! J'avais failli me caresser plus fort contre lui et jouir dans mon pantalon comme un adolescent.

Une nouvelle vague de chaleur envahit mon visage et je gémis à voix haute dans mon appartement vide, avant de m'affaler sur le tabouret de la cuisine, me prenant la tête entre les mains. Au départ, mes intentions s'avéraient si bonnes : parler à Tennant, découvrir comment il voulait que j'approche l'équipe. Nulle part, dans ma planification hasardeuse, il n'y avait eu la moindre pensée de pousser Ten contre la porte la plus proche et de l'embrasser à perdre haleine. Je devais probablement briser une centaine de règles concernant les relations entraîneur/joueur rien que par le fait qu'il joue dans mon équipe, alors ne parlons même pas de ce baiser. Que diable avais-je fait ?

Ten était gay… cela ne signifiait pas pour autant que je devais me jeter sur lui, sous prétexte que je le pouvais.

Mon téléphone portable vibra sur le comptoir et je l'ignorai, ne voulant même pas regarder le nom de mon correspondant. S'il s'agissait de Ten, je n'avais aucune idée de ce que je pourrais lui dire. Si c'était l'équipe, alors je ne me trouvais vraiment pas en état de parler de hockey, surtout lorsque tout ce que je voulais faire était de retourner chez Ten et de le baiser sur la surface plane la plus proche.

De plus, j'affichais une belle érection, pour l'amour de Dieu !

L'appareil dansa à nouveau et cette fois, je jetai un coup d'œil sur l'écran, mes yeux toujours pas concentrés jusqu'à ce que le nom de l'appelant me frappe de plein fouet.

Brady.

Bordel de merde, il sait que je suis allé chez Ten et que je l'ai pratiquement embrassé de force. Je suis mort !

Je ramassai le portable, probablement grâce à une mémoire des gestes, alors que répondre à l'appel se situait quelque part entre la terreur qu'il soit au courant et l'espoir du contraire.

— Rowesy ? dis-je, me forçant à rester calme.

En tant qu'aîné des frères Rowe, il portait le surnom de Rowesy, et l'utiliser représentait, je pense, une sorte de mécanisme de défense – un lien avec l'époque où nous jouions à Elmira.

— Cela fait longtemps que nous n'avons pas parlé, Mads, lança Brady.

Au moins, il n'avait pas entamé la discussion en me traitant de connard ou de bâtard.

— Maman m'a envoyé un message pour m'indiquer que tu te trouvais chez Ten.

Merde ! Il sait !

Je me levai de mon tabouret, s'asseoir était pour les mauviettes.

— Ouais, tu sais… marmonnai-je.

Qui diable grommelait ce genre de conneries à quelqu'un d'autre ? J'avais quoi ? Onze ans ?

— Ouais, donc…

Brady semblait tout aussi incertain et ce manque de conversation commençait à me faire paniquer.

Je poussai plus loin.

— Ouais ?

Pourquoi devrais-je même prendre la peine de former une phrase entière à ce stade ?

— Comment va-t-il ? demanda enfin Brady.

Sa voix semblait se répercuter dans la salle où il se trouvait, on aurait dit qu'il se tenait dans une grande pièce vide – sans doute l'une de celles, énormes de son manoir – que je n'avais vu que sur le site de l'agent immobilier alors qu'il l'achetait. Eh bien quoi ? J'avais gardé un œil sur Brady – après tout, c'était un ami. Du moins, il l'avait été avant mon... *accident.*

— Bien, répondis-je.

Qu'attendait-il d'autre de moi ? Peut-être un résumé des tirs que Ten avait effectués lors des entraînements ou une analyse poussée de ses chances de jeu ? Peut-être que Brady voulait juste s'assurer qu'il mangeait bien.

Il soupira bruyamment.

— Puis-je être honnête avec toi ? reprit-il.

Il y avait une pointe de résignation dans sa voix, à croire que j'étais vraiment la dernière personne à qui il désirait parler. Dommage que l'amitié partagée disparaisse parce que je m'étais comporté comme un idiot et que j'avais toujours la tête coincée dans mon cul.

Ce n'était pas de sa faute si nous jouions contre son équipe quand je m'étais évanoui. Il n'était pas responsable de son équipier qui avait décidé de laisser tomber ses patins et de me pousser violemment contre les bandes. Bordel, mon équipe avait remporté la coupe Stanley, essuyant le sol avec celle de Brady lors de la dernière manche décisive. Bien sûr, je n'étais pas sur la glace – j'avais regardé tout le putain de match depuis un lit d'hôpital – mais quand même, cela avait quelque peu adouci mes regrets, suite à ma blessure, parce que la coupe représentait tout pour un joueur de hockey professionnel.

Si seulement j'avais été capable de continuer à jouer.

— Ouais, répondis-je, parce que Brady attendait toujours une confirmation.

— L'entraîneur Benning.

— Qu'y a-t-il à son sujet ?

— Tu le tiens éloigné de Ten, n'est-ce pas ?

Quoi ? Le protéger de l'entraîneur ? Je me sentais confus et je dus émettre un son interrogateur, parce que Brady continua de parler.

— Je persiste à dire que Ten aurait dû parler avec une des autres équipes. Il constitue certainement l'un des meilleurs attaquants actuellement, et il sera capitaine un jour...

Brady s'interrompit et j'analysai ce qu'il avait révélé jusqu'à présent. Je savais que Ten était doué, qu'il y avait quelque chose chez lui qui faisait que les autres joueurs s'arrêtaient pour le regarder.

— Je sais, repris-je.

— Les Rangers le voulaient. Bordel, les Wings aussi. De vraies équipes appartenant aux six originales.

J'avais lu tous les rapports, et les rumeurs prétendaient que de nombreuses équipes avaient eu des discussions ouvertes avec l'ancienne de Ten, dans le but d'obtenir Tennant Rowe dans leurs lignes.

— Il s'intègre bien aux Railers... commençai-je avant de m'arrêter lorsque Brady soupira.

Ce fut en cet instant que je me sentis sur la défensive, comme si Brady allait me confronter pour avoir embrassé son frère, et protéger ses décisions.

— Tu penses vraiment que les Railers ont une chance de gagner la coupe ? se moqua Brady.

Ouais, il se gaussa vraiment. Était-ce vraiment impossible qu'une équipe qui n'était qu'en seconde année ait une chance ?

Je n'évoquai pas les statistiques, bien que ce soit sur le bout de ma langue, rien de ce que nous avions fait l'année précédente ne signifiait quelque chose à présent que nous possédions Ten au centre de nos lignes. Si nous pouvions l'amener à travailler au cœur du groupe, nous aurions plus qu'une bonne chance d'accéder aux séries éliminatoires. Voilà *l'idée* de négocier ce que nous avions, pour un marqueur qui avait plus de quatre-vingt points à son actif.

— Avec Ten, toutes les chances sont de notre côté, répondis-je fermement, allant droit au but.

Je ne laissai aucun doute percer dans ma voix, et refusai de permettre à Brady d'ajouter d'autres répliques merdiques à cette conversation.

Il savait pertinemment bien que j'étais l'entraîneur des défenseurs pour l'équipe, non ?

Pourtant, il n'en avait pas terminé.

— Je sais qu'il travaille dur, cependant, il a besoin d'une équipe avec une certaine profondeur, une bonne stratégie défensive… Bordel, il devrait s'appuyer sur une équipe pourvue d'une histoire. Il faudra des années avant que les Railers aient une chance de gagner. Tu veux vraiment d'un tel groupe pour Ten ? N'as-tu pas envie de le voir brandir la Coupe ?

J'écartai le téléphone de mon oreille et fixai l'écran pendant un moment, puis, ami ou non, je sus ce que j'allais répondre. Peut-être qu'il ne s'agissait pas de la meilleure façon de réagir avec le grand frère surprotecteur de l'homme que je venais juste d'embrasser contre une porte… je remis l'appareil contre mon oreille et prononçai cinq mots :

— Va te faire foutre, Rowesy.

Je raccrochai.

Brady était un type bien – du moins, il avait été un type bien – mais qui diable pensait-il être pour m'appeler, dénigrer mon travail, mon équipe, ma putain de carrière, juste pour se plaindre que son frère fasse partie des Railers ?

Connard !

La colère me tint compagnie jusqu'au lendemain matin. J'avais traversé tout le spectre des émotions – la colère se transforma en regret, qui muta en déception, et j'avais fini par revenir à la honte de ce que j'avais fait.

D'une manière biaisée, ce que Brady avait dit la veille ressemblait moins à une déclaration concernant les Railers, au lieu de cela, j'avais commencé à le prendre personnellement. Je pouvais presque m'imaginer qu'il m'avait appelé, en fait, parce qu'il connaissait les pensées que j'avais eues à l'égard de Ten.

Lorsque j'arrivai à l'aréna, je me cachai dans mon bureau. Inutile de rester dans un endroit où Ten pourrait me voir jusqu'à ce que l'entraînement commence. Bien entendu, je n'avais pas vraiment réfléchi sur le sujet et quand quelqu'un frappa à la porte, j'eus l'horrible impression que ce serait lui.

J'allai ouvrir, décidant que je voulais l'affronter en tête à tête et être debout, non pas assis derrière mon bureau usé. Or, ce n'était pas Ten qui se trouvait sur le seuil de ma pièce.

— Jared.

Mon espèce d'ex-beau-père entra et je reculai immédiatement. Nous ne nous voyions jamais en face à face, surtout quand nous discutions, à moins que cela ne concerne Ryker.

— Ev, répondis-je.

Je refusais de lui donner le titre honorifique de « monsieur », ou de l'appeler « monsieur quelque chose » – surtout pas, après la manière dont il avait tenté de me tenir à l'écart de la vie de mon fils. Mon contrat avec les Sabres m'avait rapporté des millions, ce qui signifiait que j'avais été capable d'engager les meilleurs avocats. Malgré cela, Ryker avait atteint l'âge de six ans avant que je puisse le revoir dans de bonnes conditions.

— Parle à Ryker, dit-il, allant droit au cœur du sujet, comme d'habitude.

Je ne lui accordai même pas la courtoisie de lui répondre, parce que je savais que j'allais très rapidement m'énerver.

— Tu l'obliges à rester à l'école.

Je m'appuyai contre mon bureau, sentant ma tasse de café bouger légèrement, là où mon cul était perché, puis croisai mes bras sur mon torse. Si Ev voulait se montrer intimidant, supérieur et me prendre de haut, alors j'allais lui prouver que rien, dans son attitude, ne m'effrayait.

Je n'étais plus ce gamin de quinze ans qui se tenait devant lui, lui promettant de prendre soin de sa fille désormais. J'avais plus de deux fois cet âge, et seulement à moitié aussi stupide que je l'étais à l'époque. Casey et moi n'étions pas destinés à rester ensemble pour l'éternité – un seul préservatif s'était déchiré et nous avions créé une vie, mais cela ne signifiait pas que nous allions former une véritable famille. Elle était mariée à présent, à un agent de change, heureuse avec trois enfants en bas âge, les demi-sœurs de Ryker.

Il pinça les lèvres lorsque je ne répondis pas et afficha cette expression voulant dire « je suis vraiment en colère après toi ». Je fis la seule chose que je savais l'ennuyer davantage, je me contentai de hausser un sourcil interrogateur.

— Il n'a pas besoin d'être bien éduqué pour être le meilleur joueur de hockey, reprit Ev. Pourquoi l'obliger à suivre une voie dont il ne veut pas ?

Je secouai la tête.

— N'es-tu pas au courant, Ev ? Pousser nos enfants à faire quelque chose dont ils ne veulent pas, fait partie de la description de notre travail en tant que parents. Tu sais, comme… quand tu as forcé ta fille à m'empêcher de voir mon fils.

Ev refit ces grimaces avec ses lèvres et je pris un moment pour me concentrer sur le gris présent sur ses tempes et la cicatrice sur sa pommette.

— Y a-t-il autre chose ? demandai-je, regardant délibérément ma montre d'un geste dédaigneux.

Je le toisai, je notai son visage crispé et j'aurais pu jurer qu'il était sur le point d'exploser.

— Mads ? appela l'entraîneur, derrière Ev. Salle vidéo dans cinq minutes.

Il ne resta pas pour discuter. Nul ne s'attardait quand Ev zonait dans le bâtiment sachant qu'ils se trouvaient en présence d'un baril de poudre. Cela n'avait aucune importance qu'il fasse partie de la vieille garde qui avait vu des choses plutôt cool, il était connu comme un connard parmi les joueurs et les entraîneurs, même si personne n'avait jamais explicitement prononcé ces mots devant moi.

Je suppose qu'ils pensaient que je ressentais quelque chose pour ce bâtard, alors que tout ce qu'il représentait pour moi, se résumait au fait qu'il était le grand-père de mon fils. Point final.

Je fis un geste en direction de la porte.

— Si cela ne te dérange pas, j'ai du travail.

Je fis un pas en avant et il resta fermement debout, avant de tourner les talons et de partir sans un au revoir. Cela me convenait – je n'attendais rien de sa part, d'autant que je n'avais même pas eu droit à un « bonjour ». Pour lui, j'étais, et serai toujours, le moins que rien qui avait couché avec sa fille et gâché sa vie. J'étais d'accord avec lui, jusqu'à un certain point. Si Ryker sortait pour mettre des filles enceintes, je me montrai très énervé.

Toutefois, il y avait une chose que je ne ferais jamais, c'était d'écarter mes petits-enfants d'un de leurs parents.

———

Je ramassai mes affaires et verrouillai la porte de mon bureau, roulai mes épaules afin de relâcher l'inévitable tension qui se produisait avec chaque rencontre que j'avais avec Ev. Mon portable bipa, indiquant l'arrivée d'un message et je vérifiai l'écran. Un message de Ryker « *Fais gaffe, GP passe te voir* ». Il appelait Ev « GP », en guise de raccourci pour grand-père. Je lui renvoyai un remerciement rapide et ajoutai un baiser.

J'aimais mon fils, il ne s'écoulait jamais une journée sans que je le lui rappelle.

J'arrivai enfin à la porte de la salle vidéo. Toute l'équipe se trouverait à l'intérieur, y compris Ten. Une partie de moi pensait que, j'aurais peut-être dû discuter un peu plus avec lui au lieu de me précipiter pour l'embrasser contre la porte, mais il était trop tard à présent.

Je pénétrai dans la pièce et jetai un rapide coup d'œil circulaire. À l'instar de toutes les autres équipes dans lesquelles j'avais joué depuis que j'étais un junior, les différentes lignes étaient assises ensemble : les défenseurs d'un côté, les gardiens de but, debout d'un côté semblant aussi bizarres que d'habitude, leurs regards concentrés, comme le mien. Ils voulaient toujours tout savoir et ils possédaient ce talent étrange d'en voir beaucoup trop.

Je m'avançai directement vers l'avant, notant que Ten se trouvait à deux rangs derrière, au centre de sa ligne et qu'il ressemblait à du sexe sur pattes. Il portait le même maillot que le reste de son groupe, les mêmes jambières, tout pareil, pourtant il était différent. Il cumulait tout ce que je désirais en un seul et même colis, et il était assis, attendant que je fasse en sorte que tout fonctionne.

— Très bien, tout le monde, commençai-je. Taisez-vous.

Un par un, ils cessèrent de parler, et des visages intéressés se tournèrent vers moi, Benning prit un siège à l'arrière, avant de hocher la tête, m'adressant un encouragement. Je croisai le regard d'Addison et il fit le même geste – c'était autant pour lui que pour moi. Je mélangeai les papiers sur le petit lutrin et me mis à lire ce que j'avais appris sur le web.

— La LNH fait équipe avec différents projets bien établis afin de créer une meilleure visibilité pour l'inclusion des membres LGBTQ au sein de la ligue. Dans ce cadre, il existe une liste d'ambassadeurs pour chaque équipe. Pour les Railers, cet ambassadeur est Lee Addison, soutenu et aidé par moi-même. Lee a quelques mots à vous dire.

Il se leva, agita une main et reçut un ensemble d'acclamations presque courtoises. Il semblerait que la pièce soit pleine de joueurs de hockey sérieux, capables de réfléchir sur des sujets importants, bien que certains d'entre eux soient légèrement confus, tandis que d'autres savaient exactement ce que Lee allait dire.

Il se montra très direct dans ses paroles.

— Vous savez tous ce qui s'est passé. J'ai perdu mon sang-froid et utilisé une insulte à caractère homophobe envers un de mes coéquipiers.

Quelques joueurs échangèrent des regards.

— J'ai lâché un mot rempli de chaque once de colère et de haine que je ressentais intérieurement. Je m'excuse pour ce que j'ai fait et me suis porté volontaire pour devenir l'ambassadeur de notre équipe.

Il se rassit, avant de se relever immédiatement après.

— Donc, si vous avez besoin de soutien ou d'aide – parce que, ne nous voilons pas la face, les conneries que nous balançons parfois obligent les joueurs gays à rester au fond de leur placard, car nous sommes loin d'être accueillants – alors, vous savez où me trouver. Et cela ne concerne pas uniquement les gays.

Il se racla de nouveau la gorge.

— Cela inclut également les races, les cultures et autres trucs comme ça. Je bénéficie du soutien de You Can Plan et du Coach Madsen.

Il s'écroula pratiquement sur sa chaise, manifestement aussi heureux de s'être exprimé en public que je l'étais.

Il y eut quelques murmures tranquilles, puis tout le monde se tourna pour se concentrer sur moi.

— Réfléchissons avant de parler, résumai-je. Laissez toute forme de haine à la maison.

Les joueurs quittèrent la pièce seuls ou par paires, certains discutant, d'autres silencieux, et finalement, il ne resta plus que moi, Addison, un Ten calme et l'entraîneur Benning.

— En avons-nous terminé ici ? demanda ce dernier.

— Fini, confirma Addison.

Je voulais rester seul dans la pièce avec Ten, afin de pouvoir parler avec lui. Je ne souhaitais pas rester seul avec Ten, parce que je ne savais pas quoi dire.

Au final, cela n'eut aucune importance, parce que Ten sortit le premier, avec Addison juste derrière lui.

— Y a-t-il quelque chose que vous vouliez ajouter ? s'enquit Benning.

— J'ai programmé une réunion avec la direction pour dix-sept heures. Rowe viendra avec moi.

— Bien, bien. Avez-vous discuté avec Rowe de ce qu'il m'a révélé ?

— Pas autant que je l'aurais souhaité.

Non, je l'ai embrassé à la place.

— Je vous fais confiance pour gérer cette situation, de manière à ce que cela ne nous retombe pas dessus.

Benning était mortellement sérieux et je savais ce qu'il attendait que je réponde en retour.

— Cela pourrait être bénéfique pour la ligue et devra être bien traité pour Rowe et l'équipe.

Il ne voulait pas que je perde de vue combien l'admission de Ten pourrait affecter l'équipe quand elle l'apprendrait, et que la direction pourrait très bien ne pas se montrer aussi favorable que je le souhaitais. Les Railers étaient une équipe relativement nouvelle, avec beaucoup de problèmes à traiter. Ce n'était que le début de ce que tout le monde espérait être une franchise sur le long terme, pourtant elle avait déjà beaucoup de croix apposées à côté de son nom.

— Je le ferai, promis-je.

Je quittai la patinoire et pris une douche, enfilant un pantalon de survêtement propre et mon tee-shirt de hockey des Railers. J'aimais le bleu sombre qu'ils avaient choisi pour les couleurs de l'équipe. Ajoutez le blanc et le doré et nous battions en beauté l'apparence des autres clubs. Du moins, c'était ce que je pensais. Bien entendu, la plupart de mes réflexions venaient du fait que je passais mon temps à contempler Ten dans son uniforme, j'étais donc très probablement partial.

La porte de la zone réservée aux entraîneurs s'ouvrit et se referma rapidement, je me retournai pour trouver Ten juste devant moi.

— Mads… commença-t-il.

— Tu ne devrais pas être là, déclarai-je.

Parce que… ouais, je ne devrais penser qu'aux règles en cet instant. Ses cheveux noirs étaient encore mouillés, repoussés en arrière, ses beaux yeux focalisés droit sur moi.

— Je voulais te demander quelque chose avant cette réunion.

Il semblait inquiet, comme s'il croyait que nous ne serions pas capables de gérer ce qui devait l'être.

Je déglutis tandis qu'il humidifiait ses lèvres du bout de sa langue. Une réaction nerveuse, et pourtant ce petit geste m'atteignit durement. *Seigneur !*

— Quoi ?

— As-tu… Je ne pense pas que tu l'aies fait, pas vraiment, mais…

— Crache le morceau, Ten !

— Brady a laissé un message disant qu'il t'avait parlé et que tu lui avais raccroché au nez. Lui as-tu tout révélé à propos de moi ?

Il y avait une trace de douleur dans ses yeux. Il paraissait à la fois confus et inquiet, je savais qu'il s'attendait au pire. Porter le poids de ce secret devait le ronger de l'intérieur.

Je tendis le bras et posai une main sur son biceps –

brièvement, parce que n'importe qui pouvait entrer à tout moment.

— Je ne ferais jamais ça, le rassurai-je.

Ten se détendit.

— Je dois leur en parler bientôt, si je veux…

Il me regarda de nouveau, puis avec un soupir, il jeta un bref coup d'œil à droite et à gauche avant de déposer un baiser sur mes lèvres.

— Je te retrouve en haut, dit-il avant de partir.

Et je restai là, le regardant s'éloigner, avec tant de confusion dans mes pensées. Je me laissai aller à ce cliché et portai mes doigts à mes lèvres, voulant toucher le baiser qui avait été laissé là. Ma poitrine se serra et j'avais l'impression que ce simple baiser signifiait beaucoup plus que ce que j'imaginais.

Exprimait-il plus qu'un simple désir ? M'impliquai-je trop profondément avec un homme de dix ans plus jeune que moi, avec un lien familial compliqué par de l'amitié ?

Bordel, quoi qu'il en soit, cela me faisait littéralement mourir de peur.

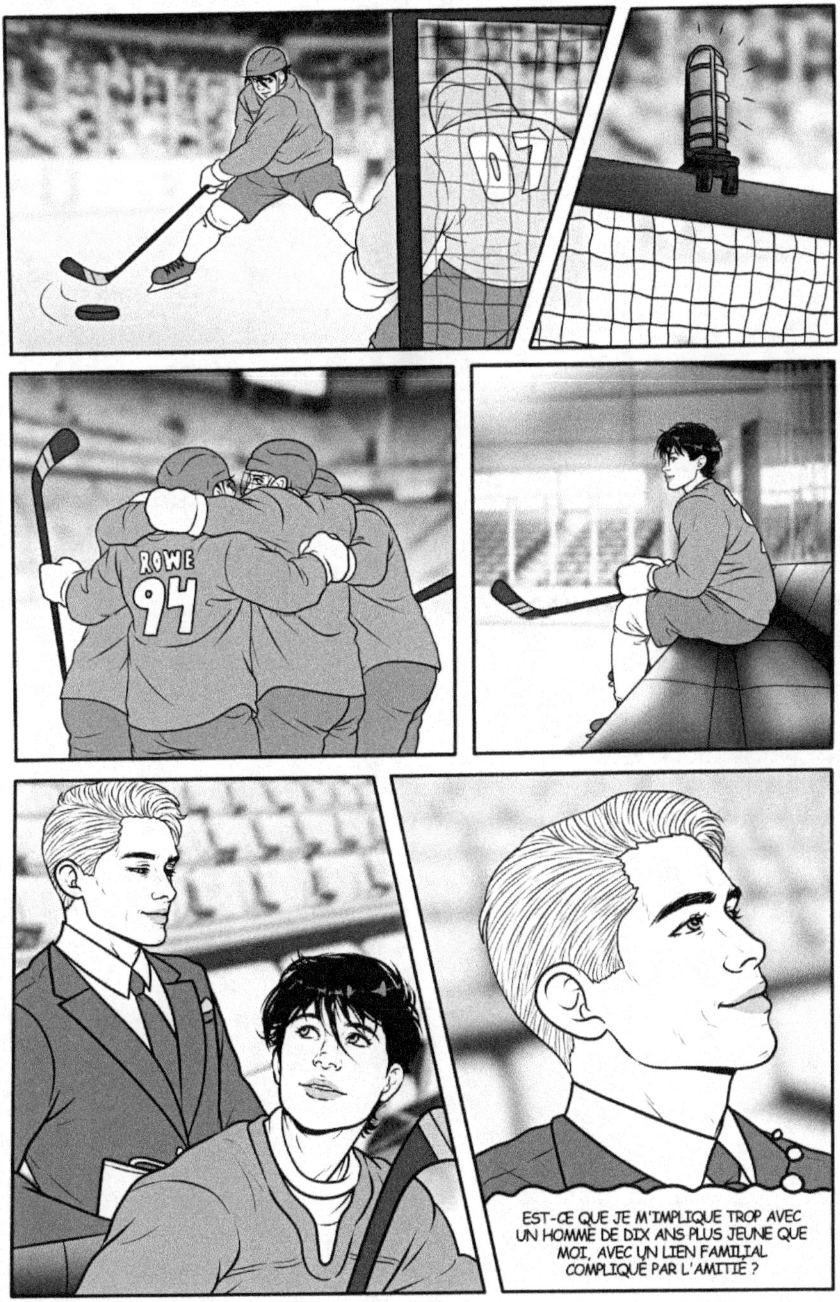

EST-CE QUE JE M'IMPLIQUE TROP AVEC UN HOMME DE DIX ANS PLUS JEUNE QUE MOI, AVEC UN LIEN FAMILIAL COMPLIQUÉ PAR L'AMITIÉ ?

NEUF

Tennant

RÉUNION AVEC LA DIRECTION. NOM POMPEUX POUR affronter les grands pontes et autres membres du comité directeur pour leur avouer que vous êtes gay. Tandis que je fixais la porte qui me séparait du propriétaire, des directeurs et Dieu seul savait qui d'autre, l'envie de vomir augmentait. Puis, quelqu'un toucha le dos de ma main. Mon regard se tourna vers la droite.

Mads me souriait.

— Je serai juste là, à tes côtés.

Chaque cellule présente dans mon corps se mit à bourdonner. Tout ce que je désirais, c'était prendre sa main et la tenir pendant toute la durée de cette séance. Nous ne pouvions pas le faire, parce que les règles…

— Merci.

J'aperçus Connor qui trottinait pour venir à notre rencontre.

— C'est le représentant du syndicat des joueurs,

expliqua brièvement Mads. Connor, merci de nous avoir rejoints. Tu sais pourquoi nous sommes ici ? demanda-t-il, alors que Hurleigh et lui se serraient la main.

— J'en ai une assez bonne idée, répondit Connor.

Il me tendit la main. Je fis claquer ma paume contre la sienne. Il n'apporta aucune précision.

— Merci.

Je compris que mon secret n'en était plus vraiment un désormais, mais entendre Connor reconnaître qu'il avait deviné la raison de cette réunion me rendit encore plus soucieux. Tous les gars parlaient-ils du queer de l'équipe ? Me jugeant différemment parce que nous savons tous que les gays sont des hommes efféminés et qu'ils sont incapables de jouer au hockey ? Ugh ! Mes entrailles formaient des nœuds à présent.

Mads me tapota le dos. Loin de représenter ce que je voulais – ou avait besoin – de lui, toutefois, pour l'instant, c'était tout ce qu'il pouvait m'offrir. Je rejetai mes épaules en arrière et toquai. Autant en finir tout de suite. Mon costume me donnait chaud, ma chemise me grattait, et ma cravate me comprimait trop le cou. Un gars dans un costume qui coûtait bien plus cher que le mien ouvrit la porte. J'entrai dans la salle du conseil. Elle était remplie d'hommes blancs âgés, tous en costumes. Les murs étaient couverts de boiseries sombres. L'épaisse moquette fut imprégnée de la trace de nos pas. Un vase de fleurs reposait au milieu d'une table en bois de cerisier ovale. Des doigts effleurèrent le bas de mon dos. Je savais que c'était

Mads, sans même regarder. Son contact provoqua des réactions…

Le gars qui se tenait près de la porte la referma et reprit sa place. Je repérai le propriétaire installé à l'autre bout de la table. Il sirotait de l'eau glacée tout en me fixant. Je me raclai la gorge.

— Je suis Tennant Rowe.

Je suis certain qu'ils savent qui tu es, idiot !

— Je suis gay.

Je parie qu'ils sont également au courant de ça aussi. Ouais. Personne n'est surpris. Tu peux passer les cookies, maintenant.

— Félicitations pour avoir ignoré tous les faux-semblants décousus et pour être allé droit au but, murmura Mads.

Connor s'approcha et se mit à parler pour moi. Je jetai un coup d'œil à Mads et découvris toutes sortes d'émotions dans ces yeux magnifiques et sexys.

Beaucoup de discussions s'ensuivirent, la plupart du temps, elles semblaient politiquement correctes, me montrant leur soutien ainsi qu'aux autres joueurs LGBTQ qui pourraient faire partie de l'équipe. Je serrai les mains de tous les gars présents à la table. Nous discutâmes de hockey. Puis Mads, Connor et moi fûmes escortés vers la porte.

— Ils l'ont plutôt bien pris, déclara Connor tandis que nous nous dirigions vers l'ascenseur le plus proche.

Les niveaux supérieurs du bâtiment se trouvaient toujours occupés par le personnel et la direction.

— Bien entendu, ils n'avaient pas vraiment d'autre choix. Ce n'est pas comme s'ils pouvaient te dire de prendre la porte. Tu as un contrat. Je ne crois pas que le fait d'être gay viole une clause morale. Si tu as besoin de me contacter, quelle qu'en soit la raison, tu sais où me trouver : sur la glace, à essayer de garder une longueur d'avance sur toi !

— Ouais, marmonnai-je, ayant honte de la façon dont je l'observais pour lui piquer sa place.

Nous nous saluâmes, puis Connor partit, me laissant en compagnie de Mads près d'une fenêtre qui donnait sur le parking entourant l'aréna.

— Inutile de te sentir coupable parce que tu veux son poste, Ten. Il s'agit de sport. Il savait que tu le harcèlerais.

— C'est un gars sympa cependant, lançai-je faiblement.

Mon estomac demeurait toujours aussi serré.

— Effectivement. Et tu possèdes le talent qu'il aimerait avoir.

Mads posa une épaule contre l'encadrement de la vitre. Il était beau dans son costume bleu marine qui faisait ressortir des taches de la même couleur dans ses yeux. Je jetai un coup d'œil dans le couloir décoré de façon luxueuse.

— Et qu'en est-il de nous ?

— Nous, équivaut à une détonation nucléaire, Tennant.

Ouch !

— Et tu ne veux pas de ce genre de retombées dans ta vie, n'est-ce pas ? Tu veux rester bien à l'abri derrière ton petit bureau de métal.

— Écoute, ne crois pas que tu me connais si bien, après un simple baiser, dit-il. As-tu la moindre idée de ce que sortir avec toi pourrait induire dans ma carrière ?

— Non.

— Moi non plus, mais je pense que cela n'aura *rien* à voir avec une promotion.

Je soupirai, puis déglutis, espérant que l'acide contenu dans mon estomac s'apaiserait et disparaîtrait. Vomir ne faisait pas partie de la liste des choses à faire devant Mads. Ce parking était vraiment fascinant.

— D'accord, j'ai compris. Je vais m'éloigner.

Seigneur, cela faisait plus mal que ça ne le devrait, d'autant que tout ce que nous avions partagé, ce n'était qu'un baiser. Un baiser brûlant…

— Je n'ai jamais dit que c'était ce que je désirais non plus.

Mon regard vola du bitume pour se poser sur Jared Madsen.

— Bon sang, quand tu me regardes comme ça, j'ai envie de…

Il renversa la tête, les yeux fixés sur le plafond, avant de revenir sur moi.

— Eh bien, je veux te faire des trucs que nous ne devrions probablement pas commencer dans un couloir, juste devant les bureaux du propriétaire.

— D'accord. Compris. Donc… euh… où en sommes-nous ? Nous concernant ?

Une lueur d'excitation bouillonna dans ma poitrine. Ajouter cette sensation au reflux gastrique n'était franchement pas agréable.

— Nous verrons bien où nous irons.

Il me sourit gentiment.

— Et nous prendrons notre temps, Tennant.

— Cool, bien. Je peux aller lentement.

Il me dévisagea, me donnant l'impression qu'il ne me croyait pas.

Aller lentement était vraiment chiant. Sérieusement, il n'y avait pas pire. Apparemment, mon idée et celle de Mads concernant le fait de prendre son temps, revenait à vivre dans deux mondes séparés. Lui se contentait de me toucher ici et là, de m'adresser de longs regards et des sourires secrets. Quant à moi, nous en serions déjà à ses séances de sexe débridées. Je passais plus de moments à me masturber sous la douche qu'avant qu'il déclare que nous allions voir où notre relation nous mènerait. Si nous ne passions pas à quelque chose de plus physique très rapidement, j'allais me retrouver enfermé dans une pièce capitonnée de l'hôpital psychiatrique le plus proche.

Toutefois, peut-être que le fait de ne pas avoir de relations sexuelles – ni même d'être embrassé – était bon pour mon jeu. Par rapport à mes débuts, c'était certainement ce que mes anciens entraîneurs auraient pensé. J'étais devenu un putain de démon, écrasant tout sur mon passage, et tristement, cela incluait Connor, le gars sympa. Cela n'avait rien de personnel, mais il se dressait entre cette position de centre en première ligne et moi. J'avais défoncé ses portes pendant la pré-saison et à présent, avec le dernier match contre la Caroline, il ne restait plus qu'à Benning de dresser ses listes de joueurs et de décider de l'alignement de départ. Si ce fils de pute ne me mettait pas en première ligne, je…

— Plus balles.

La voix profonde de Stan me tira brusquement de mes divagations colériques. Nous étions une dizaine réunis dans ma chambre d'hôtel. Une dépression tropicale de fin de saison avait soufflé en Caroline du Nord. Le voyage avait été annulé jusqu'à ce que la tempête s'éloigne au cours de la nuit, donc les Railers se tenaient assis là, jouant à Pokémon Évolution et rêvant de monter sur la ligne qu'ils désiraient ou de baiser. Je descendis une autre canette de Mountain Dew Code Red. C'était ma quatrième. J'avais l'impression de pouvoir escalader les murs comme Spider Man.

— Ten, où en es-tu dans la partie ? s'enquit Addison.

Il avait rejoint notre équipe d'entraîneurs la semaine dernière et nous bottait tous le cul.

— Tu sembles planer.

Je jetai mes cartes sur la table et me levai.

— Trop de Dew. Je suis bourré.

Les gars gloussèrent et le jeu continua sans moi.

Je tournai dans la chambre, comme un puma en cage.

— Je vais voir si une marche me fera du bien. Stan, occupe-toi de mes balles.

— Sensass, mec ! s'exclama le grand Russe, avant de ramasser mes cartes.

Les rires disparurent tandis que je refermais la porte derrière moi. Lancer ce groupe avait été une bonne idée. Cela m'avait permis de me rapprocher de plusieurs gars depuis que nous avions commencé à jouer. Vraiment dommage que nous ne puissions pas attirer de joueurs plus âgés.

Je me mis à marcher dans le couloir. Cela ne brûlait pas assez vite les effets du soda, donc je fis du jogging dans les corridors de l'hôtel. Après avoir effectué quatre tours, j'avais l'esprit un peu plus dégagé, toutefois encore brumeux. Je fis ce que n'importe quel homme qui était fauché et avait avalé quatre canettes de Red Drew ferait : je me faufilai jusqu'au quatrième étage, là où les entraîneurs avaient leurs chambres et cognai du poing à la porte du coach des défenseurs le plus sexy de toute la division est.

Mads m'ouvrit, ne portant rien d'autre que son pantalon habillé et sa chemise déboutonnée. Je m'étais au moins changé, à notre retour à l'hôtel, pour un jean et mon tee-shirt préféré à l'effigie de *Docteur Who* qui disait « les nœuds pap' sont cool ! » Non pas que je me plaigne, parce que cette tenue à moitié débraillée lui allait comme un gant.

— Hey, Tennant, quel est le problème ?

Il semblait choqué et définitivement sur la réserve. Envoyais-je des vibrations perverses ou quoi ? Bavais-je ? Merde ! Il était si beau…

— Je voulais te parler de… euh… de comment la défense joue dans la zone neutre et de son impact sur les attaquants.

Là, cela semblait officiel, au cas où quelqu'un serait en train d'écouter.

Il me dévisagea prudemment, comme si j'étais un type dangereux venu frapper à sa porte. Un démon de la luxure ou un succube. Les mecs pouvaient-ils en être ? Des succubes, je veux dire ?

— Entre, dit-il, avant de reculer pour me permettre de pénétrer dans sa chambre.

Elle ressemblait à la mienne : couleurs typiques de bleu, beige et blanc. Elle dégageait la même odeur que lui. Son eau de Cologne et son parfum unique.

— Je dessinais juste quelques schémas pour la défense. Je serais heureux d'avoir ton avis dessus, puisqu'il semble y avoir un problème avec…

Je me jetai sur lui. Affamé et désespéré. Je posai mes mains de chaque côté de sa tête. Un son indiquant sa surprise lui échappa avant que je ne recouvre sa bouche de la mienne. Je le sentis se raidir, et j'eus le sentiment qu'il allait me repousser. Nan. Nous avions dépassé ces conneries à présent. Je léchai le contour de sa bouche, puis les coins. Il l'ouvrit pour moi et je plongeai, impatient désormais de découvrir son goût. Sa cavité humide et chaude contenait un goût de café. Mads grogna. Le bruit ne fit qu'amplifier mon désir. J'aspirai sa langue, jusqu'à ce que j'obtienne la réaction que j'attendais. Lorsqu'elle arriva – ses bras ceinturèrent ma taille – je relâchai sa tête et saisis ses fesses. Frénétique, à la recherche de son contact, je me frottai contre lui, poussant mon érection dans son ventre. Il gémit à nouveau en réponse. Je fis un mouvement pour attraper son sexe.

— Mon Dieu ! On dirait un écureuil shooté au Red Bull, gloussa Mads, à bout de souffle, essayant d'écarter mes mains de son aine et de son postérieur.

— Je sais, je suis désolé.

Mes mains bougèrent sur lui, désespérées d'atteindre tout ce qu'elles pouvaient toucher.

— C'est juste que… j'en rêve depuis des semaines. Toi et moi… faire ça, se toucher, s'embrasser, me glisser dans ton lit. Je suis excité et j'ai les mains baladeuses. J'ai besoin de plus qu'un sourire pendant les mêlées, Mads.

— Je comprends parfaitement ce besoin.

Il tint mes poignets, puis déposa plusieurs baisers sur ma bouche.

— Je voulais ceci aussi, mais nous devons y aller lentement, tu te souviens ?

— Pourquoi ? Je suis prêt maintenant.

Puisqu'il emprisonnait mes mains, je me penchai en

avant pour lécher ses lèvres. Il m'orienta vers le lit, les doigts toujours serrés autour de mes poignets, m'embrassant avec une passion brûlante. Son attitude vis-à-vis de ce qui concernait le sexe était languide et lente. Cela allait me rendre fou.

— As-tu déjà fait cela auparavant ? demanda-t-il, avant de me forcer à m'asseoir au bord du lit.

Je lui lançai mon regard le plus noir, puis tendis la main vers la boucle de sa ceinture.

Il enleva patiemment ma main.

— J'aimerais en savoir un petit peu plus que ce simple coup d'œil.

— Ugh ! Oui. J'ai déjà sucé une queue auparavant.

— As-tu déjà eu un homme en toi ?

Un grondement empli de besoin me traversa. Au lieu d'aller chercher son sexe, parce que tout à coup, il se la jouait Monsieur Chasteté, j'ouvris un peu plus largement sa chemise, découvrant un torse large et velu, ainsi que des abdominaux bien dessinés. Mon érection se mit à pulser au même rythme que mon pouls. Je déposai un baiser sur son ventre, puis sur sa poitrine, mes pouces s'accrochant à sa ceinture. De doux petits gémissements lui échappaient chaque fois que mes lèvres touchaient sa peau.

— Tennant, as-tu déjà eu un homme à l'intérieur de toi ?

— Une fois, répondis-je, léchant le contour de son nombril.

Il posa une main sur ma tête, murmurant quelque

chose à propos des boucles de mes cheveux, ou quelque chose comme ça. Je levai les yeux pour voir qu'il me fixait des yeux. Il était complètement perdu dans ce que je faisais. Nos prunelles verrouillées les unes aux autres, je sortis le bout de ma langue pour goûter à son nombril.

— Une fois seulement ? As-tu utilisé une protection ?

Je me redressai.

— Tu sais que je me fais tester régulièrement. Tu as vu les rapports médicaux de tous les joueurs.

— Tout d'abord, je suis au courant. Je sais également que tu aurais pu avoir des relations sexuelles sans protection le lundi et te faire tester le mardi. Donc, quand était-ce et as-tu utilisé une protection ?

— Oui, cela remonte à longtemps et bon sang ! Tu ressembles à mon vieux prof de sciences naturelles au lycée. Pouvons-nous juste sauter tout ce passage et arriver à la partie où tu enfonces ta queue en moi ?

— Pas ce soir, répondit-il, faisant glisser sa chemise de ses épaules.

Nous y voilà enfin ! J'appréciai de voir le tissu se tasser sur le sol. J'adorai encore plus profiter de la vue de son torse nu.

Je retirai mon tee-shirt et le lançai de côté, puis me redressai sur le lit.

— Alors, pourquoi pas ce soir ?

— Parce que je pense que nous devons y aller lentement.

Je me laissai tomber en arrière sur le matelas, poussant un soupir faussement dramatique.

— Mads, la lenteur, c'est chiant. Quoi ? Allons-nous juste nous tripoter et nous caresser l'un contre l'autre comme si nous avions quatorze ans ?

J'entendis sa ceinture tomber sur le sol. Je fermai les yeux, impatient d'en percevoir d'autres. Le son de l'ouverture de sa fermeture éclair suivit. Ma peau me démangeait. Mes bourses devinrent lourdes. Le doux bruissement de son pantalon glissant le long de ses jambes emplit la pièce. Puis le lit s'affaissa. Son poids et la chaleur émanant de son corps pressé contre moi étaient tout ce dont j'avais besoin. Je roulai la tête pour le regarder en face et ouvris les yeux. Et brusquement, je me perdis dans tout ce que j'étais pour lui. Il y avait tellement de choses dans ses prunelles : de la chaleur et du désir, bien sûr, mais plein d'autres sentiments aussi. Un peu de crainte et une bonne quantité de tendresse.

Je devais le toucher, cependant il secoua la tête quand je tendis une main vers lui. Au lieu de cela, il posa la sienne sur mon ventre, la paume à plat sur mon abdomen.

— Tu trembles, murmura-t-il.

— Je veux…

Un million de choses, pourtant comment le lui dire ? Comment lui faire comprendre que je le désirais plus que je n'avais jamais voulu de quelqu'un d'autre ? Que j'avais rêvé de lui, de cet instant, de sa bouche sur mon front et de sa queue enfoncée en moi ? De son souffle sur mon cou dans la nuit et de son sourire au moment du petit-déjeuner le matin ? Comment ? Comment pouvais-je lui avouer tout ça ?

— Moi aussi, chuchota-t-il, avant de poser ses lèvres sur les miennes.

Mes doigts plongèrent dans ses cheveux pendant que sa langue explorait attentivement et profondément ma bouche. Je tirai doucement sur ses mèches et obtins un grognement guttural d'approbation, le même que j'avais déjà reçu en faisant ce geste. Je cambrai mon dos sur le lit et enfonçai mon sexe dans la main de Mads.

— Seigneur, je te veux tellement, grogna-t-il, quittant ma bouche pour goûter ma gorge.

— Touche-moi, haletai-je, les doigts enroulés dans ses cheveux.

Mads restait fidèle à son vœu cependant, l'abruti. Alors même que mon corps était arqué, il refusa de toucher à mon érection. Il dessina des cercles sur ma poitrine et mes épaules, malaxant les parties charnues et jetant une jambe solide sur ma hanche. Je mordis sa lèvre inférieure, inclinai sa tête en arrière pour sucer sa pomme d'Adam et me frottai gaiment contre son sexe qui tendait son caleçon.

— Je dois retirer ce jean.

— Garde-le un peu plus longtemps.

Il embrassa ma mâchoire, ma clavicule, puis passa sa langue sur un mamelon, tout en ondulant des hanches contre moi.

— Je pense que te voir jouir dans ton pantalon sera incroyablement sexy.

— Oh. Mon. Dieu ! gémis-je, soulevant mon bassin afin de garder une friction de son pénis contre le mien. Tu vas me branler, non ? S'il te plaît… merde, Mads, tu dois me toucher.

— Pas ce soir. Ce soir… c'est juste ceci.

Il abaissa une main sur ma cuisse, empoigna les muscles et tira fortement sur ma jambe pour intensifier chaque poussée qu'il effectuait contre moi.

— La prochaine fois, nous pourrons aller plus loin.

L'entendre annoncer cela me poussa au bord du gouffre.

— Je veux que nous deux, ce soit plus qu'une simple histoire de baise, Tennant.

Ouais. Ces mots étaient magiques, semblait-il. Pas le genre de déclaration torride que l'on pourrait trouver dans un porno gay. Nan. J'explosai parce que Mads venait d'avouer qu'il désirait plus qu'une simple relation sexuelle avec moi. Il se cramponna à ma jambe autant qu'il le put, tandis que je ruais et gémissais. Ses lèvres capturèrent les miennes, avalant les sons d'un homme perdu dans les affres de l'orgasme, ce qui s'avérait intelligent de sa part. Nous nous trouvions dans un hôtel, avec l'entraîneur principal qui dormait de l'autre côté du mur. Lorsque mes tremblements se calmèrent, il releva la tête et relâcha ma cuisse.

— Merde… c'était intense ! soufflai-je, avant de me frotter plus fort contre lui. À ton tour.

— Je n'ai pas à jouir chaque fois que nous sommes allongés l'un à côté de l'autre, dit-il entre deux baisers déposés sur mes biceps.

— Eh bien, si. C'est un peu le but, répondis-je, obtenant un claquement de langue désapprobateur.

Génial ! Mademoiselle Perkins, la prof de biologie était de retour avec un autre sermon sur un sujet qui me permettrait de m'endormir sur mon manuel en quelques secondes.

— Oh, impétueuse et fougueuse jeunesse ! plaisanta-t-il.

Je le poussai, le mettant sur le dos et grimpai sur lui, l'os de mes hanches positionné droit sur son sexe. Il prit une brusque inspiration entre ses dents serrées lorsque je touchai – à dessein – « accidentellement » son érection.

— Tennant, tu passes, en quelque sorte, totalement à côté du but ici. Obtenir un orgasme ne signifie pas faire l'amour.

— Alors, tu ne veux *pas* jouir ?

Il leva les yeux vers moi, un sourire étirant ses lèvres.

— Si, bien sûr, mais cela n'a pas à être l'objectif principal chaque fois.

— Alors, tu *veux* jouir ?

Son rire franc me fit sourire.

— Oui, Tennant, j'aimerais jouir, j'avoue que te voir te tortiller sous moi quand tu as atteint l'orgasme était incroyablement érotique.

— Tu as aimé ça, hein ?

J'agitai mes fesses sur lui.

— As-tu des fantasmes sur différentes manières de me faire prendre mon pied, Mads ?

— Chaque putain de nuit.

Il ramena ma bouche sur la sienne. Je me montrai sauvage et affamé, suçant sa langue tout en me frottant à lui.

— Je me suis branlé dessus aussi.

— Sans déconner ? haletai-je, planant au-dessus de ses lèvres, mon bassin pesant sur lui.

Je sentis qu'un frisson traversait tout son grand corps.

— Merde ! C'est chaud !

Je fis glisser mon érection naissante contre son membre.

— Bon sang, tu es presque dur encore.

Il s'occupa enfin de mon pantalon. Affamé, il tira fortement sur mon jean jusqu'à ce qu'il se trouve sous mes fesses. Je m'agitai afin de m'en libérer, puis me réinstallai sur le lit. Ce fut alors que je vis que le bout de son érection dépassait de la ceinture de son caleçon. Le mien me sembla bien étroit tout à coup.

Mads saisit mes hanches et me maintint en place. Puis, il se mit à me caresser au-dessus de lui. Le contact du coton était incroyablement délicieux, exactement comme ses baisers enflammés et la manière dont il pompait tandis que je me frottais. Si seulement il me laissait poser la bouche sur lui. Il me fit rouler sur le dos sans m'avertir, ses yeux brûlant de désir alors que je glissais ma jambe entre les siennes. Il scella sa bouche sur la mienne et me bouscula durement. Le lit cognait dans le mur avec chaque puissante poussée. Je malaxai son dos et ses bras, essayant de reprendre suffisamment d'air dans mes poumons. Puis, il explosa. Sa tête heurta mon épaule et tous ses muscles se contractèrent. Je sentis son pénis se raidir, et un flot de sperme chaud inonda nos sous-vêtements. Mes testicules se resserrèrent et je jouis une fois de plus.

— Tennant, tu vas me tuer, murmura-t-il contre mon oreille, avant de prendre le lobe entre ses dents.

Je me raidis à son commentaire improvisé.

— Est-ce ton cœur ?

Bien sûr, je savais tout de sa condition physique. Tous les membres de la famille – bordel, l'ensemble du petit monde du hockey professionnel – savaient pour son cœur. Et là, je l'avais pratiquement forcé à avoir des relations sexuelles. Et s'il ne pouvait pas en avoir ?

— Merde ! Je suis désolé. N'aurions-nous pas dû faire ça ? Vas-tu avoir une crise cardiaque ?

— Tennant, non ! Je vais bien. C'était une plaisanterie.

Il mordilla joyeusement ma mâchoire.

— Bordel, mec ! Ne me fais plus jamais ce coup-là !

Je crus que j'allais m'évanouir de soulagement.

— Promis. Mais tu vas vraiment m'épuiser.

— Au moins, tu mourras en souriant, Mads.

Revenir à un trait d'humour était bon signe – me

permettant de me sentir moins terrifié. J'espérais son plein accord pour plaisanter à ce sujet.

— Je rigolais à propos de la partie « mourir ».

Je me relevai sur mes coudes afin de l'embrasser sur les lèvres.

— Comme… tu sais… je voulais déconner…

— Je le sais, murmura-t-il entre deux baisers brûlants.

Je me laissai retomber sur le lit, soulagé et Jared se blottit contre moi, son poids était incroyablement attirant, tandis qu'il s'installait sur moi.

Et ce fut ainsi que les sessions de frottages débutèrent. Lorsque nous étions sur la route, il n'y avait plus aucun échange de caresses. Mads avait instauré cette règle après cette fameuse nuit et je pouvais parfaitement le comprendre. Nous franchissions *déjà* une limite avec cette relation… à condition même que c'en soit une. Si nous étions surpris avec nos pantalons littéralement enroulés autour de nos chevilles, cela constituerait un problème majeur pour Mads et l'équipe. Savoir qu'il se trouvait à quelques portes de là lorsque nous voyagions constituait une véritable torture. Quand nous nous trouvions à la maison, j'allais chez lui, parce que tout ce que je possédais se limitait à un piano et une PlayStation, ce dont il parlait tout le temps. Je trouvais son inquiétude à propos de mon appartement non décoré amusante.

Mads ne ressemblait en rien aux amants que j'avais eus. Il se montrait tendre, méthodique, patient et déterminé à y aller L.E.N.T.E.M.E.N.T. Il possédait beaucoup d'humour, il était incisif, intelligent et totalement dévoué à Ryker. La seule plainte que j'avais à exprimer concernait la lenteur à laquelle Jared Madsen avançait. J'avais cru que « lent » signifierait un rendez-vous ou deux, avant de nous lancer dans des séances de sexe débridées. Nan. Avec Mads, cela voulait dire bouger à la vitesse d'un putain de glacier à la dérive.

— Je ne veux pas que tu regrettes d'être avec un vieil homme, disait-il chaque fois que je le suppliais, implorais ou exigeais qu'il me baise, ou qu'il me laisse au moins sucer sa queue large et non circoncise.

Je ne cessais de lui répéter au cours de ce mois incroyablement long que c'était totalement impossible que je puisse ressentir cela, pourtant il restait fidèle à sa promesse. Et, en cours de route, j'appris quelques petits trucs quant au fait de prendre mon temps, de plaire à mon partenaire et de ne pas me préoccuper de tout ce que l'argent pouvait procurer. Chaque fois que nous jouissions dans les bras l'un de l'autre, je me rapprochais un peu plus de l'homme, lui accordais ma confiance et tombais plus profondément amoureux.

AS-TU LA MOINDRE IDÉE DE CE QUE SORTIR AVEC TOI FERAIT À MA CARRIÈRE ? CE NE SERA SÛREMENT PAS UNE PROMOTION.

SEIGNEUR, QUAND TU ME REGARDES COMME ÇA, J'AI ENVIE... J'AI ENVIE DE FAIRE DES CHOSES QUE NOUS NE DEVRIONS PROBABLEMENT PAS FAIRE DANS UN COULOIR MENANT AUX BUREAUX DES PROPRIÉTAIRES. MAIS NOUS ALLONS Y ALLER LENTEMENT, TENNANT.

LENTEMENT... JE PEUX FAIRE ÇA.

QUELQUES JOURS PLUS TARD -

DIX

Tennant

LUI ET MOI ÉTIONS PASSÉS PAR UNE QUANTITÉ RIDICULE de sous-vêtements de la mi-septembre à Halloween, mais je ne me plaignais pas. Enfin, pas trop. D'accord, je râlais constamment. Lorsque le premier week-end de novembre arriva, et avec cela, nous apprîmes que nous allions devoir jouer contre Boston et Brady lors d'un match en matinée, dimanche.

Brady arriverait tard le samedi. Nous devions nous retrouver à ce pub près du Capitole afin de dîner. Je présumais qu'il voulait vérifier comment j'allais et renouer quelques liens avec Mads. Peu importe. J'étais trop occupé à essayer de faire comprendre au coach Benning que je conviendrais bien mieux pour le poste de première ligne pour m'inquiéter sur le fait que Brady essayait de régenter ma vie. Benning, la stupide petite merde, faisait un blocage mental et voulait faire jouer les vieux vétérans, sans tenir compte du fait qu'il avait quelqu'un de plus rapide, plus jeune, plus fort et plus avide de gagner. Cela me rendait – ainsi que plusieurs journalistes sportifs – complètement fou.

Tandis que je jetais quelques vêtements propres dans un sac de voyage, mon téléphone se mit à gazouiller. La sonnerie de ma mère. Un sentiment instantané de culpabilité m'envahit. Ses appels allaient directement sur ma boîte vocale neuf fois sur dix au cours de ces six dernières semaines. Non pas que je ne veuille pas lui parler. Je le désirais vraiment. C'était juste à propos de Mads. Lui et le hockey résumaient toute ma vie à présent. Quand même, il s'agissait de ma mère...

— Salut, maman, répondis-je d'une voix joyeuse.

— Tennant. J'essaie de contacter depuis des jours. À quoi cela sert-il d'avoir un téléphone portable si tu n'y réponds jamais ? Ton père commençait à craindre que tu sois tombé dans un fossé quelque part.

— Bien sûr ! C'est papa qui s'inquiète.

Je devais me moquer d'elle. Je jetai une poignée de sous-vêtements propres dans mon sac.

— Ne sois pas impertinent. Il y a deux raisons à mon appel. La première, c'était pour savoir si tu t'étais entraîné au piano. L'as-tu fait ?

Je jetai un coup d'œil à mon instrument poussiéreux.

— Non, pas récemment.

J'ai été trop occupé à jouer au hockey et à me frotter contre Mads, maman.

— Je le redoutais. Laisse tomber ta manette de

PlayStation de temps en temps et joue de ce piano. Tu me remercieras un jour.

Je roulai des yeux, tout en marmonnant quelque chose pour l'apaiser.

— La deuxième pour savoir si tu te souvenais de Jennifer Gates ?

Je me figeai, un tee-shirt dans les mains.

— Euh… ouais…

— Elle vient juste de terminer ses études et est revenue à la maison pour commencer à enseigner à l'école maternelle. N'est-ce pas excitant ? Elle reste chez ses parents jusqu'à ce qu'elle trouve un appartement. Eh bien, tu sais ce que ton père et moi avons toujours pensé de Jennifer, alors je l'ai invitée, elle et ses parents pour le dîner de Thanksgiving. Tennant ? Chéri ?

— Je… euh… je suis là, maman, je réfléchis.

Je laissai tomber dans le sac le tee-shirt auquel je m'agrippais. Jennifer Gates. Gentille, douce, guillerette Jennifer. Mon alibi pendant tout le collège. Bordel, je lui avais même caressé les seins la nuit du bal, juste pour poursuivre la ruse. Lorsqu'elle était partie au Colorado pour obtenir son diplôme, j'avais fait semblant qu'elle me manquait, à l'instar d'un petit ami à l'égard de son amoureuse. Je fermai les yeux. Maman se mit à évoquer le bon vieux temps et le fait que Jennifer avait toujours été très intelligente. Oh, et ses grandes prunelles brunes qui brillaient toujours.

— … après avoir dîné, au cours de la soirée, peut-être qu'elle et toi vous pourriez renouer ?

J'ouvris brusquement les yeux et fixai le sac que je préparais pour me rendre chez Mads.

— Maman, pourrions-nous discuter par vidéo ?

— Oh, bien sûr ! Laisse-moi prendre une tasse de thé.

Elle se précipita dans la cuisine. Je m'assis à côté de mon sac. Celui qui contenait les vêtements que j'allais apporter chez mon amant gay. Wow ! D'accord. Ce n'était pas ainsi que j'avais prévu la chose. En fait, je n'avais rien prévu du tout.

— Voilà, je suis de retour. Papa te dit bonjour.

— Dis à papa de rester dans le coin, d'accord ?

Je mis en place la conversation vidéo, mes doigts tremblaient tellement que je faillis laisser tomber mon portable à plusieurs reprises. Elle accepta l'appel, puis ils étaient là, côte à côte, me souriant. Nan. Non. Je ne pouvais pas faire ça. Pas au téléphone.

— Papa est là.

Maman tapota sa joue.

— Il est très heureux que Jennifer soit revenue aussi.

D'accord. Ouais. C'était donc maintenant… Merde ! Bordel !

— Maman, papa, je suis vraiment content que Jennifer soit de retour chez elle.

Maman adressa à papa un clin d'œil entendu.

— Mais je ne vais pas renouer quoi que ce soit avec elle, parce que… eh bien, il n'y a rien à renouer.

— Oh, Tennant ! s'exclama maman, tandis que papa se pliait derrière elle, ses yeux sombres fixés sur moi. Bien sûr que si, il y a de quoi. Tu as emmené cette fille à chaque bal. Elle est allée à tous tes matchs pour t'encourager. Tout le monde sait que vous formez un couple tous les deux. D'autant que Jen et toi, vous aviez été choisis comme étant « le couple le plus susceptible de vivre un heureux pour toujours » dans votre annuaire de fin d'année.

— Elle est célibataire, fiston, chuchota papa. Ta mère a mené son enquête.

— Oh, Seigneur ! gémis-je.

— Je n'ai pas interrogé Jennifer, clarifia rapidement maman, mais à sa mère. Tu dois t'assurer de connaître tous les détails importants, ajouta-t-elle, grondant doucement papa.

— Maman, cela n'a rien à voir avec le fait qu'elle soit disponible ou non. Je ne le suis pas.

Ils prirent tous les deux une seconde pour digérer cette déclaration. Cela me choqua un peu aussi, cependant, maintenant que je l'avais dit, cela me semblait juste. Mads était la seule personne avec laquelle je voulais être.

— Oh, eh bien, tu n'as jamais mentionné que tu voyais une nouvelle fille…

Je pris une profonde inspiration tandis que je fixais ma mère droit dans les yeux.

— C'est parce que ce n'est pas une fille.

Et brusquement tout l'air de la planète Terre fut aspiré

dans un vortex. Ou avait dû l'être parce que respirer devint sacrément difficile. Maman semblait secouée. Papa… papa faisait tourner les rouages de son cerveau, à coup sûr.

— Es-tu en train de dire que tu es gay ? s'enquit enfin maman.

Je pris une nouvelle inspiration et hochai la tête. Maman était assise dans notre cuisine, me dévisageant comme si elle ne me connaissait pas. Papa quitta la pièce. Je sentis les larmes me monter aux yeux. Merde ! Mon père venait juste de s'éloigner…

— Tennant… oh, chéri, pourquoi ne nous l'as-tu pas confié plus tôt ? Je ne t'aurais pas collé Jennifer dans les pattes si j'avais… Bruce, reviens devant l'écran. Seigneur ! Il pensera que tu es parti.

Oh. Mon. Dieu ! Il était sorti dans le jardin. C'était ce qu'il faisait chaque fois qu'il apprenait une nouvelle merdique à l'improviste. Il allait examiner la cour arrière, le temps qu'il ingurgite les informations, ayant toujours déclaré qu'il le trouvait apaisant.

Il contemple le jardin. Il n'est pas parti. Oh, merde !
Je me mis à pleurer.

— Tennant ? Fils… Oh, Bruce !

Maman m'imita.

— Fiston…

C'était papa. Je pleurai plus fort, mes larmes coulant sur l'écran de mon téléphone.

— Tennant, ne pleure pas. S'il te plaît. C'était juste… une nouvelle inattendue, c'est tout.

— Je ne voulais pas vous le dire de cette façon…

Je toussai, reniflai, puis utilisai le tee-shirt que je venais juste de ranger pour essuyer mon visage et mon téléphone.

— Concernant Jennifer… Maman, je ne veux pas qu'elle croie qu'il y a quelque chose entre nous. Il n'y a jamais rien eu. Je lui mentais. J'ai menti à tellement de gens. Papa, s'il te plaît, ne repars pas.

— Je ne le ferai plus, fiston. Ne t'inquiète pas. Plus jamais.

Ce qui me fit de nouveau pleurer. Je ne sais pas combien de temps maman et moi sommes restés assis là à sangloter tout en essayant de discuter. Nous dîmes toutes sortes de choses, nous trois. La plupart d'entre elles étaient des excuses stupides, des deux côtés. J'étais désolé d'être né gay et eux, navrés de ne pas être de meilleurs parents pour un enfant homosexuel, ce qui me fit rire et pleurer si fort que mes sinus se mirent à vibrer. Puis je leur rappelai que je les aimais. Et ils me répondirent la même chose.

— Ce petit ami ? reprit maman une fois que les larmes avaient cessé de couler sur nos visages.

Papa versa quelques pleurs.

— Est-il gentil ? Te traite-t-il bien ?

— Ouais. Je ne me sens pas vraiment à l'aise d'en parler encore – d'en discuter avec vous – mais il est super.

Leur avouer que l'homme que je voyais était Mads

n'allait pas arriver aujourd'hui. Je refusais de créer un nouveau drame.

— Peut-être pourrais-tu parler de lui avec Brady ou Jamie ? Je suppose qu'ils sont au courant depuis quelque temps. Les parents sont toujours les derniers à savoir, fit maman en soupirant.

Papa caressa son épaule. J'étais certain d'avoir foutu en l'air leur journée.

— Non, aucun d'eux ne le sait. Juste vous, Mads et quelques membres des Railers, ainsi que la direction. Pas tous les joueurs, seulement le capitaine. J'ai fait mon coming out à Mads en premier, suite à une bagarre sur la patinoire, essayai-je d'expliquer.

Ils eurent du mal à accepter les injures. Ce qui me donna de nouveau envie de pleurer, toutefois je retins mes larmes.

— S'il vous plaît, ne dites rien à Brady ni à Jamie. Laissez-moi le faire à ma façon, d'accord ?

— Oui, bien sûr, s'empressa de répondre papa.

Maman hocha la tête, puis avala une gorgée de son thé. J'étais prêt à parier qu'ils boiraient tous les deux quelque chose de bien plus fort que du café ou du thé une fois que cette conversation serait terminée.

— Tennant ? Devrions-nous inscrire au GLAAD ? demanda papa.

— Oh, Bruce, je pense que nous devrions le faire ! intervint maman, comme si c'était la meilleure invention au monde depuis la confiture de fraises, ou Sir

Elton John. Nous pourrions accompagner Tennant pendant la semaine de la Pride. Aimerais-tu ça ?

— Ce serait épique !

Honnêtement, je ne pensais pas possible de pouvoir aimer mes parents plus que je ne le faisais en cet instant. Je pleurai encore. Eux aussi. Je travaillais dur pour reprendre le contrôle de ce Ten pleurnichard, et lorsque je le fus suffisamment, je partis chez Mads. Cela avait été éprouvant et j'avais besoin de lui.

OH, TU N'AS JAMAIS DIT QUE TU VOYAIS UNE NOUVELLE PETITE AMIE.

C'EST PARCE QUE CE N'EST PAS UNE FILLE.

JE NE VOULAIS PAS VOUS L'ANNONCER COMME ÇA... S'IL VOUS PLAÎT, NE LE DITES PAS À BRADY OU JAMIE. LAISSEZ-MOI LE LEUR ANNONCER À MA MANIÈRE, D'ACCORD ?

NOUS MARCHERONS À TES CÔTÉS À LA GAY PRIDE. TU AIMERAIS ÇA, TENNANT ?

CE SERAIT ÉPIQUE !

HONNÊTEMENT, JE CROIS QUE JE NE POURRAIS PAS PLUS AIMER MES PARENTS QU'EN CE MOMENT. JE DOIS LE DIRE À MADS.

ONZE

Mads
___

LE DERNIER MESSAGE DE CASEY INDIQUAIT QU'ELLE allait bien. Elle se montrait désolée, car ce serait son père, le grand-père de Ryker qui viendrait le chercher pour le ramener à la maison avant le match de ce week-end. Elle était toujours si organisée et stricte. Elle avait refusé que Ryker reste pour le match contre Boston, déclarant qu'il devait rentrer à la maison afin d'étudier pour ses examens et il n'avait pas discuté. Il respectait sa mère et même s'il était déçu de rater le match, il avait admis avoir besoin de temps supplémentaire pour faire ses devoirs. Casey était une bonne mère, responsable, d'une manière que j'admirais. Elle détestait Ev autant que moi, bien qu'elle ait eu à gérer le fait qu'il fasse partie de sa vie tandis que je pouvais m'en sortir en l'évitant.

Je ne l'enviais pas du tout.

Le texto était arrivé à un moment donné pendant la

nuit, mais nous venions juste de nous réveiller, moi toujours sur le canapé, là où Ryker m'avait laissé aux petites heures du matin. Quant à lui, il vacilla hors de la chambre d'amis, affichant la tête de quelqu'un qui venait de se lever.

Café. J'avais besoin de café, d'une douche et plus de café encore, dans cet ordre.

Le grand-père de Ryker serait là dans trente minutes si j'avais bien lu le message.

— Je ne sais pas ce qui s'est passé avec ta mère, mais grand-père passe te chercher, informai-je mon fils, entre deux bâillements, et lorsqu'il ne répondit pas, je le dévisageai avec curiosité.

Il avait l'air coupable, comme s'il dissimulait des centaines de secrets derrière son regard bleu cristal.

— Ryker ? insistai-je.

Il me dévisagea, écarquillant les yeux et retourna dans sa chambre.

C'est trop tôt pour ces conneries. Même s'il est dix heures et demie, c'est quand même trop tôt.

Je préparai du café, pris ma douche et il me restait encore dix minutes avant l'arrivée d'Ev. Je ramassai un coussin pour lui redonner sa forme, puis le rejetai sur le sol. Je n'allais pas changer ma manière de vivre pour Ev d'autant que c'était propre, accueillant et chez moi.

Je toquai à la porte de la chambre de Ryker, j'entendis un « entrez » étouffé, provenant de l'intérieur, et je poussai le panneau. La pièce était son endroit à lui chez moi, pour ainsi dire. Sur les murs on pouvait voir des posters des Railers, tous signés, mais aussi quelques photos de lui et moi ensemble, et une autre que sa mère avait pris de nous trois ensemble lors de son quinzième anniversaire. Ce jour avait représenté le tout premier où j'étais, de par la loi, autorisé à m'approcher de mon fils. Une date mémorable. Des affaires de hockey se retrouvaient entreposées dans un coin et remplissaient la pièce d'une odeur de sueur, j'y étais habitué et je me trouvais dans la chambre d'un adolescent, donc normal que sa chambre pue.

Un Ryker semblant très découragé était assis au bord de son lit, portant l'un de mes maillots de hockey des Railers. Le bleu sombre lui allait bien, toutefois, il tirait sur l'ourlet et les coutures.

— Quel est le problème ? m'enquis-je, m'asseyant à côté de lui.

— Je suis désolé, papa, murmura-t-il, sans me dévisager.

Je ne savais pas trop quoi penser de mon fils avachi là, incapable de me regarder droit dans les yeux, et du fait qu'il m'ait volontairement appelé papa au lieu de son habituel Jared.

— Pour quoi ?

— J'ai répété à grand-père ce que tu avais dit concernant le fait que je devais rester à l'école, mais il a répondu que je n'étais pas obligé de t'obéir et qu'il paierait pour tout, que je n'avais pas besoin de ton argent…

Il cessa de parler.

— Il paiera pour quoi ? demandai-je, ignorant tout du concept que mon propre enfant ne devait pas profiter de ce que je gagnais.

Vingt-cinq pour cent de tout ce que je percevais allaient dans un fonds destiné à Ryker, non pas qu'il le sache encore, du moins, pas avant ses vingt-et-un ans. Bien entendu, il est fort probable qu'il gagne déjà ses propres millions à ce moment-là, cependant j'étais le père et j'économisais pour mon enfant, et j'en envoyais régulièrement vingt-cinq autres pour cent à Casey chaque mois.

— LHC, marmonna-t-il.

Je ne pouvais pas avoir bien entendu.

— Arrête de grommeler, rétorquai-je sèchement, parce que je ne pus m'en empêcher.

— La LHC, reprit Ryker, et cette fois, il leva les yeux et croisa mon regard, paraissant absolument déchiré, éviscéré et triste.

— Ton grand-père veut que tu rejoignes la Ligue de Hockey Canadienne ? répétai-je, expliquant clairement ce que je savais de la LHC, afin de m'accorder le temps de me faire à l'idée de tout ceci.

— Grand-père dit que j'ai été repéré et que je pourrais jouer pour de vrai là-bas, et que je suis prêt pour le recrutement.

Un sentiment de rage bouillonnait lentement en moi. La prochaine fois que je verrai Ev, je tuerai ce bâtard. Bien évidemment que Ryker avait été déniché – il était rapide, précis et ses progressions au hockey constantes.

N'importe quelle équipe serait chanceuse de l'avoir. Toutefois, être surveillé ne signifiait pas qu'il devait accepter une place n'importe où.

— Nous en avons déjà discuté, repris-je, aussi calmement que possible. Tu m'as promis que tu resterais à l'école et que tu obtiendrais ton diplôme.

Le coup frappé sur la porte était lourd et exigeant. Je me levai avec des mots emplis de colère, juste là, sur le bout de ma langue. Je traversai ma maison et ouvris la porte d'entrée à la volée, le bois rebondissant contre le porte-manteau. Ev se tenait là, en costume, affichant un air suffisant. Je lui tournai le dos et il me suivit à l'intérieur, refermant la porte d'entrée derrière lui. Je crus entendre quelque chose comme « agréable accueil » toutefois je me fichais totalement de ce que cet homme pouvait penser

Nous traversâmes le grand hall d'entrée pour nous rendre dans le salon. Je m'arrêtai sur le seuil de la pièce afin de le laisser passer.

— Ryker est-il prêt ? demanda-t-il tandis qu'il passait ses mains sur sa veste afin de la redresser. Nous avons un rendez-vous à midi.

— Un rendez-vous ? répétai-je.

Comment diable pouvais-je réussir à garder une voix uniforme ? Je n'en avais aucune idée.

— Avec un agent sportif qui a pris un avion afin de nous rencontrer à Harrisburg, expliqua-t-il, attendant manifestement que je lui fasse part de mon mécontentement

Il semblait se délecter de chaque seconde qui s'écoulait.

— Un agent…

Il ouvrit la bouche pour dire quelque chose et je ne sais pas… peut-être que mon visage reflétait mon état d'esprit furieux, ou peut-être était-ce parce que j'étais plus grand, plus fort et plus jeune que lui, mais il passa brusquement de prétentieux à inquiet tandis que j'avançais vers lui.

— Assis. Ici ! lançai-je, pointant mon canapé du doigt.

— Je vous demande pardon ?

— Je vais parler à mon fils et vous resterez ici et patienterez.

Il fit tout un spectacle, faisant semblant de regarder sa montre.

— Je peux vous donner cinq minutes.

Je m'approchai plus près. Il tint sa position. Un pas de plus et cette fois, il recula, manquant de peu de tomber à cause du coussin posé par terre.

— Assis. Ici ! ordonnai-je à nouveau.

— Vous allez m'écouter…

Je me dressai juste devant lui et le regardai bien en face.

— Vous allez vous asseoir immédiatement et vous attendrez jusqu'à ce que j'aie terminé de discuter avec *mon* fils, et vous ne prononcerez pas un seul putain de mot !

Je me cognai la poitrine avec mon doigt et il attrapa

ma main et la tordit. Il n'y avait que vingt ans de différence entre nous, cependant, ce gars, en super forme physique, était un ancien joueur de hockey et il connaissait des mouvements.

Au moment où je l'avais renversé sur le canapé, alors qu'il arborait une expression choquée, il savait de première main que ce défenseur possédait toujours de la force et détenait encore le pouvoir de retourner n'importe quel homme.

— Maintenant, asseyez-vous, fermez-la ou cassez-vous ! lançai-je.

Je retournai dans la chambre de Ryker, fermai la porte derrière lui et me postai devant la fenêtre. De l'air frais, même cet air revigorant de l'automne constituait exactement ce dont j'avais besoin pour m'éclaircir les idées.

— Papa ?

Il semblait totalement perdu.

Je m'installai à côté de lui et l'étreignis d'une main. Il ne s'agissait pas d'un câlin entre frères, ni de la part d'un ami, plutôt le genre de ceux qu'un père donnait à son fils. À ma grande stupéfaction, Ryker tourna la tête et enfouit son visage contre mon cou, ses cheveux encore humides de sa douche et les épaules tremblantes. Pleurait-il ?

Enfin, il ne rigole pas, idiot !

— Recommence depuis le début, Ry, indiquai-je de ma voix la plus douce, ce qui ne s'avérait pas difficile, vu l'échange que je venais d'avoir avec Ev, tout sentiment de colère disparu dès que mon fils avait souhaité que je le réconforte.

— Je lui ai dit que je t'avais parlé, il a répondu que tu ne savais rien, que tu étais fini, alors je lui ai crié dessus et il a menacé maman, déclarant qu'elle se montrait faible et cela m'a fait peur, puis il m'a annoncé qu'il passerait me chercher chez toi, car que je le veuille ou non, j'avais un rendez-vous avec un agent et maintenant… je ne sais plus quoi faire.

Pour moi, il semblerait que Ryker était tout près d'hyperventiler. Je l'écartai doucement et reculai afin de faire un peu de place entre nous. Sa peau et ses yeux rouges m'indiquaient qu'il avait pleuré.

— Que veux-tu faire ? demandai-je doucement.

Parce qu'après tout, n'était-ce pas cela le plus important ? J'avais des avis, sur le burn out et sur Ryker qui continuait de grandir, acquérant de l'expérience et des compétences, tout en terminant son éducation. Ev le voyait comme son plus grand projet et voulait le pousser afin qu'il y travaille dès à présent, afin de devenir le prochain Crosby.

Cela n'allait pas arriver. Pour moi, Ryker évoquait le joueur de hockey le plus cool que j'ai jamais vu, possédant de grandes capacités et la faculté de tirer de n'importe quelle partie de la patinoire. Laissant ma fierté de père parler, je pouvais assurer qu'il était aussi doué que Gretzky. Toutefois, je savais également, bien qu'il soit bon, il ne symbolisait pas non plus la prochaine grande étoile du hockey. Néanmoins, il restait un solide ailier gaucher avec un avenir qui l'attendait au sein de la LNH, cependant il devait ralentir et apprendre à grandir et à s'adapter à sa taille.

— Je ne sais pas ce que je veux faire, répondit Ryker. En dehors du hockey. J'adore ce sport et je veux jouer pour la LNH. Tu peux comprendre ça, non ?

— Ouais, tu le sais bien. J'ai toujours voulu jouer pour eux, plus que je ne voulais respirer, répondis-je et nous échangeâmes des petits sourires.

— Mais tu n'as jamais terminé ta scolarité.

Il ne se montrait pas accusateur, il semblait juste vouloir comprendre.

— C'était pour une raison tout à fait différente, Ry. Ta mère et moi devions mener une bataille et j'ai travaillé très dur afin de gagner l'argent nécessaire pour que je puisse…

La discussion avait pris un tournant auquel je ne m'attendais pas. Nous avions déjà évoqué l'histoire compliquée de sa conception et même fait allusion à certains obstacles à franchir pour que je puisse le voir. Alors qu'il avait onze ans, Casey et moi lui avions expliqué que nous l'aimions tous les deux et que nous désirions le meilleur pour lui. Ce que je n'ai jamais dit – et je ne le ferais jamais – c'était que j'avais dépensé chaque centime de mon argent de mes contrats au cours de ces années, juste pour me battre pour lui. Bordel, j'avais passé la majeure partie de ces années à dormir chez des amis ou dans des locations bon marché.

Néanmoins, je le referais sans hésiter pour avoir la chance de faire partie de la vie de Ryker.

— D'accord, revenons à toi, fiston. À mon avis, tes options sont les suivantes : soit tu pars maintenant, tu impressionnes l'agent et tu réussis à te hisser à la hauteur des attentes de la LCH ; soit, tu restes à Shattuck jusqu'à ta dernière année et tu deviendras éligible pour les sélections, mais tu devras renforcer ton jeu et grandir. Bordel, peut-être que tu opteras pour l'université, qui sait ?

Il sembla incertain pendant un moment, puis il baissa les yeux.

— Je ne sais pas quoi faire, papa. Devrais-je prendre ce que je peux, quand je le peux ? Que dirait un agent ?

Merde ! Il avait l'air si perdu, comme s'il se cramponnait à l'idée qu'un agent était la réponse à tout. Voilà ce dont Ev l'avait nourri ? Que des agents guidaient et assistaient, pourtant ce genre de décision était bien au-dessus de la rémunération de n'importe lequel d'entre eux.

— Quel que soit l'agent qui se soucie vraiment du joueur – et il y en a beaucoup là, dehors, de très bons – te demanderait ce que *toi*, tu veux faire.

Ryker donna l'impression qu'il allait de nouveau pleurer. Seigneur, la pression qu'Ev mettait sur mon fils le déchirait de part en part.

Je me rapprochai sur le lit, les jambes croisées et attendis jusqu'à ce qu'il fasse la même chose. Nous avions l'habitude de jouer à un jeu lorsqu'il était petit.

Je disais un mot et il ajoutait la première chose qui lui venait à l'esprit. Un jeu stupide, où toutes les réponses s'apparentaient au hockey. J'aurais aimé pouvoir avoir recours à ce jeu à présent, cependant c'était beaucoup plus sérieux. J'avais besoin de relier des mots appropriés ensemble et d'agir en adulte.

— Es-tu d'accord avec ton grand-père lorsqu'il déclare voir en toi la future étoile du hockey ?

Je ne pus m'empêcher de songer à Ten en lui posant la question. Ten se situait toujours en tête de toutes ces listes qui concernaient le talent et lorsque je l'avais observé sur la glace, j'avais tout de suite noté qu'il possédait un sens du hockey rare. Il se montrait rapide et confiant. Toutefois, en dessous de cela, il incarnait tout ce que je souhaitais pour Ryker : une personne heureuse, bien dans sa propre peau, toujours optimiste, du moins, lorsqu'il s'agissait du hockey.

— Non, répondit Ryker, et il me dévisagea comme si je l'avais accusé d'un crime de haine. Mais…

— Mais, quoi ? Tu peux dire tout ce que tu veux. Cela ne sortira pas de cette chambre.

— Je suis bon, ajouta-t-il avec une pointe de confiance que je voulais voir.

— Je sais.

Il me fixa droit dans les yeux, avec une concentration que j'admirais chez lui et un demi-sourire.

— Veux-tu devenir mon agent ? demanda-t-il.

— Seigneur, non ! m'exclamai-je.

Je souhaitai aussitôt ne pas avoir prononcé ces mots aussi fortement lorsque le visage de Ryker s'affaissa.

— Je ne voulais pas le dire de cette façon, me repris-je. Je suis un grognon, un joueur, un entraîneur. Un agent doit posséder des connaissances en droit et autres conneries légales, ainsi que de la finesse.

Ce qui fit sourire Ryker, et son sourire atteignit ses yeux.

— Est-ce une explication technique, papa ?

— Veux-tu aller à cette réunion avec ton grand-père ?

— Non. Or, il ne m'écoutera pas et il n'arrête pas de répéter que tu as tort et que je dois faire en sorte que tu me parles comme…

Il s'interrompit et j'attendis un peu plus, parce qu'il semblait mortellement sérieux. Il se mordit la lèvre, une mauvaise habitude qu'il avait prise chez sa mère. Je me souvins l'avoir vu se mordre la lèvre la nuit où il avait été conçu. Une chambre à trente dollars, une expérience et Ryker fut engendré, juste ainsi. Sans amour, peut-être, toutefois avec une forte amitié qui n'avait fait que vaciller lorsque le père de Casey était intervenu.

Ryker représentait le meilleur de Casey et de moi-même. Je ne pourrais pas être plus fier de notre fils.

— Continue, l'encourageai-je. Tu veux me parler en tant que quoi ?

— Pas mon père, répondit-il finalement et il baissa de nouveau les yeux tandis qu'il devenait écarlate.

— Tu veux que je te donne un conseil d'homme à homme ?

Je lui adressai un sourire.

— Non ! Seigneur, non !

Il affichait un air tellement consterné, qu'encore une fois je n'eus pas le cœur à le reprendre pour son juron, parce que sa mère ne se trouvait pas présente et qu'il en dirait bien pire sur la glace.

— Plutôt, d'un joueur de hockey à un autre joueur de hockey.

Ça, je pouvais le faire.

— Très bien, alors voici comment je vois les choses. Vu tes capacités, ta manière de patiner, je pense que tu as besoin de plus de temps pour te développer pleinement. Tu possèdes beaucoup de talent brut, tu es rapide, concentré, tu vois le palet, tu observes le jeu dans son ensemble et non le joueur... tout cela est très bon.

Son sourire s'élargit à ma déclaration.

— Je suis si fier du travail que tu effectues et quand je serai dans les gradins pour ton premier match dans la LNH, je t'embarrasserai probablement en maudissant les arbitres et en criant des conseils.

— Papa... bon sang...

— Écoute, si j'étais toi, je resterais à Shattuck, poursuivrais mes études, deviendrais l'ailier gauche sur lequel on peut compter, continuerais de grandir, deviendrais plus rapide et je me mettrais sur les bancs du recrutement à dix-huit ans. Bordel, peut-être même que je penserais à l'université et à travailler mes capacités dans une équipe universitaire.

— Ouais ?

Il semblait si plein d'espoir – presque décidé.

— Tu crois que je devrais aller à l'université ?

— Bien sûr ! Bon sang, tu es un gamin brillant. Tu pourrais obtenir un diplôme, et tout avoir : l'université et le hockey.

Je ne savais pas vraiment ce qu'elle représentait pour lui, je n'y étais pas allé pour ma part, et n'avais même pas correctement fini ma scolarité, néanmoins, je savais qu'il en avait les capacités.

Il jeta un coup d'œil à la porte, sa confiance en lui s'émiettant légèrement.

— Et qu'en est-il de grand-père ?

— Je vais m'occuper de lui. Et je discuterai avec ta mère, elle et moi sommes sur la même longueur d'onde.

— Elle ne s'est pas dressée contre grand-père cependant.

Je me souvins du jour où ils m'avaient claqué la porte au nez, Ev m'annonçant que Casey allait se faire avorter. Je l'avais vue derrière lui, pleurant et ne disant rien, bien que je l'aie appelée. Je me rappelai également des tribunaux, des articles de presse, des mensonges, et de cette journée merveilleusement belle où, tournée vers son père, elle avait prononcé un seul mot. Il discourait au beau milieu d'une diatribe, déclarant que j'étais de mauvaise influence, que je buvais trop, que je couchais à droite et à gauche – et elle avait juste dit : *assez*. Elle possédait un caractère que j'admirais et savait aussi comment instaurer une paix relative avec son connard de fanfaron de père.

— Elle le ferait si elle savait exactement ce que tu voulais, Ry.

— Vraiment ?

— Je te le promets.

— Papa ? Pouvons-nous parler d'autre chose ?

Oh-oh, cela semblait inquiétant, comme s'il y avait tout un monde de souffrance que j'ignorais caché dans cette phrase.

— Oui, bien sûr, répondis-je, m'assurant de paraître plus blasé sur des sujets plus sérieux que je ne l'étais en réalité.

S'il s'agissait d'une question de sexe, je ferais preuve de courage et lui parlerais comme à un adulte, évoquerais les responsabilités et autres merdes. Je n'aurais pas recours à des plaisanteries grossières avant de lui donner des recommandations pour les meilleurs préservatifs.

— Tu aurais pu l'inviter pendant que j'étais là, lâcha Ryker. Ton nouveau petit ami, je veux dire.

L'espace d'un instant, je clignai des yeux, analysant ses paroles, essayant de trouver une réponse, mais tout ce qui sortit fut une série de « je ne… » et de « je ne peux pas… »

Il secoua tristement la tête.

— J'ai laissé mon vieux maillot des Railers ici, la dernière fois et je n'ai pas pu le trouver dans mon placard, alors j'ai vérifié dans le linge de l'autre salle de bain, parce que… tu sais… tu ne te rappelles jamais de le vider. J'ai trouvé un tas de choses là-bas… quelques maillots, des caleçons. Ce ne sont pas les tiens.

— Si, mentis-je, réfléchissant à quand diable remontait la dernière fois où j'avais utilisé cette salle de bain.

La seule personne à avoir mis le pied là-bas était… merde !

— Papa, reprit Ryker, si patiemment, de manière presque effrayante. À moins que ton nom ne soit Rowe et que ton numéro soit le quatre-vingt-quatorze, alors, ce ne sont pas les tiens.

— Il n'est pas… je ne…

Je recommençai : ma capacité à tenir une conversation rationnelle s'était envolée par la fenêtre.

— Puis, il y a eu le message.

— Quel message ?

Cela ne faisait qu'empirer de minute en minute. Que Ryker soit au courant pour Ten représentait un problème que je parviendrais à régler, et l'informer au compte-goutte.

— Celui de Ten à propos d'une fellation, avant de signer d'un « te sucerai plus tard, J » avec au moins une vingtaine de bisous.

Oh, putain ! J'étais écarlate.

— Je ne voulais pas que tu le découvres de cette manière, indiquai-je. Ten est dans le placard, il est…

— Est-ce bon ? demanda Ryker.

J'hésitai à la question, et ma stupeur devait se refléter sur mes traits. Ryker éclata de rire.

— Pas le sexe, papa. Je voulais savoir si lui et toi, vous étiez heureux ? Parce que maman et Martin le sont et que j'aimerais te voir épanoui sur tes vieux jours.

Je surpris l'étincelle malicieuse qui traversa son regard et appuyai mon doigt contre son torse. Puis, je dégrisai un peu.

— Tu penses que je suis trop vieux pour lui ?

Comment diable en étais-je venu à poser cette question à mon fils adolescent, comme si cela pourrait résoudre mon problème ? Je n'en avais aucune idée, cependant, elle sortit quand même. J'attendis, nerveux, la tension comprimant ma poitrine.

— Martin a plusieurs années de plus que maman, répondit-il d'un ton neutre. Est-ce sérieux ?

— Je l'aime, répondis-je, sans y penser. Nous y allons lentement, j'aimerais en avoir plus à présent, toutefois, c'est difficile. Il n'est pas « out », tu ne dois donc en parler à personne.

— Je ne le ferai pas, mais tu réalises que s'il sort de son placard, il sera le premier à la LNH ? J'espère que tout se passera bien pour lui, parce que j'aime bien Ten. Il a ce super Papilusion qu'il a réussi à faire évoluer.

— Je n'ai aucune idée de ce que tu veux dire par là... pourtant, cela a l'air d'être une bonne chose, non ?

— Donne-moi ton téléphone, papa, exigea Ryker, tendant la main.

Je le lui donnai et il entra mon code.

— Comment connais-tu mon code ?

— Tu as utilisé ma date de naissance, papa, répondit-il, avec une expression voulant dire « pfff » que seuls des adolescents habitués à la technologie pouvaient exprimer.

Il appuya sur quelques boutons, puis le tint immobile pendant un moment.

— Okay, nous y voilà : Pokémon !

— Je ne veux pas de ça sur mon téléphone…

— Papa, tu dois te mettre à la page avec des gamins comme Ten et moi.

Il ne put retenir son sourire en coin. Ce qui lui valut un autre coup de coude et, de fil en aiguille, nous nous sommes mis à lutter et nous retrouvâmes sur le sol.

La porte de la chambre de Ryker s'ouvrit à la volée et Ev se tenait sur le seuil.

— C'est quoi ce bordel ? lança-t-il, nous regardant, assis par terre.

Je jetai un rapide coup d'œil à Ryker qui hocha la tête. Je le soutiendrai, serai là pour lui. À l'instar du meilleur des défenseurs que je pouvais être, je veillerais sur ses arrières.

— Grand-père, commença-t-il avec confiance. Je ne veux pas d'un agent. Je reste à l'école, à travailler sur mon jeu, à me préparer pour les sélections, j'irais même peut-être à l'université et papa m'emmènera à l'aéroport cet après-midi. J'ai un devoir en histoire à terminer.

Ev ressemblait à un poisson rouge hors de l'eau – je

voulais lui en faire la remarque – cependant, je devais réagir en adulte. Il croisa les bras sur son torse.

— J'irai devant le tribunal, nous menaça-t-il, me regardant droit dans les yeux.

Alors, je ne pus m'en empêcher. Je me mis à pouffer et dus dissimuler mon rire derrière ma main. D'une étrange façon, il me semblait avoir régressé et je me demandai si l'influence de ce jeu de Pokémon agissait aussi rapidement. Lorsqu'Ev ne bougea pas, je redevins sérieux et me relevai.

— Je vous retrouve dehors, dis-je de ma voix la plus polie.

— Ryker ? reprit Ev, et il y avait une pointe de colère dans sa voix. Tu vas l'écouter ? Ce perdant qui n'a même pas tenu huit ans dans la ligue ?

Ryker se positionna à côté de moi et il me cogna l'épaule.

— C'est mon père.

Puis Ev quitta mon appartement. Ensuite, nous regardâmes un vieux match, datant de l'époque où je faisais partie de la fine fleur des défenseurs, avant de nous rendre à l'aéroport.

La dernière chose que mon fils me dit, alors que je me tenais près de la voiture, fut très sincère et profond.

— Je t'aime, papa.

Parfois, de simples mots comme cela ont le pouvoir de vous mettre à genoux.

— Je t'aime aussi, répondis-je. Joue bien et garde la tête haute.

— Toujours ! cria-t-il, avant d'entrer dans le terminal.

Je repartis chez moi, avec la musique explosant dans mes oreilles et tout le poids du monde disparut de mes épaules. J'avais assuré dans mon rôle de père et j'étais le meilleur au monde, du moins, voilà l'impression que j'avais.

De retour, bien avant la fin de l'entraînement de Ten, je fus pris d'un sentiment d'excitation à l'idée de lui répéter ce que Ryker et moi avions discuté, et aussi pour le taquiner à propos des vêtements sales qu'il avait laissés traîner dans mon panier à linge.

Oui, c'était sérieux, oui je désirais Ten au moins autant que mon prochain souffle et oui, j'étais éperdument tombé amoureux fou de lui. J'envoyai un rapide message à Casey pour l'informer de ce qui s'était passé avec Ryker. Elle me renvoya un smiley souriant et un simple « merci ».

Inutile de me remercier, il n'y avait vraiment pas de quoi. J'avais juste fait mon boulot de père.

Et à présent, je voulais vraiment embrasser Ten et lui parler, lui faire l'amour et j'étais vraiment impatient qu'il arrive, ce ne serait jamais assez tôt.

DOUZE

Tennant

——

— Tu n'es vraiment pas obligé de frapper, m'informa Mads, après m'avoir ouvert la porte.

Je me jetai sur lui, plaquant mes lèvres sur les siennes, mon sac tombant lourdement sur le sol, alors que nous chancelions vers le mur le plus proche. La porte se referma en craquant.

Mads me rapprocha de lui et me serra plus fortement.

— Tu parles d'une salutation !

— Je leur ai dit, haletai-je, le baiser m'ayant laissé essoufflé.

Il me dévisagea d'un air interrogateur, tout en continuant de me presser contre lui, ses mains reposant sur mes hanches.

— Mes parents. Je leur ai déclaré que j'étais gay et ils sont totalement d'accord avec ça !

— Wow !

Ses lèvres s'entrouvrirent.

— C'est… wow ! Leur as-tu parlé de nous ?

— Non. Enfin… pas vraiment. Je leur ai annoncé qu'il y avait quelqu'un dans ma vie, sans donner de nom.

Son soupir fut monumental.

— Je n'ai pas voulu te jeter dans la gueule du loup de cette façon. Tu représentes tellement pour moi.

Mads enfouit son visage contre mon cou, goûta à la peau sous mon oreille, puis recula afin de prendre mon visage dans la coupe de ses mains. Il passa toute une minute à me fixer. Mes doigts coulissèrent le long de ses bras.

— J'aimerais vraiment te faire l'amour.

— J'aimerais vraiment être à l'intérieur de toi.

Ma première pensée fut de lancer mon poing en l'air et de crier « enfin ! » Je ravalai cette réaction.

— J'adorerais.

Mads ramassa mon sac, puis me tendit le bras. Pour une raison quelconque, après tout ce temps passé à me plaindre du manque de sexe, maintenant qu'il attendait que je prenne sa main pour effectivement avoir des relations sexuelles, je me sentais stupide et timide.

Il haussa un sourcil.

— Si tu ne te sens pas prêt, Ten, ce n'est pas un problème.

— Non, je le suis.

Je glissai ma main dans la sienne. Mon cœur pulsait de façon erratique.

— Tu plaisantes ? Je le suis depuis des semaines… des mois !

— Il y a une différence entre être physiquement et mentalement prêt.

Nous nous tenions dans son salon bien rangé – qui contenait toutes sortes de meubles –alors qu'il essayait de me jauger.

— Es-tu certain d'être mentalement prêt ?

— Tout à fait.

Je m'approchai de lui et l'embrassai avec toute la force de ce que je ressentais pour lui, nos mains jointes, épinglées entre son torse et le mien. Lorsque nous nous écartâmes, son regard resta rivé au mien.

— J'en suis totalement certain. Je te veux en moi.

— Seigneur, Tennant !

Il soupira, déposa un baiser léger sur mes lèvres avant de me guider vers sa chambre. Je la trouvais belle, avec une armoire et son lit. J'étais venu là, au moins deux douzaines de fois, pourtant maintenant que nous en étions à plus que de simples séances de frottages ou à toucher mutuellement nos membres à travers nos sous-vêtements, la pièce me paraissait plus spacieuse et le lit énorme. Bordel, même mon amant semblait avoir grandi de trente à soixante centimètres.

— Tu donnes l'impression d'être sur le point de t'enfuir, dit-il.

— Je me sens stupide et petit.

Il lâcha ma main et déposa mon sac à côté de la commode en chêne clair.

— D'accord, j'ai sucé beaucoup de queues, non ?

Mes nerfs étaient tendus. Mads hocha la tête.

— Donc, je suis doué pour ça, quant au reste…

— Tennant, aucune règle n'exige que nous ayons des relations anales.

— Non, tu vois… je le veux, cependant la dernière fois s'est plutôt mal passée. Cela m'a fait mal et j'ai eu affaire à un foutu crétin, tout comme moi. Tu comprends… je veux que ce soit parfait pour toi.

— Et cela le sera. Pourquoi ne pas voir simplement où notre passion nous emportera ?

Il retira son maillot des Railers et le laissa tomber sur le sol. Ensuite, il ouvrit le vieux jean qu'il portait et le fit glisser jusqu'à ses chevilles, avec son caleçon. Bon sang, il y avait tellement à contempler chez Mads. Son corps était ferme et élancé, plus large que le mien, dans presque tous les sens. Il me permit de le contempler aussi longtemps que j'en avais besoin.

Je m'empressai d'enlever mes vêtements, puis me sentis légèrement désavantagé par rapport à lui. Son sexe si robuste, définitivement viril, épais, long, non circoncis, rigide et bordé de veines visibles se dévoilait, si impressionnant comparé au mien.

— Bordel, tu es si beau, dit-il, ce qui me fit devenir écarlate. Regarde-toi… je n'aurais jamais cru que Tennant Rowe capable de rougir. Cela te va bien.

Je ne savais plus où me mettre. Soudain, j'eus l'impression d'être un gamin stupide qui se trouvait enfin là où il voulait être et qui venait juste de réaliser qu'il était dépassé.

— Peux-tu me toucher, s'il te plaît ? demandai-je, espérant que ma requête ne serait pas trop faible.

— J'adorerais.

Il avança vers moi, son regard verrouillé sur le mien.

— Pourquoi ne pas me dire ce que tu veux, Tennant ?

— Toi ! réussis-je à croasser, mes doigts me hurlant de tendre le bras et de le caresser. Je veux que tu me touches partout, que tu m'embrasses. Puis, je te veux en moi.

— En es-tu sûr ?

Mads fit le dernier pas – celui qui pressa son corps nu contre le mien. Son membre se nicha auprès du mien. Je gémis légèrement. Il glissa une main autour de moi, m'attira à lui et baissa la tête pour embrasser mon cou. Je renversai la mienne en arrière, fermai les yeux et mon corps devint le sien, pour en faire ce qu'il voulait.

— Es-tu sûr, Tennant ?

— Oui, oui, j'en suis certain.

Il mordilla doucement ma gorge, avant de me pousser sur le lit, installant son poids sur moi. Parfait. Il était fort et long, ferme avec des bords saillants et ses muscles ondulèrent sous mes doigts. Je m'enroulai autour de lui, comme une de ces vignes fleuries et tenaces, grimpant sur le lampadaire du jardin de derrière. Mads m'embrassa. Je m'épanouis sous sa bouche et ses mains. Et dire que tout ce temps-là, j'avais cru être si expérimenté et un amant de premier ordre, pourtant Mads me prouvait que faire l'amour à quelqu'un s'avérait totalement différent de simplement baiser.

Il se montrait si doux, si patient, me reprenant dans ses bras tandis qu'il me caressait et m'effleurait, léchant mon torse et jouant avec mes fesses.

— Si tu veux que je m'arrête, tu n'as qu'à le dire, répéta-t-il, tout en me mettant à ébullition.

Au moment où il enfonça un doigt en moi, j'étais incapable de parler. Des sons animaliers et des grognements m'échappaient. Il inséra ce doigt glissant à l'intérieur, pendant qu'il déposait des baisers sur ma joue et mon œil.

— Comment vas-tu ?

— Super… Ah, mec, c'est incroyable, gémis-je, avant de frissonner, mes doigts empoignant les draps.

— Bien, bien…

Il me vola un baiser, et ressortit son doigt. Je me cambrai, impatient d'en avoir plus.

— Cela va devenir meilleur.

Il poussa deux doigts à l'intérieur et se mit à les faire pivoter, les enfonçant profondément, effectuant des mouvements de ciseaux et touchant ma prostate.

— Chhh… chhhh… murmura-t-il, lorsque je m'agitais sauvagement, mes testicules se resserrant.

Les doigts cessèrent de bouger tandis que je me rapprochais de l'orgasme.

— Je suis si près, Mads... si près. Je veux jouir avec toi en moi...

— Prenons notre temps.

— Sérieusement ? Tu me dis ça maintenant ?

Il gloussa, m'embrassa légèrement, avant de lécher et mordiller, se traçant un chemin vers mon sexe. Un bras appuyé sur mon ventre, il m'aspira profondément dans sa bouche, tout en prenant mes bourses en coupe. Je me redressai brusquement, impatient de m'enfouir jusque dans le fond de sa gorge. Sa langue tourbillonna sur le gland, puis il me reprit entre ses lèvres. Il n'y avait pas moyen que je me retienne, que je stoppe l'orgasme qui déferla en moi. Mads laissa le bout de mon pénis reposer sur sa langue, ses doigts se refermant autour de la base. Je me tendis sur le matelas. Il avala chaque goutte qui se déversa sur ses lèvres et ses doigts.

— Tu es plus savoureux que je ne l'imaginais, grogna-t-il, accordant une dernière caresse à mon membre.

Je tremblais encore lorsqu'il se déplaça, s'éloignant de moi. Je le touchai partout : son dos, ses bras, ses hanches, son ventre. Je me relevai et me tortillai pour me rapprocher de son dos, frottant mes mains sur ses épaules, embrassant son cou épais. Il attrapa la chair de poule, ce qui me fit sourire. Quand il se retourna face à moi, je reculai sur le lit, mon regard tombant sur son sexe recouvert de latex. Quand je tendis la main vers lui, il ne m'arrêta pas. Son membre était lisse et rigide dans ma main. Je me rallongeai sur le dos, le guidant afin qu'il s'installe au-dessus de moi, serrant mes doigts autour de lui.

Mads s'insinua entre mes jambes, relevant mes cuisses jusqu'à ce qu'elles se retrouvent sur ma poitrine. Pendant ce temps, ses yeux brillaient comme si on lui avait accordé un prix rare ou quelque chose dans ce goût-là.

— Es-tu sûr de cela ?

Sa poigne sur mes genoux était ferme, sans être douloureuse.

Je hochai la tête, essayant de calmer mes respirations.

— Mads, je te jure que je vais bien. Si tu recules maintenant, je vais devenir fou. S'il te plaît... je te veux en moi. *S'il te plaît...*

Il se pencha en avant pour m'embrasser, le bout de son sexe effleurant mon ouverture.

— Détends-toi, Ten, ronronna-t-il avant de pousser légèrement.

Le sentiment de brûlure était familier. Je grimaçai.

Il marqua une pause.

— Ça va ? Chaque fois que cela deviendra trop difficile, dis-le.

— Plus ! soufflai-je, enfonçant mes doigts dans ses biceps.

Il m'en donna davantage, et plus encore, centimètre par centimètre, facilitant la pénétration, laissant à mon corps le temps de s'étirer et de s'ajuster.

— Je ne peux plus respirer, haletai-je quand il pesa de tout son poids entre mes jambes. Merde, c'est…

— Oui, tout est rentré.

Il secoua rapidement ses hanches. Je m'arquai sur le lit.

— Ça va ?

— Oh, putain, oui ! répliquai-je, mes doigts glissant sur sa peau humide. J'en veux encore plus, Mads.

Nous trouvâmes un rythme. Ce fut hésitant au début, lent. Puis cela augmenta, je me retins à ses bras, mon regard verrouillé sur celui de Mads tandis qu'il me remplissait avant de reculer, chaque coup me faisant remonter sur le lit d'un centimètre ou deux. Je lui demandai de nouveau quelque chose de plus. Ses coups s'accélérèrent, devinrent plus profonds, ses hanches pivotant davantage. Ma tête glissa sur le côté du matelas. Il me remit sur le lit, sans perdre son tempo. Mes jambes avaient des crampes. Les à-coups du lit accompagnèrent notre rythme, heurtant le mur en une succession rapide.

— Ten, merde… Ten… gronda-t-il.

J'enroulai mes doigts autour de ses avant-bras lorsqu'il jouit. Il enfonça ses genoux dans le matelas, se redressant et me pénétrant plus profondément quand il éjacula. Ses muscles se contractèrent, sa mâchoire se crispa et son sexe s'enfonça à l'intérieur de moi. Voilà l'homme le plus stupéfiant que j'avais jamais vu et ce fut tout ce à quoi je pensais alors que j'explosais à mon tour.

Il était magnifique et à moi.

Feulant comme un chat, je me tortillai sous lui, son sexe toujours enfoui au fond de moi, douloureux et agréable à la fois.

— Désolé, merde… désolé, Ten, souffla-t-il et il se détacha de moi.

Les muscles de mes jambes se tendirent, je roulai sur le côté afin de soulager les crampes de mes cuisses.

— Je suis désolé.

Il passa une main le long de mes côtes, puis dans mon dos.

— Non, c'est bon, juste une crampe dans la cuisse, gémis-je.

Il s'allongea derrière moi, me plaqua contre lui et lécha le tatouage à la base de mon cou. Ses mains voyagèrent, passant de mes côtes à ma hanche, pour finir sur ma cuisse. Ses doigts malaxèrent les muscles affamés d'oxygène. Je gémis et soupirai alors que la contracture s'estompait.

— Ça va mieux maintenant ?

Ses mots formaient de petites bouffées de chaleur sur mon tatouage. Je me tournai, réduit à l'état de bouillie, fondant sur lui tandis qu'il massait ma cuisse.

— Es-tu sûr que ce n'est qu'une crampe ?

— Ouais, tout à fait. Tu as été super doux.

Je fis rouler ma tête sur le côté gauche et obtins un baiser baveux. Sa main vint se poser sur mon ventre, pendant que sa langue dansait avec la mienne. Nous restâmes allongés là un bon moment, à nous embrasser et nous toucher. Je roulai de nouveau afin de lui faire face.

— Cela valait la peine d'attendre.

— Heureux de l'entendre. Je dois m'occuper de ce préservatif.

Il déposa un baiser sur mon front avant de s'extirper des draps emmêlés. Je pensai à me lever afin de nous chercher quelque chose à boire, mais mes jambes et mon postérieur se retrouvaient trop endoloris. Il était impossible que je le laisse me voir vaciller, donc je tirai les couvertures et fermai les yeux, inhalant son odeur, la mienne et celle du sexe qui planait dans l'air.

— Hey, tiens…

Je luttai contre le brouillard du sommeil post relations sexuelles. Mads, assis à côté de moi sur le lit, me présenta une bouteille d'eau de source, en arborant un sourire suffisant.

— Bois tout.

Je m'assis. La couverture glissa le long de mon torse et se répandit autour de mes genoux.

— Merci.

— As-tu besoin d'autre chose ?

Il se montrait si attentif. C'était mignon. Je secouai la tête, buvant toute l'eau.

— J'ai toutes sortes de plats.

Je posai la bouteille vide sur le sol et tendis le bras vers lui, ma main se posant sur son épaule. J'attirai sa bouche contre la mienne.

— Je veux plus de toi, répondis-je, le poussant, le

faisant tomber sur le matelas, avant de fixer d'un air affamé son sexe flaccide. Ouais, plus de toi me suffira.

Heureusement pour moi, il apparaissait aussi désireux de me donner tout ce qu'il avait à offrir et que je pouvais gérer.

L'intérieur du réfrigérateur de Mads ressemblait à celui de mes parents : rempli de nourriture… de bonne nourriture : lait, œufs, fruits et légumes frais ; des yaourts et des jus de fruit ; des boissons pour sportifs et de l'eau en bouteille avec supplément de vitamines et minéraux. Donc, tout le contraire du mien, qui devait contenir la moitié d'une pizza toujours dans son carton, une cruche avec quelques centimètres de lait tourné dans le fond, et une bouteille de ketchup. Oh, ouais, et un pack de six bières Miller Lite qui ne contenait plus qu'une seule bouteille non ouverte. J'avais vraiment besoin de faire quelques courses.

Mon estomac gronda, me rappelant que j'avais dépensé une bonne quantité d'énergie la nuit dernière. J'attrapai la bouteille de jus d'orange et un récipient plein de fraises, avant de refermer la porte. Sachant que j'avais également perdu quelques fluides dans le lit de Mads, j'ouvris le carton et bus une longue gorgée de cette boisson sucrée et pulpeuse, histoire de me réhydrater. Cependant, les morceaux charnus d'orange collèrent à mes dents et me firent ainsi penser à acheter une brosse à dents. Un grognement de mes entrailles me rappela que manger venait en tête de liste sur l'échelle de mes priorités et même avant une bonne douche.

Je fouillai dans les placards, sirotant le nectar en même temps, jusqu'à ce que je trouve un bol. Le silence qui régnait dans l'appartement commençait à me porter sur les nerfs, donc je tirai mon portable de la poche arrière de mon jean, ouvris Spotify et trouvai une playlist qui m'intéressait. Maintenant que j'avais un air des *Glass Animals* dans les oreilles, je pouvais mieux réfléchir. Grandir dans une maison où il y avait trois garçons, cela signifiait du bruit. Beaucoup de bruit et de déchets éparpillés partout. Des endroits comme celui-ci, insonorisés et bien rangés, me mettaient sur les dents.

Le carrelage était frais sous mes pieds nus tandis que je me rendais à l'évier et passais les fruits rouges sous le jet d'eau. Maman exigeait toujours de laver les fruits, toutefois un simple rinçage devrait suffire. J'avais trop faim pour me bourrer avec autre chose. Je pris une énorme fraise et la mordis, la tenant par la tige feuillue. Elle était mûre, pleine de jus rouge et sucré qui recouvrit ma langue.

— Oh, bon sang ! soupirai-je, avant d'en prendre une autre.

J'avais descendu pratiquement le tiers de la boîte lorsque ses bras s'enroulèrent autour de ma taille, me faisant tellement sursauter que je laissai tomber le fruit que je tenais près de ma bouche. Mads fit courir sa langue sur mon tatouage, provoquant une vague de désir qui se répercuta droit dans mon aine. Ses mains se posèrent sur mon ventre nu. Je souris tandis qu'il frottait de petits cercles sur mon abdomen.

— C'est quoi cette merde qui passe sur ton téléphone ?

— Sérieusement ? Tu ne connais pas les *Glass Animals* ?

Je me retournai à moitié pour trouver ses prunelles bleues fixées sur moi. Je tendis une fraise par-dessus mon épaule pour qu'il la mange. Ses dents étaient blanches, bien droites et il mordit doucement dans le fruit. Du jus coula sur mes doigts, atterrissant sur la peau nue de mon épaule. Je laissai tomber la tige qui roula sur ma poitrine. Il passa le bout de sa langue sur mes doigts, avant d'aspirer mon index dans sa bouche. Mon membre commença à se remplir. Entre sa succion de mon doigt et ses mains qui descendaient dans la ceinture de mon jean, j'avais pratiquement une érection.

— Et tu as un tatouage Pokémon sur la nuque.

— Et tu reviens toujours dessus. C'est une réaction nulle, digne d'un vieux… comme toi.

Je m'appuyai contre lui, son érection appuyant sur mes fesses.

— Qu'est-ce qui a meilleur goût ? Mes doigts ou mon cou ?

— Serais-tu effarouché, Tennant ?

Je haussai les épaules, puisque je n'étais pas vraiment certain de ce qu'« effarouché » signifiait.

— Je n'ai pas encore trouvé une seule partie de toi qui a mauvais goût.

Je me retournai dans ses bras, enfonçai mes doigts dans ses courts cheveux blonds et l'embrassai aussi profondément que possible. Sa langue glissa sur la mienne. Il insinua sa main dans mon jean, ses doigts effleurant le bout tendre de mon sexe. Un frisson me traversa, se ramifiant du plus profond de mon cœur à mes bras, jambes, mains et pieds. Lorsque ses phalanges s'enroulèrent autour de mon pénis, je haletai, brisant le sceau humide de nos lèvres.

— Je pensais qu'un mec de ton âge aurait besoin d'un jour ou deux pour récupérer… Bon sang, c'est tellement bon.

Il me caressa de la base à la pointe, mordillant ma mâchoire. Sa langue courut sur ma joue.

— Tu as une barbe d'enfer pour un gosse de ton âge, ronronna-t-il, avant de déposer un doux baiser au coin de mon œil.

Se tenir debout devenait de plus en plus difficile. Mes genoux se retrouvaient sur le point de céder.

— Je ne suis pas un gamin, lui rappelai-je d'un air arrogant.

Il recula de quelques centimètres et passa son pouce sur le gland. Un souffle irrégulier franchit mes lèvres.

— Non, tu n'es certainement *pas* un enfant. Désolé pour ça.

Il plongea dans ma bouche, me taquinant à coups de langue sur mes dents, tout en pompant mon sexe dans son poing serré. Au moment où je m'adaptais au rythme de ses caresses, il s'arrêta. Une fois que sa main se retrouva hors de mon jean, elle trouva ma fermeture éclair.

— Pas un gamin du tout, constata-t-il avant de libérer mon érection et de se mettre à genoux devant moi.

— Oh, merde ! haletai-je quand il me prit dans sa bouche.

Mes doigts cherchant à s'ancrer, je trouvai le bord du comptoir après avoir lâché le récipient de fraises sur le sol. Mads ferma les yeux et alla profondément, glissant mon sexe dans sa gorge pendant que ses doigts empoignaient mes fesses. Mon jean traînait autour de mes genoux. Il semblait content de le laisser là, sa tête se balançant, tandis qu'il faisait tourbillonner sa langue autour de mon pénis. Il savait vraiment s'y prendre pour faire une fellation, et possédait même des capacités dignes d'un escort – du moins, de ce que je présumais qu'un escort serait capable de faire. Je n'avais jamais eu recours à l'un d'entre eux. Si cela avait été le cas, il aurait ressemblé à Mads, qui maîtrisait parfaitement sa maturité et ses expériences sexuelles. Il s'en servait tellement bien…

— Es-tu proche ?

Je grognai et m'enfonçai, le raclement de ses dents sur mon sexe était douloureux, bien qu'insuffisant pour me faire tomber dans le gouffre. Mads prit mes testicules en coupe, les serra fermement, puis revint sur moi. Une main posée sur mon ventre me maintenait en place alors qu'il suçait et pinçait, jusqu'à ce que j'explose. Ma tête partit violemment en arrière, son nom franchissant mes lèvres au moment de mon orgasme. Il déglutit rapidement, fredonnant de plaisir alors que je me débattais et gémissais.

— Oh… oh… merde ! Merde !

Mes bourses se contractaient sous sa poigne.

Mads me lécha pour me nettoyer, avant de se relever. Ses prunelles ressemblaient à des flaques de feu bleu.

— Veux-tu que je te suce ? demandai-je.

— Non, je préfèrerai que tu ramasses les fraises, que tu les laves et que tu les ramènes au lit.

Il se retourna, m'offrant une belle vue de son joli petit cul étroit et de ses cuisses musclées.

Je remontai mon jean, le refermai, me penchai pour réunir les fraises aussi vite que possible. Je courus vers la chambre, le récipient en plastique ruisselant de fruits fraîchement rincés dans ma main. Mads étalé sur le lit, le remplissait de ses muscles durs, de ses longs membres ainsi que d'un sexe épais et rigide, et de lourds testicules. Je ne pouvais pas détourner mon regard de son érection. On aurait pu croire que j'en avais eu assez de lui la nuit dernière, pourtant cela ne semblait pas être le cas.

— C'est bien. Maintenant, amène-les par ici.

Il tapota le matelas à côté de lui, sa bouche pulpeuse affichant un sourire sournois.

— Qu'allons-nous en faire ?

Je ne savais même pas pourquoi je m'en souciais. Pour l'instant, je ne parvenais pas à trouver ce qu'il pouvait imaginer entreprendre avec une fraise qui me pousserait à protester.

— Rien que tu n'aimeras pas.

— Ouais ?

— Ouais. Apporte-les et couche-toi auprès de moi.

Je traversai la pièce, donnai un coup de pied dans les couvertures éparpillées sur le sol et plaçai un genou, puis l'autre sur le lit. Le drap du dessous, entortillé, découvrait le coin le plus éloigné, près de la tête de Mads. Il prit le récipient, ignora les gouttelettes d'eau qui tombaient sur le drap et son ventre. Je ne pouvais pas les éviter cependant. Je me penchai et les léchai, savourant la sensation de sa peau qui se contracta tandis que ma langue l'effleurait.

— Tiens ça sur tes abdominaux, lui dis-je, ce qu'il fit. Secoue-le.

De l'eau s'échappa par les trous d'aération, parsemant son ventre. Je posai un bras sur son torse, avant de me mettre à l'ouvrage, suçotant et pourchassant chaque goutte d'eau. Il émit de petits bruits de gorge pendant que je le nettoyais. J'étais presque arrivé à son sexe lorsque ses doigts glissèrent dans mes cheveux et me tirèrent doucement vers le haut.

— Une fois que tu as une idée dans la tête...

Il ouvrit le récipient et prit une grosse fraise. Je lançai une jambe sur lui et m'installai sur ses cuisses. Mon regard tomba sur son érection.

— Hey ! fit-il et je relevai la tête vers lui. Mes yeux sont là, plaisanta-t-il, avant de m'offrir le fruit que je mâchai et avalai.

— Mais ta queue est là.

Je fis courir un doigt sur la peau veloutée.

— Et je suis bien plus intéressé par elle que par tes yeux en ce moment. Désolé. Vraiment égoïste, je sais.

— Typiquement masculin.

Il gloussa et choisit une autre fraise. Celle-ci, il la posa sur sa poitrine, prenant le temps de la positionner afin qu'elle ne roule pas de son mamelon. J'aimais déjà ce jeu. Je me penchai sur lui, piégeant ce gros membre entre nous, avant de saisir le fruit de sa peau avec ma langue, m'assurant de bien lécher son téton durci en passant. Il soupira longuement. Une autre fut installée sur son autre mamelon. Une plus petite. J'attrapai avec mes dents, mâchai rapidement, avalai puis agitai le bout de ma langue sur le téton. Mon sexe commençait lentement à se remplir. Celui de Mads ressemblait à une barre de fer qui s'enfonçait dans mon ventre.

— Peux-tu me baiser à nouveau ? demandai-je, tout en aspirant son mamelon.

— Patience, répondit-il.

Il m'offrit une autre fraise sur laquelle me

concentrer. Je l'écrasai contre mon palais. Il s'approcha de moi, me tira à lui et aspira ma bouche fermée, cherchant à entrer. J'entrouvris mes lèvres pour lui, partageai le jus et la chair, la douceur collante, puis je l'étalai sur mes lèvres et mon menton avec ma langue. Son emprise sur l'arrière de ma tête se raffermit alors que nous nous sucions les lèvres et les langues. Ensuite, il me fit rouler sur le dos.

— Putain, ouais ! gémis-je, impatient de le faire entrer en moi.

Je relevai mes jambes, mais il les repoussa.

— Patience, dit-il encore une fois, s'installant sur moi, me volant un baiser pendant qu'il frottait son sexe contre le mien.

— Salaud ! grognai-je. Tu dis à un homme d'être patient et tu te comportes comme un allumeur ?

— Tu dois apprendre que tout n'est pas qu'une question de pousser ta queue dans le premier orifice valable.

Il fit courir ses paumes rugueuses sur mes bras, épinglant mes mains à la tête de lit, tout en déposant une pluie de baisers sur ma mâchoire.

— Ça l'est aussi.

Je me cambrai, rendu fou par mon désir de l'amener à me pénétrer encore une fois.

Il me maintint contre le matelas, lécha et suça, mordillant ma gorge et ma bouche jusqu'à ce que j'aie l'impression de devenir fou à lier.

— Mads, allez ! Pour l'amour de Dieu, je meurs d'envie là…

— Tennant, tu as déjà joui une fois. Tu tiendras le coup.

Oh ! Effectivement, j'avais explosé dans la cuisine. C'était de là que provenaient les fraises. Et Mads n'avait pas encore atteint son apogée ce matin. Il devait souffrir d'un sacré cas de boules bleues.

— Profite simplement de notre petit jeu.

— Ouais, profiter du jeu…

Je me tortillai sous lui, espérant l'inciter à me prendre. Après tout, son sexe se trouvait collé contre mon ouverture. Une chiquenaude et il serait à l'intérieur de moi. Il relâcha mes poignets et se rassit, ondula des hanches pour que son érection se loge désormais à la base de mon pénis. Je baissai les yeux pour voir qu'elle reposait sur les boucles sombres, une goutte brillante de fluide s'échappant.

— Mads, laisse-moi m'occuper de ta queue, suppliai-je.

Au lieu de cela, le connard attrapa ces stupides fraises et en choisit une dans le récipient.

— Sais-tu ce que je vais en faire ?

— Un frappé ?

Je tendis la main vers son sexe. Il frappa gentiment ma main pour l'écarter.

— Non, je vais faire ça.

Il écrasa le fruit sur mon torse, étalant la pulpe sur l'aréole sombre de mon mamelon gauche. Puis, il l'aspira pour nettoyer. Il suça fortement, prenant le petit nœud dans sa bouche, avant de l'érafler de ses dents acérées. Je glapis de plaisir, enfonçai mes talons dans le matelas et saisis son dos nu.

— Veux-tu que j'en fasse autant de l'autre côté ?

— Oui, oui ! Merde, oui !

Les mots explosèrent, franchissant vivement mes lèvres, entre deux halètements.

Mads prit son temps cette fois avec le fruit, écrasant fraise après fraise sur ma chair, d'abord sur ma poitrine, mon menton, mon nombril sur lequel il donna des coups de langue comme un fou.

— Ah, Seigneur ! Bordel ! Merde ! Putain, je ne peux pas… Ah, Mads…

— Ouais, tu es tout près, grommela-t-il, ses doigts réduisant deux fruits en une fine pâte. Je veux que tu remontes tes genoux contre ton torse, d'accord ?

Il n'eut pas besoin de me le répéter deux fois. Nos regards se croisèrent et se retinrent.

— Vas-tu lécher ça sur mon périnée ?

— Et quelques autres endroits. Tu jouiras pour moi pendant que je le ferai et aucune queue ne pénètrera aucun cul.

Je gémis si gravement et si longtemps que Mads se mit à glousser. Le sourire quitta son visage quand ses doigts trouvèrent mes fesses. Il inséra une partie de l'espèce de pâte en moi, avec des mouvements lents – une véritable torture. Un doigt, suivi d'un deuxième, à l'intérieur, avant de les ressortir, au-dessus de mes bourses, et en dessous. Sa langue plongea en moi, tourbillonna autour de mon entrée. Sa prédiction se révélait juste. J'explosai tandis qu'il me léchait et tout ce qu'il avait à faire était de saisir mon érection et de la presser durement une seule fois.

— Tu vois, dit-il, s'approchant, l'avant de ses cuisses reposant contre mes globes, mes genoux toujours coincés contre ma poitrine. Pas de pénétration.

Il posa ma main sur son sexe et me montra les mouvements qu'il attendait. J'étirai mes jambes, les posant sur ses épaules. Son regard se verrouilla sur le mien et il jouit fortement et rapidement, son sperme chaud recouvrant mes doigts, mon torse et mon ventre. Il était superbe pendant son orgasme. Je pourrais si facilement tomber amoureux de lui.

— Bon sang ! haleta-t-il, alors que je tirais chaque goutte de semence de lui. Tu es si beau.

Il souffla tandis que la rémanence de son orgasme commençait à détendre son large dos. Il se laissa tomber sur le côté, les poings serrés de part et d'autre de ma tête et il m'embrassa doucement, faisant rouler sa langue avec la mienne en de lentes caresses.

— Je pense avoir des fraises collées dans le dos, lui dis-je un peu plus tard, alors qu'il se levait du lit.

— Ouais, le lit ressemble à une véritable salade de fruits, répondit-il.

— Ha-ha ! Très drôle, mec !

Je m'étirai comme un vieux chat allongé dans un rayon de soleil, mes doigts touchant la tête de lit et mes orteils effleurant l'autre bout. Je sentis les yeux de Mads posés sur moi, donc j'ondulais légèrement des hanches et obtins le grognement appréciateur que j'espérais.

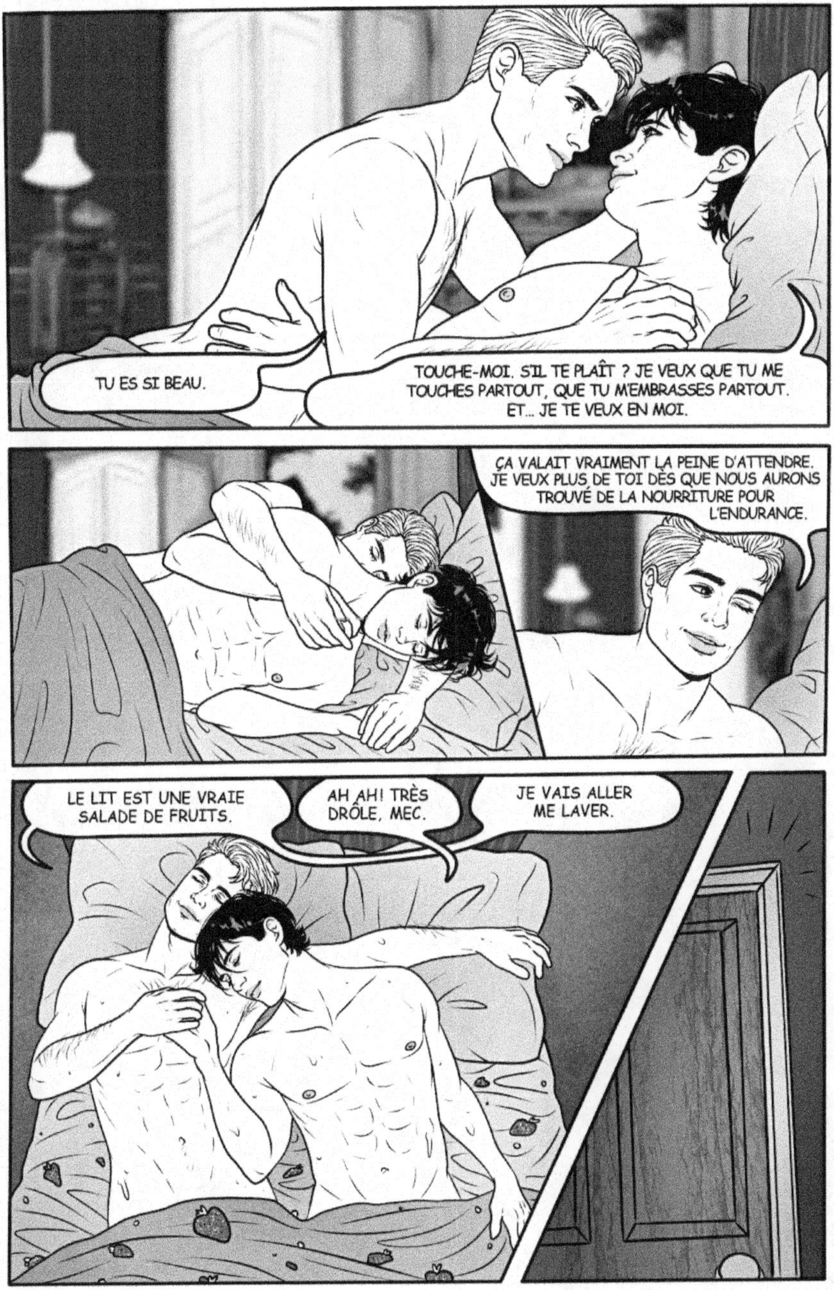

TREIZE

Tennant

— JE VAIS ME LAVER. RESTE ALLONGÉ... JE
t'apporterai un gant de toilette.

— Cool.

Il se dirigea vers la salle de bain. Je roulai d'un côté
à l'autre pendant un moment, avant de me lever. Ouais,
il y avait des fraises partout : sur le sol et le lit.
Certaines avaient été écrasées sur le matelas, là où le
drap avait disparu. Jared fit couler l'eau dans la douche.
Je retrouvai la boîte et entrepris de ramasser les fruits
non abîmés par terre et dans le lit.

Soudain, la sonnerie de la porte d'entrée retentit.

— Mads ! Il y a quelqu'un à la porte ! Veux-tu que
j'aille voir qui c'est ? criai-je avant de poser le panier
sur la commode.

— Il s'agit probablement du gamin pour le journal.
Je garde du liquide dans le tiroir de la petite table, près
de la porte.

Il jeta un coup d'œil par la porte entrebâillée, un gant de toilette savonneux pressé contre son torse.

— Règle le petit et reviens pour que je puisse nettoyer le carnage sur ton dos.

Il agita ses sourcils, avant de se réfugier dans la salle de bain.

Je trouvai mon jean en un temps record et l'enfilai pour me couvrir les fesses. La sonnerie se transforma en coups sourds.

— Merde ! Okay, un peu de patience, gamin ! criai-je, trottinant en remontant ma fermeture éclair.

Je retirai une fraise gluante qui s'était écrasée entre mes omoplates d'une main, tandis que j'ouvrais la porte de l'autre.

— Combien te doit-il ?

— Tennant ? demanda Brady, d'une voix estomaquée.

Des mots explosèrent dans mon crâne, mais aucun ne sortit.

— Putain, que se passe-t-il ici ?

— Ten, as-tu trouvé l'argent dans le tiroir de la table ? cria Mads, avant d'entrer dans le salon, une serviette de toilette nouée autour de la taille.

Il écarquilla les yeux de surprise, cependant sa voix resta calme.

— Brady…

— Sale enfoiré ! gronda Brady.

Il jeta son sac sur le sol et se rua sur Mads, tel un loup devenu fou. Deux énormes défenseurs entrèrent en collision, tels deux semi-remorques. Le dos nu de Mads claqua contre le mur. Le portrait de la famille Madsen rebondit sur le clou et tomba sur le sol, le cadre se brisant, ce qui fit exploser le verre. Je plongeai sur eux, essayant de les séparer, avant que l'un des coups de poing lancés par mon foutu frère n'atteigne son but. Trop tard, malheureusement. Brady envoya un crochet du droit dans les avant-bras costauds de Mads. Il aurait un sacré hématome demain. Je repoussai et tirai Brady, mon bras enserrant sa gorge, le seul mouvement apparemment capable d'apaiser sa rage. Ne plus être en mesure de respirer avait de quoi vous calmer l'esprit. Je m'accrochai à lui, semblable à un lémurien, la prise de sommeil que Jamie m'avait enseigné il y a toutes ces années, étant enfin correctement exécutée.

— Lâche… moi… haleta Brady, tandis que nous tournions en rond.

Nous heurtâmes le coin d'une table, brisâmes une lampe et déplaçâmes le fauteuil inclinable, au final, j'avais réussi à l'éloigner de Mads. J'assouplis la prise et dansai devant mon frère, posant une main sur son torse alors qu'il pantelait.

— Putain, je vais te *tuer* ! Que fais-tu avec mon petit frère ? beugla Brady, essayant de me contourner.

— Hey, connard, c'est une relation entre deux adultes consentants.

Je portai mes deux mains sur sa poitrine, les doigts sur sa belle veste de costume et poussai. Dur. Il recula en vacillant d'un pas ou deux, me dévisageant comme s'il me voyait vraiment pour la première fois.

— Bordel, j'ai vingt-deux ans !

— Et il a le même âge que moi ! hurla Brady, agitant une main vers Mads.

— Brady, je sais que ce n'est pas la meilleure façon de l'apprendre, mais… commença à dire Mads.

— Non ! Tu ne parles *pas* de ça, *Mads* !

Brady secoua son doigt en direction de mon amant.

— Tu es censé être un ami. Les amis ne baisent pas les petits frères des autres !

— Je ne suis plus ton petit frère désormais, Brady. Pour l'amour de Dieu, je suis un adulte ! criai-je aussi fort que je pus.

Espérons que toute la ville entende combien j'étais fatigué d'être tout le temps considéré comme un gamin par mes frères.

— Je suis un homme qui choisit lui-même avec qui il veut coucher. J'ai choisi Mads. C'est à prendre ou à laisser, et il n'y aura plus de coups de poing.

La pièce resta aussi silencieuse et immobile que l'espace infini. Je me dressais entre mon frère aîné et Mads, les bras ballants à mes côtés, les muscles tendus au cas où je devrais refaire la prise à Brady. Il porta une main à sa gorge qu'il frotta.

— Depuis quand es-tu gay ? demanda-t-il, d'une voix plus douce désormais, épaissie par l'émotion et la confusion.

— Depuis toujours.

Je jetai un coup d'œil à Mads qui gardait sa position, l'œil gauche larmoyant.

— Seigneur ! Maman et papa vont flipper lorsqu'ils le découvriront ! murmura mon frère.

— Ils le savent déjà. Et ils ont réagi *largement mieux* que toi.

Brady n'aurait pas pu être plus choqué que s'il avait tenu des fils électriques dénudés dans ses mains.

— Peut-être que je devrais vous laisser seuls tous les deux afin que vous puissiez discuter.

Mads s'éloigna et se rendit dans la cuisine, probablement pour trouver de la glace ou un sac de légumes surgelés pour son œil.

— Tu l'as dit à maman et papa avant moi ?

Brady semblait vraiment stupéfait et blessé.

— Eh bien, c'est évident ! fut ma réponse.

Le visage de Brady se plissa sous l'effet de son irritation.

— Je savais que Jamie et toi, vous vous comporteriez comme des crétins lorsque vous l'auriez appris. Je confirme, tu as été un véritable con. Jamie sera probablement égal à lui-même.

Ses épaules s'affaissèrent.

— Tu es gay. Merde ! Je ne l'ai pas vu venir.

— C'est parce que tu n'as jamais vraiment regardé. Tu étais trop occupé à essayer de régenter ma vie, à me dire avec qui sortir et dans quelle équipe jouer, comment m'habiller et quelle musique écouter. As-tu essayé, rien qu'une seule fois, d'arrêter de jouer au maître du monde et à me demander ce que je ressentais à propos de tous les décrets et jugements dont tu m'abreuvais avec ton air supérieur ?

Il se frotta distraitement la gorge, les yeux toujours écarquillés.

— Non, je suppose que je ne l'ai jamais fait.

— Alors pourquoi diable aurais-je dû t'en parler ? Maman et papa se sont montrés cool. Merde, même l'équipe a été plus réceptive que toi.

— Elle sait ?

Je haussai les épaules. Ils le devaient à présent, non ? Si le capitaine l'avait compris, les autres avaient certainement dû en faire autant. Sa main s'écarta de sa gorge.

— Ils savent à propos de Mads et toi ?

— Non, pas ça, bien qu'ils soient probablement tous au courant que je suis gay.

— Seigneur, tu en as parlé à des étrangers avant tes propres frères ?

Il tomba sur le canapé. Encore heureux que celui-ci se trouve juste derrière lui, ou il se serait retrouvé les quatre fers en l'air.

— Et Jamie ?

— Je n'ai parlé de rien à l'équipe et non, je n'ai pas encore discuté avec Jamie. Je pensais l'en informer avant notre match contre la Floride, la semaine prochaine.

— Et quand allais-tu m'en faire part ?

Je n'avais aucune réponse à donner à cette question.

Brady laissa échapper un long soupir, puis se prit la tête entre les mains.

— Tu n'allais rien me dire, hein ?

— Un jour ou l'autre, si, parce que je le devais.

Je m'avançai et ramassai la photo, avant que quelqu'un ne marche sur le verre brisé.

— Bon sang ! Me hais-tu donc à ce point ?

Je lui jetai un coup d'œil, de l'endroit où j'étais accroupi. Ses mains tombèrent. Ses prunelles sombres étaient embuées de larmes. Merde ! Allait-il pleurer ? Je posai un genou sur le sol, tout en étreignant le cadre cassé qui contenait une belle photo de Mads et Ryker.

— Ce n'est pas que je te déteste. Je veux dire… tu es mon frère… Je t'aime. Tu te comportes vraiment comme un connard d'élitiste tout le temps.

Sa tête sombre se redressa brusquement à ce commentaire.

— Tu l'es. Tu n'as fait que me rabaisser à propos de chaque putain de décision que j'ai pu prendre.

Je me relevai et déposai le cadre cassé au bout de la table. Ensuite, je redressai le siège inclinable.

— Je ne faisais que m'assurer que tu ne faisais pas de stupides erreurs, Tennant.

— Peut-être que j'en ai précisément *besoin*, Brady.

Je m'assis dans le fauteuil que je venais de remettre sur ses pieds.

— Peut-être que tu *as besoin* de me laisser les faire.

— Pourquoi voudrais-tu foutre en l'air tes chances de devenir le prochain grand nom du hockey ? Tu possèdes le talent suffisant. Largement plus que Jamie ou moi pourrions espérer en avoir. Pourquoi venir à Harrisburg ? Seigneur, pourquoi sortir avec un de tes entraîneurs ?

Il se passa les deux mains sur le visage, puis il me lança un coup d'œil.

— Lorsque l'équipe le découvrira à propos de vous deux, cela va devenir un sacré bordel. Pourquoi as-tu choisi Mads, en plus ?

— Je ne l'ai pas choisi, c'est juste arrivé. L'amour surgit n'importe quand.

D'accord... euh... wow ! Repasse cette séquence en marche arrière, Tennant. Amour ? Vraiment ? Merde ! Oui. Amour. Toutes sortes d'amour.

— Je l'aime.

Cela sonna drôlement – surtout dit d'une voix vacillante, légèrement tremblante – mais bon sang, que ça me paraissait juste !

— Et si nous nous retrouvons pris dans les flammes de l'enfer à cause de nous, alors, allons-y. Je suis prêt à prendre ce risque pour être avec lui.

Brady me fixa des yeux pendant ce qui me sembla durer une éternité.

— Quand as-tu grandi ?

Je ricanai à son commentaire.

— Je ne suis pas tout à fait sûr d'y être parvenu encore, bien que je travaille dessus. Tu vois, je dois le faire par *moi-même*. Je dois prendre des décisions qui concernent ma vie. Je dois me tromper et foutre en l'air certains trucs, et trouver un moyen de réparer après. Jamie ou toi, vous ne pouvez pas le faire à ma place. Donc, reculez et laissez-moi vivre ma vie. Occupez-vous de la vôtre.

— Je reconnais que tu sembles avoir bien mûri ces derniers mois, murmura-t-il, avant de lancer un coup d'œil dans la direction par laquelle Mads avait disparu. Es-tu sûr que ce doit être Mads ?

— Ouais, absolument certain.

— D'accord. Et je dois lui présenter des excuses, hein ?

— Oh, putain, ouais ! répondis-je, inclinant la tête vers la cuisine. Que dirais-tu d'essayer tout de suite ? Je vais nettoyer ce carnage.

— Tu sais que je te donnais des ordres parce que je t'aime, non ?

— Oui. Tu ne peux pas t'empêcher de te comporter comme un idiot autoritaire. En tant qu'aîné et tout ça… Va parler à Mads.

Brady se redressa, dénoua sa cravate, la glissa dans la poche arrière de son pantalon et se dirigea vers la cuisine pour affronter Mads.

Je m'adossai au fauteuil, fixant le plafond, et essayant d'intégrer le fait que j'étais éperdument tombé amoureux de Jared Madsen.

QUATORZE

Mads

JE PERÇUS CHAQUE MOT, CE QUI ÉTAIT FACILE, PARCE qu'ils criaient tellement fort que les gens habitant de l'autre côté de la rue pouvaient probablement les entendre aussi.

L'amour surgit n'importe quand. Voilà ce que Ten avait déclaré à Brady. Il avait reconnu être *amoureux* de moi, m'aimer. Les mots étaient aussi époustouflants que renversants. Que se passait-il lorsque deux personnes se trouvaient amoureuses l'une de l'autre ? Il s'agissait plus que du simple sexe, cela impliquait les cœurs, parlait de fleurs et de promesses.

Seigneur ! J'ai tellement peur !

Les hurlements diminuèrent et ressemblèrent davantage à une conversation sérieuse. J'allai dans la petite buanderie que je possédais et trouvai un pantalon de survêtement, me permettant de me sentir moins vulnérable qu'avec une serviette nouée autour de la taille. Je me tournai immédiatement vers la machine à café, la démontant peu à peu, car il s'avérait d'une importance vitale que je la nettoie de fond en comble aujourd'hui. Mon visage me faisait mal, là où Brady m'avait envoyé le coup de poing de sa vie. Je ne pensai pas qu'il m'ait cassé quoi que ce soit, cependant, je dus puiser tout au fond de mes réserves de joueur de hockey pour ignorer la douleur. C'était impossible que je reste dans la cuisine, tenant un sac de glace sur mon visage, je n'allais pas donner cette satisfaction à Brady.

— Mads ? appela-t-il, derrière moi.

Je plongeai le filtre dans l'eau chaude et savonneuse de l'évier, et l'y maintins pendant un moment.

— Brady, murmurai-je en réponse, sans me retourner pour lui faire face.

— Désolé de t'avoir frappé, mec, lança-t-il, dans ce qui me sembla être les excuses les moins sincères de tous les temps.

À peu près du même niveau que « merde ! Désolé d'avoir pris ta bouteille d'eau par erreur ».

Je laissai tomber la pièce de la machine qui éclaboussa la surface, avant de lâcher un flot de bulles en coulant. J'avais peut-être exagéré sur la quantité de produit à vaisselle.

— Cela n'a pas d'importance, dis-je, parce que cela n'en avait vraiment pas.

En revanche, ce qui apparaissait primordial était que Brady et son frère ne soient pas fâchés l'un avec l'autre et qu'il traite Ten un peu différemment désormais, après leur discussion.

Puis, l'interrogatoire en règle suivit.

— As-tu toujours su qu'il était gay, même lorsque nous étions enfants ? demanda-t-il prudemment.

Je n'aimais pas du tout cette question. Disait-il cela parce que, sous prétexte de ma bisexualité, je devais posséder un gaydar pleinement fonctionnel et que j'aurais dû savoir ? Ten n'avait que douze ans quand j'avais passé du temps avec Brady chez les juniors – bordel, à l'époque, ce gamin ne savait probablement pas avec certitude s'il était gay, hétéro ou n'importe quoi d'autre sur le spectre.

Quoi que Brady ait cherché à atteindre avec sa question, cela sortit comme une accusation. J'attrapai un torchon et le morceau de machine et me séchai les mains, avant de finalement m'écarter de l'évier pour dévisager Brady. Il grimaça en voyant mon visage. Je n'avais pas réussi à lui envoyer mon poing, enfin pas vraiment, et pourtant, une certaine partie de moi désirait le faire à présent, juste pour qu'il cesse avec ses interrogations.

— Non. Je suis sacrément certain qu'il n'en avait aucune idée lui-même, et je ne possède pas un putain de gaydar magique. Je n'en savais rien jusqu'à ce qu'il m'en parle, ce qui, pour ton information, ne remonte qu'à quelques mois. Alors, ne commence même pas à m'accuser d'avoir gardé le secret.

Le visage de Brady s'affaissa. J'avais raison – il

cherchait à m'accuser d'avoir dissimulé la vérité. Cette partie de moi qui voulait le cogner fit un retour en force. Puis il lâcha cette phrase qui implosa ma colère et retourna toute son agression contre lui.

— Merde ! commença-t-il. J'espérais qu'il n'avait pas traversé cette situation tout seul, qu'il avait au moins eu quelqu'un à qui parler.

Ma poitrine se crispa. Brady me regardait comme s'il venait juste de perdre le septième match lors de la finale de la Coupe : dévasté.

— Brady…

— Que cela signifie-t-il pour lui ? demanda-t-il, se laissant lourdement tomber sur un des tabourets, posant les coudes sur le comptoir.

Je voulais répondre quelque chose pour arranger le problème à ce moment-là, un petit commentaire sur le fait que Ten était un gars fort et que ce n'était pas si mal pour un joueur d'être différent dans une équipe. Les Railers regroupaient toutes sortes de gars, répartis équitablement entre Américains, Canadiens et Européens. Pas mal déjà ! Les différences culturelles commençaient là, or, ce n'était que le premier point de toutes leurs diversités. Loin de me montrer suffisamment naïf pour relier une préférence sexuelle avec un détail comme la province dans laquelle un type était né, j'espérais toutefois que l'équipe, lorsqu'elle découvrirait l'homosexualité de Ten, ne considérerait pas cette distinction comme étant importante dans le grand schéma des choses. Surtout maintenant qu'elle formait une certaine homogénéité et sur le point de gagner un match.

— Je me rappelle de ce jeune à l'université, celui qui avait fait son coming out, reprit Brady. Il avait reçu tous ces mails haineux – des menaces même.

J'avais lu un article à ce sujet, et lui avait adressé un rapide message de soutien, or ce joueur n'égalait pas Ten au niveau des mêmes compétences. Ce n'était pas lui qui avait fait son entrée dans la LNH et qui avait les spots braqués sur lui. Ce pourrait être un million de fois pire pour Ten. Puis cela me frappa : je banalisais ce qu'un joueur de hockey pouvait supporter étant gay.

— Les Railers le soutiennent, affirmai-je.

— Et il t'a, toi, ajouta Brady.

Je n'arrivais même pas à comprendre ce que je ressentais, pourtant Brady semblait attendre une réponse.

— Je veillerai toujours sur ses arrières, offris-je.

Brady étudia mes mots.

— Si jamais tu lui fais mal…

— Tu me tueras, je sais. Enfin, tu pourras toujours essayer…

— Va te faire foutre, Mads ! cracha-t-il, sans être en colère. Je peux te vaincre n'importe quand.

— Toi, de même !

Brady se frotta les yeux. Il semblait porter tout le poids du monde sur ses épaules, comme seul un capitaine d'une équipe de LNH peut le faire.

— Maman et papa sont d'accord ? demanda-t-il doucement.

Ten répondit de sa position, sur le seuil de la porte. Depuis combien de temps se tenait-il là ? Je n'en savais rien.

— T'attendais-tu à ce qu'ils ne le soient pas ?

Il avait son téléphone portable dans sa main et paraissait différent, d'une certaine manière. Confiant, peut-être. Le pensais-je parce que j'étais amoureux de lui ? Priais-je juste pour que Ten se sente confiant, positif et qu'il refuse de céder devant toutes sortes de haines qui pourraient lui être jetées en travers de son chemin ? Cependant, peu importe combien la direction essaierait de canaliser les réactions, il y en aurait fatalement lors des matchs, sur la glace, des insultes, des paroles haineuses, des articles, des remises en question concernant ses capacités en tant qu'athlète. J'avais déjà vu tout cela, à un moment ou un autre.

Je connaissais également d'autres joueurs de hockey qui aimaient les hommes, les baisaient – Seigneur, il y avait même un gars à Los Angeles qui vivait avec son petit ami. L'équipe avait essayé de les faire passer pour des colocataires, néanmoins beaucoup de gens connaissaient le vrai fond de l'histoire. Ten n'avait pas à faire son coming out en public. Il serait en mesure de jouer au hockey jusqu'à la quarantaine, et quelles que soient les relations qu'il pourrait avoir, il serait aisé de les cacher.

Ten avait posé une bonne question. Bruce et Jean

Rowe étaient de bons parents, avec une large vision de la vie. Brady s'attendait-il à ce qu'ils réagissent différemment à l'égard de l'un de leurs fils ?

— Non, déclara immédiatement Brady, pour autant, il ne semblait pas trop certain.

— Maman veut rejoindre des groupes de soutien et défiler lors de la Pride avec moi.

Brady cligna des yeux, s'imaginant probablement que Ten se fichait de lui. De plus, tout ce qui concernait le défilé de la Pride signifiait aussi que Ten serait « out » et fier et que tout le monde saurait qu'il était gay. Je pus pratiquement deviner le moment où Brady dut s'empêcher d'hyperventiler, et celui où il reprit ses esprits.

— Je marcherai avec vous, annonça-t-il.

Ten s'approcha de son frère, lui cogna les bras, puis lui offrit un gros câlin, faisant jurer Brady comme un charretier.

— Je te le rappellerai, lança Ten.

Il se tourna ensuite vers moi et je vis son sourire, la chaleur contenue dans ses yeux et je ne pus retenir de l'imiter.

— Mads, Seigneur ! Arrête de baiser mon petit frère des yeux ! grommela Brady.

Pour cela, il obtint une claque à l'arrière de la tête de la part de Ten, et ils se chamaillèrent un petit moment. Je les laissai faire, retournant à mon nettoyage super important de la machine à café. Je m'y attèlerai pendant quelques minutes, avant de m'excuser pour me réfugier dans ma chambre, offrant aux frères un peu d'intimité. Ils en avaient besoin. Cependant, il semblerait que Ten avait d'autres idées en tête, posant son portable sur le comptoir à côté de moi et passant un doigt pour faire défiler sa liste de contacts, cherchant le numéro de Jamie.

— Vas-tu rester ? demanda-t-il tranquillement, tandis que le son de la sonnerie résonnait dans la pièce.

Je mis peut-être quelques secondes à répondre, mais je savais que c'était important pour lui. S'il allait en parler à Jamie, alors je ne voulais être nulle part ailleurs qu'à côté de lui.

— Je reste ici, répondis-je, d'une voix un peu bourrue, parce que ma gorge se serrait par l'émotion.

— Yo, Ten ! lança Jamie.

Sa voix formait un petit écho, comme s'il se trouvait à la patinoire. Je savais que Jamie devait jouer aujourd'hui, un match en soirée, pas en matinée comme nous. En parlant de cela, il ne nous restait plus que quelques heures avant de rejoindre l'aréna, et Ten avait vraiment besoin de prendre une douche, il dégageait une odeur de fraises et de soleil, et j'avais une envie folle de l'embrasser partout, ce que je ne pouvais pas faire au travail.

— Jamie, hey !

— Marchera pas, déclara une autre voix, avec un fort accent russe. Pas de jeu pour toi Petit Rowe.

Il y eut quelques sons indiquant une bagarre et des jurons, et un très retentissant :

— Donne-moi mon téléphone, connard !

Enfin, Jamie fut de retour.

— Putain de gardien russe ! marmonna-t-il. Quoi de neuf, Ten ? Tu vas bien ?

Voilà le plus gros défaut de Jamie : il entamait toujours une conversation, désirant savoir si tout se passait bien pour la personne avec qui il discutait. Parce que, si ce n'était pas le cas, alors il semblait évident que Jamie aurait une solution pour le problème en question.

Résous celui-ci, Jamie, pensais-je. *Ton petit frère est gay et il couche avec un type plus vieux que lui, et... oh, ouais ! Il joue au hockey professionnel pour gagner sa vie.*

— Écoute, j'ai quelque chose à te dire. Je voulais te…

— Oh, merde, Ten, ces putains de Railers t'ont-ils échangé ? Que signifie ce bordel ? Salauds ! Dis-moi qu'ils t'ont envoyé dans un bon endroit ?

Je me hérissai à l'insinuation. Qu'y avait-il donc à propos des frères de Ten et leurs conneries anti-Railers ? Un jour, nous brandirons la Coupe Stanley, et alors, ils pleureraient dans leurs bières. Je réalisai soudain que je m'étais perdu dans mes pensées lorsque la voix de Ten se fit entendre, répétant plus ou moins la même chose. Il compléta sa déclaration et traita ses deux frères d'idiots.

J'avais tendance à être d'accord. Les Railers étaient une nouvelle équipe, pourtant nous avions de la profondeur et nous allions tellement secouer cette ligue qu'ils ne comprendraient pas ce qui les avait frappés.

J'allais vraiment prendre un grand plaisir à regarder mon équipe battre à la fois Boston et la Floride, avant d'emmener Brady et Jamie à dîner quelque part, dans un restaurant bien trop cher, et de les laisser régler l'addition.

— Désolé, reprit Jamie, et sa voix résonna moins.

Le bruit des autres joueurs en arrière-plan s'estompa légèrement, cependant, il se trouvait toujours auprès de ses équipiers.

— Donc les Railers ne t'ont pas échangé…

Il s'interrompit, restant dans l'expectative.

— Écoute, je ne veux pas faire ça au téléphone, lâcha Ten, me regardant, à la recherche d'un soutien.

Je posai une main sur la sienne, et surpris la lueur d'approbation dans les prunelles de Brady. Apparemment, j'avais décidé quelque chose de bien.

— Faire quoi, Ten ? Seigneur, gamin, tu me fous la trouille, lâcha Jamie. Attends… Je vais dans un endroit plus tranquille.

Il continua de parler tout en marchant, sa voix augmentant et diminuant à chaque souffle tandis qu'il cheminait.

— Es-tu blessé ? Merde ! Brady m'a appris que ton dernier match avait été plutôt brutal, mais je ne l'ai pas encore vu.

— Je ne le suis pas, répondit Ten, avant de marquer une pause. Puis-je te parler maintenant ?

On entendit le son d'une porte qui se refermait.

— C'est bon, je suis dans la salle vidéo.

— Je suis gay, Jamie, déclara Ten avec confiance, et je serrai sa main.

— Oh ! s'exclama Jamie, après une courte pause. D'accord.

— As-tu des questions ? demanda Ten lorsqu'il se tut. Devrions-nous en discuter ?

— À propos de quoi ? Je ne te parle jamais de sexe.

— Crétin ! Je veux dire, à propos de moi.

— Nan.

Ten me dévisagea et haussa les épaules. Même Brady semblait confus.

— Tu n'es pas en colère ? reprit Ten avec prudence.

— À propos de quoi ?

— Le fait que je ne t'en ai pas parlé.

— Non, répondit immédiatement Jamie. Pourquoi ? Je devrais l'être ?

— Brady l'a été.

Une autre pause.

— Tu en as discuté avec Brady ? Qu'a-t-il dit ? Ne le laisse pas te crier dessus, Ten. Ce connard arrogant et autoritaire va tenter de te dire quoi faire, afin de cacher son inquiétude. Il est juste incapable de montrer la moindre trace d'affection.

Brady soupira fortement.

— Je suis là, en fait, annonça-t-il.

Jamie ne réagit même pas.

— Je savais que tu le serais. Écoute, Ten. Je me moque de qui tu es amoureux. Je suis ton frère et tout ce que je veux, c'est que tu sois heureux. Suis-je énervé que tu ne m'aies rien dit ? Non. Tu dois avoir tes raisons.

— J'allais te l'annoncer la semaine prochaine, lorsque nous serons en Floride.

Ten semblait si heureux que Jamie lui accorde son soutien et que Brady ne cherche plus à me frapper. Étrange comme le sentiment vous atteint lorsque vous savez que quelqu'un va vraiment bien et que tout ce que vous voulez pour lui se résume à ce qu'il soit heureux tout le temps. Voilà mon ressenti concernant Ten. Ce qu'était censé être l'amour, je suppose.

— Alors, pourquoi l'évoquer aujourd'hui ? Parce que Brady est là ? Tu as un match en matinée contre Boston, non ?

Ten laissa échapper un petit soupir et je cessai de serrer sa main pour entrelacer nos doigts. Je ne savais pas s'il avait besoin de réconfort, quant à moi, oui.

— Brady m'a surpris avec mon petit ami.

Il me regarda en disant cela.

— D'accord, donc tu en as un. Cool.

— J'ai dû en informer ma direction et mon agent, l'équipe vient juste après Brady et toi.

— Attends, n'en as-tu pas encore parlé à maman et papa ?

— Si, ils ont prévu de faire défiler leurs trois fils à la prochaine Pride.

— Cool, répéta Jamie. Je suis tout à fait pour. Attends… avec qui es-tu ?

Il baissa la voix, la réduisant à un murmure.

— Est-ce un autre joueur ?

— C'est Mads.

— Bon sang, j'ai cru que tu venais de dire « Mads ».

— Je l'ai fait.

— Jared Madsen ? Ce Mads ?

— Ouais.

Il y eut un long soupir de la part de Jamie.

— C'est un bon gars, lâcha-t-il enfin. Dis-lui que s'il te fait du mal, je le tuerai.

Je tapotai sur le comptoir, indiquant que je voulais m'exprimer.

— Jamie, c'est Mads. Je te promets que si jamais je blesse Ten, tu pourras attendre ton tour pour me tuer.

Silence. Pourquoi ce silence ? Je me sentis nerveux lorsque la ligne resta muette. Jamie était comme ça : le pacificateur, le penseur, celui passait par ces périodes de calme où il ne disait pratiquement rien.

— Je l'aime, déclarai-je pour remplir ce blanc.

Et, parce que c'était aussi vital pour moi que de prendre mon prochain souffle, je dénouai nos doigts et pris le visage de Ten en coupe.

— Je t'aime, répétai-je, fixant ses beaux yeux. Je suis trop vieux pour toi, j'ai un enfant, et Ev est tout le temps sur mon dos. Je ne gagne plus de millions à présent, mais je sais préparer une sacrée bonne omelette et je t'aime, Ten.

Bizarre que ma première déclaration d'amour ait des témoins. D'une certaine manière, il était important que je le dise en cet instant. Comme si le fait de l'annoncer devant ses frères prouverait à Ten la réalité de notre relation. J'espérais qu'il ne penserait pas que j'avais programmé cela.

Il ne le fit pas. Il frotta sa joue contre ma paume, ses cheveux soyeux effleurant mes doigts.

— J'adore que tu sois plus vieux que moi, et les omelettes, déclara-t-il, tant qu'elles ne contiennent pas de champignons. Je t'aime aussi.

Nan, manifestement il ne pensait pas qu'il s'agissait d'une déclaration au rabais, ni que c'était nul de la faire devant ses frères.

Non, ce fut en fait Brady et Jamie qui ruinèrent l'instant, émettant simultanément des bruits de haut-le-cœur avant de se moquer de Ten.

Les laisser tous les trois deviser fut plus facile. Ils avaient des choses à se dire et j'allai dans ma chambre. Des photos personnelles, un lit sombre, une vue magnifique sur le lac depuis une fenêtre et les jardins de devant, de l'autre. Le plafond était haut, le lit énorme et il y avait suffisamment de place pour que deux joueurs de hockey s'installent ici.

Donc, je supposai que ce n'était plus seulement ma chambre à présent. Et avec cela à l'esprit, désirant que Ten soit à côté de moi lorsque je me réveillerais le matin, et quand j'irais me coucher le soir, je me mis à ranger tout un côté du placard libérant un espace suffisant pour ses affaires. Par ce geste, je lui faisais une vraie déclaration – lui laissant de la place, pour rendre notre relation plus permanente.

Je pouvais imaginer son sourire lorsqu'il verrait ce que j'avais préparé et mon cœur gonfla dans ma poitrine. J'agissais comme un idiot sentimental et mièvre à l'égard de Ten, tout en me fichant de qui l'apprenait. Ou, du moins, de qui dans la famille le savait. Je n'étais pas prêt pour être celui qui exposerait Ten au monde entier, et nous avions franchi ce point lorsque nous avions abordé le sujet.

— Petit-déjeuner, annonça Ten, derrière moi, enfouissant ses mains en dessous de la ceinture de mon pantalon. Je t'aime.

Je me tournai, l'embrassai et il m'étreignit si fort que je ne pouvais plus respirer au début, il possédait une sacrée poigne.

— Tu sais que je dois le dire à l'équipe, déclara-t-il, tandis que je le serrais contre moi.

Il avait raison, les membres des Railers formaient une bonne bande de gars, une famille. J'étais convaincu qu'ils le soutiendraient, et si ce n'était pas le cas, je me chargerais de les *éduquer*. Avec mes mots, bien sûr. Pas mes poings.

Après tout, je ne suis pas un homme de Neandertal !

QUINZE

Tennant

PETIT-DÉJEUNER AVEC BRADY. WOW ! C'ÉTAIT
quelque chose de spécial. Je veux dire… être capable de
m'asseoir auprès de mon grand frère – qui agissait
normalement comme un gros con – à côté de Mads et
parler librement de conneries s'apparentait à une
expérience étonnante. Même s'il gardait toujours cette
attitude élitiste au sujet des Railers et du hockey, il
semblait avoir trouvé une certaine forme de respect pour
moi en tant qu'homme. Tout, dans ma vie, paraissait
lentement se mettre en place. Bien sûr, il y avait des
points sur lesquels nous devions encore travailler,
notamment le fait de sortir avec Mads, sans vraiment
être « *out* » avec lui, si cela avait du sens. Nous nous
rendions dans certains endroits, faisant bien attention de
ne pas nous toucher de manière intime, ni montrer le
moindre signe que nous étions plus que des amis ou
avions autre chose qu'une relation entraîneur/joueur. En

quelque sorte, cela me faisait chier. Non, cela me faisait *vraiment* chier. Je commençai à me demander si faire un coming out devant le monde entier ne serait pas le meilleur moyen de résoudre ce problème. Alors, enfin, nous serions capables de nous tenir la main au cinéma, sans avoir à nous faufiler dans la maison de l'un ou de l'autre. Maison. Encore un autre sujet sur lequel nous devions réfléchir.

Pour l'instant, je devais me concentrer sur notre match de l'après-midi contre l'équipe de mon grand frère.

Cela semblait se réduire à cela. La foule scandait mon nom, l'odeur des hommes en tenue, les jets de glace, le son de corps et de palets rebondissant contre les rambardes, le fait de savoir que vous veniez juste de voler la rondelle à votre grand frère, ce qui vous procure une occasion de marquer. Eh ouais… le hockey.

— Tu fais passer Brady pour un joueur de ligue mineure, déclara Addison lors d'un changement de ligne.

Je cognai ses poings gantés des miens. Oui, Brady devait travailler dur pour continuer à me marquer. Cela représentait l'affrontement du jour. La presse avait bafouillé sur le moment Rowe contre Rowe depuis des jours et maintenant, ils jouaient la carte « de la jeunesse et la vitesse contre l'âge et l'expérience ». La vérité était que la deuxième ligne – dans laquelle j'évoluais toujours, putain de bordel ! – surpassait Boston chaque fois que nous étions sur la glace. Toutefois, nos efforts avaient un coût. Boston était une équipe très physique, elle l'avait toujours été et le serait toujours. Ils disputaient chaque point. Je ne doutais absolument pas que, lors de mon retour sur la glace, Brady me ferait chèrement payer le vol de ce palet sur sa crosse.

Nous étions en fin de seconde période, sans aucun but marqué, faisant ressembler le tableau des scores à deux gros œufs d'oie. Les Railers se débrouillaient bien avec les grands méchants joueurs de Boston. Nous avions obtenu l'avantage dans les mises en jeu, cependant Boston nous supplantait en blocages et nombre de tirs. J'avais le sentiment que le nombre total de leurs tirs devait avoisiner la centaine à présent, ou peut-être s'agissait-il juste d'une impression. Brady m'avait poussé contre les rambardes tellement de fois, que j'en avais perdu le compte. Demain, je ne serais plus qu'un énorme hématome ambulant.

J'éjectai mon protège-dents dans ma main, me rinçai la bouche avec de l'eau que je recrachai sur le sol, entre mes patins, puis attrapai mon autre bouteille et avalai une grande quantité de Gatorade. Il restait sept minutes à jouer dans cette période. Après m'être réhydraté, un entraîneur me jeta une serviette propre. Je m'essuyai le visage, puis ma visière, sentant le bourdonnement du jeu jusque dans ma moelle.

Mads donnait ses instructions, autrement dit, il hurlait après la défense. Il voulait plus de pression sur le gardien de Boston. Ce serait bien. Donc, à la période suivante, un des Railers mit beaucoup de pression sur le gardien. Tellement même qu'il finit sur le banc des pénalités avec deux minutes à la demande du gardien de but. Connard…

Je remis mon protège-dents dans ma bouche et enjambai la balustrade. J'avais encore une fin de pénalité à effectuer pendant le premier quart avant de retourner sur la glace. Et bien, bien sûr, lorsqu'un Rowe se trouvait sur la patinoire, l'autre suivait aussitôt.

— Voudrais-tu cesser de me suivre partout ? Merde ! Les petits frères sont foutrement ennuyeux ! se moqua Brady, alors qu'il patinait dans toute sa glorieuse attitude de « je suis le Capitaine, regarde comme j'ai une grosse Q… ».

Les autres joueurs de Boston trouvaient cela amusant. Moi aussi, à vrai dire, mais jamais je ne le reconnaitrais devant lui.

— Je reste juste derrière pour te rattraper au cas où tu chancellerais et tomberais, mon vieux.

Les Railers apprécièrent grandement mon trait d'humour. Je vis une étincelle amusée traverser le regard de Brady. Je me glissai à ma place pour la remise en jeu. Le centre de Boston marmonna quelque chose à propos de ma mère, ce qui me mit un peu en colère. J'interceptai le palet, juste sous son gros nez et l'envoyai à notre ailier. Ce centre et moi restâmes sur place, tandis que le jeu s'était dirigé dans notre zone.

— Tu sais que tu viens juste de traiter la mère de ton capitaine de sale chatte, n'est-ce pas ?

— Non, c'est *ta* mère… merde ! Suceur de bites, alors ! Que dis-tu de ça, putain de joli garçon ?

Je le pris au mot, parce qu'il parlait de ma mère. Mes gants tombèrent sur la glace – les siens en premier, je dois le souligner. Il était impossible que je sorte vainqueur de ce combat, toutefois je fis de mon mieux. Je réussis à balancer mon poing pile sur son épaule. Il toucha mon œil droit avant que nous tombions sur la patinoire, tirant sur les maillots et les épaulettes. Des coups de sifflet retentirent à un rythme régulier à présent. Nous fûmes séparés et guidés vers nos bancs de pénalités respectifs, nous invectivant tout du long. Je me laissai tomber à côté d'Arvy. Il me cogna l'épaule du côté de son poing.

— Bien joué, gamin ! chantonna Arvy.

Mon frère patina vers le box des Railers pour me rendre mes gants et ma crosse.

— Tu sais que nous allons pouvoir marquer maintenant, non ? Tu as agi de façon stupide.

Il me lança mon équipement avant de s'éloigner.

Ouais, il avait raison. Cela avait été idiot de m'écarter moi-même du jeu, ce qui nous laissait avec deux joueurs de moins, toutefois cela m'avait fait du bien de me mesurer à ce connard sur la glace. Ma mère n'était pas une sale chatte, bien que je suce *vraiment* des queues. *Je suppose que cela lui donne à moitié raison.* Et Brady ne s'était pas trompé non plus sur le fait qu'ils marquent, les salauds. Arvy et moi nous fîmes tous les deux remonter les bretelles en beauté lorsque nous revînmes aux vestiaires entre deux périodes.

La troisième sembla devenir encore plus physique. Brady avait dû avaler un élixir magique ou quelque chose dans ce style là, parce que je fus incapable de l'éviter quand je revins sur la glace. Il était partout autour de moi, me poussant, poussant et poussant encore, jusqu'à ce qu'il le fasse un peu trop fort. J'avais le palet, environ dix minutes après le début de la troisième période, et me précipitai vers le but de Boston. Brady savait qu'il n'y avait pas moyen qu'il puisse me rattraper, alors il n'avait plus qu'un seul choix pour intercepter ma course directe, celui d'attraper mon bras et de s'y agripper. Il y gagna une pénalité de deux minutes sur le banc. Maintenant, enfin, nous bénéficiions d'un avantage numérique en nombre de joueurs, peut-être que nous pourrions les coller au score.

Il y eut beaucoup de discussions échangées sur la glace avant la remise en jeu. J'avais été écarté afin de me reposer et me préparer pour la deuxième partie de la période, pour jouer en puissance. La première ligne frappa durement le filet de Boston, tirant coup après coup, mais tous atterrissaient sur le torse du gardien. Lorsque je retournai sur la glace, je décidai de cesser d'essayer de lever le palet à chaque tir. Le gardien de but de Boston ne laisserait plus rien passer en hauteur. Jouer à ras de terre serait le seul moyen de nous faufiler devant lui. Espérons que nous pourrons faire défiler beaucoup de maillots bleu foncé devant la cage afin de bloquer son regard acéré. Nous obtînmes notre chance à cinquante secondes de la fin de la période. Après que Boston ait repoussé le palet sur la glace, nous nous affrontâmes dans la zone défensive de l'équipe fautive, en l'occurrence : Boston. Mes ailiers étaient bien espacés et les deux défenseurs présentaient un mur serré. Grand Nez et moi, nous sourîmes l'un à l'autre.

— Bon œil. Tu n'es plus si joli maintenant, marmonna-t-il alors que la rondelle montait en l'air.

Je bondis, obtins le palet et l'envoyai à Arvy. Il le passa à Addison, qui l'envoya d'un tir trop faible vers le gardien qui le dévia, le projetant en l'air et la rondelle tomba derrière le filet. Je poussai Grand Nez d'un mouvement rapide qui l'envoya devant moi, sa crosse formant un dangereux crochet au niveau de ma taille. Il y eut un énorme empilage de joueurs au-dessus du palet, qui agirent comme une meute de chiens affamés. Des crosses s'entrechoquaient, les hommes grognaient et la rondelle jaillit, loin de tout ce petit monde, et rebondit dans le coin. Notre patinoire était bizarre. Je savais que la rondelle rebondirait sur cette planche courbe et effectuerait un drôle de saut. Cela avait toujours été le cas à cet endroit précis. Faire partie de l'équipe qui recevait à domicile avait ses avantages.

Je m'extirpai du nœud formé par les hommes sur leurs patins, courus vers le point que la rondelle atteindrait et l'interceptai après ce fameux rebond. Je reculai et la cognai de toutes mes forces. Le tir frappé fusa comme une balle de tennis, le palet jaillissant en l'air, avant de redescendre juste en face du gardien de Boston. Il roula entre ses jambes, sur le côté, et alla droit au filet. La lumière rouge derrière la cage s'alluma. Le klaxon retentit et je me jetai contre le verre, m'écrasant dessus tandis que les fans des Railers en faisaient de même de l'autre côté.

Mes équipiers se précipitèrent sur moi, tapotant mon casque et me félicitant. Je patinai le long de la ligne qu'ils formaient et cognai leurs poings, regardant les entraîneurs. Mads m'adressa un grand sourire et un hochement de tête. Benning semblait ravi. Puis je tambourinai mon casque avec mes doigts, en direction du frère Rowe qui venait juste d'être libéré du banc des pénalités. Brady se contenta de secouer la tête, puis alla s'asseoir dans le box de son équipe.

Personne d'autre ne marqua après ça. Les gardiens de but bloquèrent tout. Nous obtînmes une prolongation de cinq minutes et toujours aucun but. Le jeu blanc aurait dû déterminer le gagnant. Obtenir un point pour l'égalité avait fait du bien, mais nous avions besoin de cet *autre* point. Notre match était déjà très serré et chaque but serait critique. Aussi, battre Brady devenait juste une nécessité qui devait arriver.

L'entraîneur m'envoya en premier pour affronter le gardien de Boston. Il tapa sur les tuyaux de sa cage tandis que je glissais sur mes patins pour atteindre le centre de la patinoire, dans un geste voulant dire « ramène-toi, espèce de merdeux ». Arrogant fils de pute ! Il s'avéra qu'il avait parfaitement le droit de l'être. Je fis de mon mieux, imitant un coup que j'avais vu un des Rangers faire une fois. Cela consistait en une approche lente du filet, avec des coups de poignet rapides pour envoyer la rondelle près du gardien. Il semblerait que l'attaquant des Rangers avait dû bloquer son mouvement, car mon tir rencontra directement le gros gant du gardien de Boston qui rattrapa la rondelle.

Le banc devint très vocal quand ce fut de nouveau à notre tour de tirer. Notre capitaine en marqua un avec un glorieux mouvement du pied et une feinte. Après cela, ce fut le Stan Show. Ce russe massif qui s'occupait de notre filet se transforma littéralement en un mur de briques. Lorsque le dernier joueur pour Boston – mon frère – échoua à faire passer son tir à travers lui, nous nous mîmes tous sur nos patins en criant et hurlant. Puis, nous revînmes sur la glace afin d'embrasser l'imposant Russe qui souriait largement, le gros balourd.

Stan fut choisi comme première étoile de notre match et, sincèrement, il le méritait. Il avait subi quarante-deux tirs et n'en avait laissé qu'un seul passer. J'obtins la seconde pour mon but. Super match. Les vestiaires se remplissaient d'adrénaline d'une force sauvage. Je m'assis sur mon banc en souriant, mon regard errant sur les hommes rassemblés. Mon équipe. Il était temps que les hommes avec lesquels je jouais sachent qu'ils avaient un équipier gay dans leurs rangs. Toutefois, le leur annoncer maintenant me semblait injuste. Je ne voulais pas faire retomber l'émotion avec ce qui pourrait être une déclaration mal perçue.

Peut-être pendant le repas ? Maman préparait toujours des gâteaux à papa quand elle avait quelque chose de mauvais à lui dire, comme cette fois où elle avait percuté un arbre avec la nouvelle voiture. À son retour à la maison, il avait trouvé un gâteau à la noix de coco de trois étages qui l'attendait.

— Hey, le dîner est pour moi ! criai-je de façon à me faire entendre par-dessus le vacarme. Et oui, cela signifie que je paierai, ajoutai-je quand personne ne répondit.

Dès qu'ils comprirent que je règlerai l'addition, l'équipe applaudit. Quelle bande de trous du cul ! Nous convînmes tous d'un rendez-vous dans ce petit bar sportif/restaurant, juste à côté de Capital Beltway.

Je trouvai Mads dans son bureau, après le match.

— Hey ! lançai-je, après avoir frappé à la porte ouverte.

Il leva les yeux de son ordinateur portable et son sourire faillit littéralement me renverser. Ai-je mentionné combien cet homme était beau ?

— J'emmène l'équipe chez Roger près de Beltway pour le dîner et fêter notre victoire. Tu viens ?

— J'ai des vidéos à faire pour le match contre Pittsburgh.

— Oh, mec, c'est nul !

J'appuyai une hanche contre le chambranle de la porte.

— Je te vois plus tard alors ?

Et oui, voilà un code secret pour un joueur gay ayant

une relation avec son entraîneur pour « je te retrouve chez toi. Je t'aime et je prévois de sucer ta queue en guise de célébration privée ».

— Ouais, répondit Mads, son regard s'attardant sur ma bouche. Oh, bel œil !

J'allais vraiment m'occuper de lui à mon retour. Je trottinai, allant à la rencontre de Stan et Addison. L'équipe de Boston était sur le départ. Nous les croisâmes dans le couloir. Brady passa un bras autour de mes épaules.

— Vous avez eu de la chance cette fois, les gars, annonça-t-il d'une voix forte, tout en me serrant contre lui à une ou deux reprises.

— Ouais, tu as raison. Vous vous êtes juste fait botter le cul par une équipe d'expansion, répliquai-je.

Il enroula le bras autour de ma gorge, avant de me repousser.

— Personne n'aime les sages de pacotille, lança-t-il en sortant.

Le début novembre était sacrément froid en Pennsylvanie. Je n'aimais pas ça.

— Tu viens à la maison pour Thanksgiving ?

— Oh… euh… Je n'en sais vraiment rien. Cela dépend.

Autre code secret qui voulait dire que je ne savais pas ce que Mads avait prévu pour le jour de la dinde, que maman et papa n'étaient pas encore au courant pour lui et que je ne savais même pas où je vivrais à la fin du mois.

— Je verrai et les contacterai.

— Non, pas de conneries. Tu ramènes ton cul à la maison. Ce sera cool.

— Merci, dis-je aussi sincèrement que je le pus. Merci pour les deux points.

— Sale gosse ! lâcha-t-il en gloussant.

Il me salua, puis se précipita dans le bus qui les attendait pour les emmener à l'aéroport qui devait les ramener à Boston. Après un dernier signe de la main, je me rendis à ma Jeep, entrai, fis tourner le moteur, mettant le chauffage au maximum. Seigneur. Il devait faire quatre degrés dehors. L'hiver au nord allait être rude pour un garçon du bord de mer comme moi.

Mon arrivée au Roger's Rib me valut une vague d'applaudissements des clients du bar/restaurant. Des fans abandonnèrent leurs repas et sièges pour venir me parler, prendre des selfies ou me demander de signer quelque chose.

— Mec, Rowe, toutes les femmes t'adorent ! cria Arvy lorsque je réussis enfin à me libérer d'un groupe de femmes qui gloussaient et battaient des cils. Quel est ton secret ?

Je haussai les épaules et m'assis à côté de Connor. Mon capitaine inclina la tête, puis entama le long récit de ses débuts dans l'équipe mineure de Saskatoon. C'était un geste sympa, mais j'avais l'habitude de détourner les commentaires sur les femmes. Les plats commencèrent à arriver alors, ainsi que les pichets de soda. Biftecks et côtelettes de porc, des poulets rôtis entiers, des plateaux de pâtes de toutes les formes et tailles. Nous mangeâmes en plaisantant, racontant nos propres anecdotes et revisitâmes notre victoire contre Boston quelques douzaines de fois. La nourriture fut engloutie rapidement. Vingt joueurs de hockey affamés pouvaient vraiment disparaître une bonne tambouille en un temps record. Au milieu de tous les rires et blagues salaces, je sentis que nous étions en train de nous lier les uns aux autres. Les serveuses continuaient de s'occuper de nous, se montrant amicales et mignonnes, flirtant un peu avec les gars à mesure qu'elles débarrassaient les assiettes et apportaient les desserts et le café. Je sirotai une tasse et observai les gars interagir. Puis je me penchai sur le côté et murmurai à Arvy.

— Hey, je suis gay. Fais passer le mot.

Il se rejeta en arrière et me dévisagea comme si je venais de lui annoncer que j'étais la Reine Victoria.

— Vraiment ?

— Pure vérité, mec.

Je souris, puis lançai mon menton pour désigner le reste de l'équipe, afin de lui indiquer de faire circuler la nouvelle.

Nous avions l'habitude de jouer à ce jeu tout le temps quand j'étais enfant. Chaque homme se voyait murmurer une phrase, me fixait du regard, puis passait au suivant. Au moment où cela avait fait le tour de la table et arriva à l'oreille de Stan, je rigolais. Le grand gardien de but me regarda ouvertement, se gratta son long nez, puis demanda à la tablée.

— Tennant Reine de mai ? Que veut dire ?

Nous éclatâmes tous de rire, et restâmes *bien* plus tard que nous ne l'aurions dû. Je me faufilai chez Mads aux environs de deux heures du matin. Il semblait dormir, ses longs membres occupant la majeure partie du lit. Je me déshabillai et me glissai sous les couvertures, cherchant son corps dans l'obscurité. Il remua à peine quand je pressai mon cul froid contre son côté. Il émit une sorte de ronronnement de contentement, avant de se retourner et de se mettre à ronfler légèrement. Je m'endormis rapidement maintenant que j'étais au chaud et à côté de lui.

Lorsque je me réveillai, je me retournai, me sentant groggy et confus, essayant de comprendre ce qui m'avait tiré de mon sommeil. Certainement pas Mads, parce qu'il n'était même pas dans le lit. Je me laissai tomber sur le dos et bâillai, puis l'entendis parler. D'accord, alors, peut-être qu'au final, c'était bien lui. Et parler ne semblait pas le bon terme. Il sifflait des mots à travers ses dents serrées. Grondait. Bouillonnait. Qui que soit la personne qui appelait, elle l'avait mis en colère. Je roulai la tête et vis l'heure au réveil : six heures cinq. Pour l'amour de Dieu ! Qui téléphonait de si bonne heure pour emmerder Jared ? Je repoussai les couvertures et vacillai dans le salon, me frottant les yeux tout en grattant la peau sèche de mon ventre. Chaleur et hiver. Cela me démangeait. Ugh ! J'avais besoin de l'humidité et de la chaleur du sud.

— Mec, il y a un problème ? Il n'est même pas

encore sept heures, dis-je, obtenant un coup d'œil noir de mon petit ami.

N'était-ce pas cool de le nommer ainsi ? Et l'était-ce d'être fusillé des yeux à pas d'heure du matin par un gars que vous aviez prévu de sucer ? Non, pas du tout.

— Ten, s'il te plaît ! lâcha sèchement Mads. Ev, nous en avons déjà discuté auparavant. Il fera à ma façon.

Les prunelles brûlantes de Mads toujours fixées sur moi, je lui fis un doigt d'honneur, avant de tomber face la première dans le canapé.

— Ce n'est personne. Écoutez, qui je reçois chez moi ne sont pas vos affaires. Exactement comme Ryker. Oui, ce sera mon dernier mot. Maintenant, laissez tomber tout ça ou je vais… Ev ? Sale con ! Et en plus, tu me raccroches au nez ?

Le visage enfoui dans un coussin, j'entendis le bruit assourdissant d'un téléphone portable rencontrant un mur. Je m'installai sur le côté. Mads se tenait devant moi, donnant l'impression qu'il ne se retrouvait qu'à quelques secondes d'une fusion totale.

— Tu veux une pipe ? demandai-je.

Regardons les choses en face, le sexe oral améliore tout. Le voici nu et arborant un membre particulièrement tentant, d'autant que j'étais plutôt excité. Mads détourna les yeux de l'appareil massacré contre le mur, pour les poser sur moi. J'agitai les sourcils. Une sorte de sourire grimaçant apparut.

— Je suis vraiment sérieux, ajoutai-je. Il n'y a rien de mieux qu'une bonne pipe.

— Le sexe ne résout pas tous les problèmes, Tennant.

— Es-tu en train de me déclarer que tu ne veux pas que je te suce ?

— Je dis simplement que le sexe ne rendra pas Ev moins désireux de vouloir contrôler… quel est le mot que tu utilises toujours ?

— Salaud de connard ?

Ce qui le fit ricaner.

— Non, pas celui-ci, bien qu'il convienne parfaitement.

— Ouais. Alors, à propos de cette pipe…

Il s'assit à côté de moi, me prit sur ses genoux et me tint simplement, sa tête posée sur mon épaule. Il parla tout en m'étreignant. Il me raconta chaque saloperie qu'Ev – cette couille de macaque – lui avait fait subir, ainsi qu'à son fils et à la mère de Ryker.

— Tu vas bien ? demandai-je après que quelques minutes se soient écoulées, pendant lesquelles il caressa le tatouage de ma nuque.

— Ça ira après un peu plus de caresses.

— Veux-tu que je touche ta queue ?

Son grand corps fut secoué par son rire.

— Mon Dieu, tu n'as vraiment qu'une seule idée en tête. Cela te mènera loin dans la vie.

— Cela me permettra-t-il d'aller dans ta chambre ?

Je m'agitai, mes fesses nues frottant ses cuisses.

— Non, mais cela te pousse un plus profondément dans mon cœur.

Il mentait. Je me retrouvai dans sa chambre après juste quelques petites ondulations supplémentaires. Ne jamais abandonner. Une règle que n'importe quel entraîneur ou joueur devrait respecter.

———

— Y a-t-il une raison pour que tu restes là, immobile, à contempler le placard ? s'enquit Mads alors que nous nous apprêtions à aller au lit, ce soir-là.

Je pivotai afin de le regarder.

— Tu as fait de la place pour moi.

Il hocha la tête, puis termina de déboutonner sa chemise. J'avais ôté mon costume dès que nous étions rentrés et me trouvais à présent juste en bas de pyjama. Cela ne semblait pas déranger Mads.

— Sommes-nous sûrs que c'est ce que nous voulons ? demandai-je.

— « Nous » comme dans « nous » ou « nous » comme dans « moi » ?

Il lança la chemise sale dans le panier à linge.

— « Nous » comme dans « toi » parce que je ne suis pas sûr que tu comprennes ce que ce geste signifie.

J'agitai une main vers le placard derrière moi.

— Tennant, je suis pleinement conscient de ce que faire de la place pour tes vêtements implique.

Un sourire ornait ses lèvres. Il était *tellement* beau,

même avec l'œil au beurre noir qui avait fleuri. Foutu Brady !

— Si je l'accepte, cela signifie que je vais devoir faire mon coming out. Parce qu'il n'y a pas moyen que nous vivions ensemble sans.

— Les gens le font tout le temps.

Il ramassa mon pantalon posé au pied du lit et le mit dans le panier également.

La situation m'apparaissait écrasante : l'espace dans le placard, emménager, ses vêtements mélangés aux miens dans son panier, peut-être faire mon coming out.

— Ouais, mais nous ne sommes pas « des gens ». Je mimai des guillemets en l'air. Je suis Tennant Rowe. Tu es Jared Madsen. Nous sommes impliqués dans un sport professionnel et tout le temps suivis par des caméras, Mads.

— Et cela t'effraie.

— Je ne sais pas. Peut-être un peu, ouais.

Je passai une main dans mes cheveux.

— Je n'ai jamais voulu être le représentant gay du hockey, Mads. Je veux juste jouer et aimer qui j'aime.

— Ce qui doit être moi.

— Oui, espèce de gros lourdaud, c'est toi.

Il me lança un clin d'œil et je gloussai. La pression diminua légèrement.

— Pour l'instant, je suis complètement perdu, parce qu'à l'idée d'emménager ici, avec toi, cela me donne l'impression que je viens juste d'avaler un calamar vivant.

— Et c'est un bon sentiment, je présume ?

Il retira sa ceinture des boucles de son pantalon, la roula soigneusement et la rangea dans le tiroir de la commode. La mienne gisait sur le sol, au pied du lit.

— Eh bien, la plupart du temps, oui, répondis-je, avant d'aller la ramasser.

Je la lui tendis. Il hocha la tête, puis l'enroula et la posa à côté de la sienne. Je me retrouvai à fixer nos deux ceintures, blotties l'une contre l'autre dans ce tiroir.

— Je veux vraiment vivre ici avec toi, apporter ma PlayStation, mon piano et juste être avec toi, mais…

— Il y a le reste du monde…

Il fit courir sa main sur mon biceps, détournant mon attention des ceintures réunies ensemble.

— Tennant, je ne vais pas te pousser.

Ses yeux étaient brillants et chaleureux. Comme un ciel de printemps ou un œuf de rouge-gorge.

— Cet espace est le tien, peu importe quand tu décideras de l'utiliser. Je sais parfaitement que tu ne peux pas rentrer chez toi afin d'aller chercher ton piano ce soir.

— Exact, parce que ce vieux salopard est lourd et ne pourra pas rentrer dans l'un des sacs de voyage que je possède, soulignai-je.

Mon regard se déplaça vers le miroir posé sur la commode. J'y vis Mads et moi, debout côte à côte.

— Que dois-je faire ? demandai-je à l'homme blond dans la glace.

— Tu feras ce qui te semblera juste au moment où tu l'auras décidé, indiqua-t-il à mon reflet.

— Cela ne m'aide pas du tout.

— C'est le mieux que je puisse te proposer. Allons nous coucher, Tennant. Je suis fatigué et nous avons un match demain.

— Ouais, tu as raison.

Je fermai le tiroir contenant nos ceintures, laissant l'armoire ouverte.

SEIZE

Mads

_____

L<small>E COUP NE FUT PAS VIOLENT</small>. C<small>E N'ÉTAIT MÊME PAS</small> une mise en échec, plus une collection de corps empilés dans et autour du filet, toutefois, il n'aurait pas pu survenir à un pire moment.

Un-zéro en notre faveur, et le palet rebondit sur la glace d'une des patinoires les plus merdiques que j'avais pu voir de toute la saison. J'avais interverti ma première paire de défenseurs, les envoyant sur la glace pour une transition en douceur, et avais pris un moment pour simplement admirer l'évolution du jeu. J'avais pu sentir le but arriver, comme parfois vous étiez capable de deviner que la rondelle allait éviter le gardien et se retrouver au fond du filet. Leur gardien avait été une véritable bête ce soir, et un sentiment de frustration régnait dans notre équipe, avec l'espoir de le briser. Cependant, avec plus que cinq minutes à jouer dans la période, il n'allait certainement pas laisser passer des tirs maintenant.

Nous avions la rondelle. Mac la passa à Arvy, par derrière notre gardien, Arvy effectua un demi-cercle pour revenir, se mit en position, attendit pour le prochain changement, la première ligne étant juste là, sur la glace, puis le jeu se lança. Deux rapides mouvements pour lancer la rondelle d'une bande sur une autre, une belle projection de Lee et Connor Hurleigh attrapa le palet, stabilisa le rebond, leva la tête, puis laissa simplement cette beauté voler. Leur défense s'empara de Connor, le gardien s'abaissa, tendant le bras pour attraper le palet qui était beaucoup trop rapide – environ cent soixante kilomètres/heure – et les Railers marquèrent un deuxième but.

Les huées et les railleries de la foule devaient être ignorées, les acclamations des fans de notre équipe derrière notre banc et les hourras des joueurs l'emportèrent largement sur les cris des supporters de l'équipe à domicile. Les autres défenseurs se trouvaient toujours près de la cage, et une altercation éclata entre notre première ligne et eux, puis tout le monde s'écarta, révélant Connor, notre capitaine, plié en deux et clairement blessé.

— C'est quoi ce bordel ? hurla l'entraîneur.

Au moment même où il criait, notre équipe médicale entra sur la glace et se précipita droit vers Connor. Les hommes se rassemblèrent et un silence étrange émana de la foule. Je ne pouvais pas voir correctement de là où j'étais et j'échangeai des regards avec Ten, qui se penchait sur la rambarde et fixait la glace. À quel point Connor était-il blessé ? Son année était-elle terminée ? Était-ce un os cassé, une articulation déviée du genou, un ligament croisé antérieur déchiré, ou pire encore, cette terreur fantôme, une commotion cérébrale ? Je me rendis compte que je serrais ma poitrine quand l'entraîneur me tapa sur l'épaule.

— Okay ? demanda-t-il, pointant mon poing posé sur mon cœur.

Je le laissai immédiatement tomber, néanmoins, pas avant que Ten ait surpris la même action. Il ne savait pas où regarder – son capitaine qui se redressait avec l'aide des médecins, ou son amant, semblant probablement sur le point de tomber raide mort.

— Ouais, répondis-je, cherchant désespérément à changer de conversation.

Plus personne ne parlait de mes problèmes médicaux – ni l'équipe, ni mes amis, ni même mon fils. Ils les avaient classés dans la rubrique « dommages que son corps et le hockey lui ont faits ». Bien sûr, j'étais toujours présenté en tant que Jared Madsen, « ancien défenseur des Sabres, retraité après un coup subi lors de la finale de la Coupe Stanley – problèmes de cœur, vous voyez » par quiconque désirait expliquer pourquoi je ne jouais plus. Je n'avais besoin de personne pour me défendre ou expliquer les raisons pour lesquelles j'avais cessé de jouer. De même, je ne voulais pas voir cette expression sur le visage de Ten. Il ressemblait à quelqu'un dont le chiot avait reçu des coups de pied.

— Quelles sont les nouvelles ? m'enquis-je auprès d'Emma, notre médecin en chef, tandis qu'elle patinait vers nous.

Elle secoua la tête, nous n'allions pas évoquer des informations médicales concernant un joueur avec des crétins qui pouvaient lire sur les lèvres. Toutefois, son expression affichait un air sérieux et Cole, notre second médecin, devait tenir Connor pour qu'il reste droit avec l'aide d'Arvy.

Cela n'avait pas l'air bon du tout et la douleur qui traversait le visage de Connor révélait quelque chose que je détestais voir sur n'importe quel joueur.

— On revient dans le match ! cria l'entraîneur.

Toute l'équipe le dévisagea avant qu'il renvoie la seconde ligne, gardant Ten en arrière, et fasse sortir notre troisième ligne centrale. Il ne s'agissait que d'un mélange des lignes afin d'essayer de garder l'élan et Ten fixait intensivement le match. Quand il fut remis sur la glace, en même temps que la première ligne des ailiers, occupant le centre de sa propre ligne, mon cœur se serra. Leurs défenseurs déferlèrent sur nos attaquants, et ce mouvement le laissa à découvert devant les mêmes gros joueurs qui venaient juste de sortir notre capitaine.

Ce ne fut pas un désastre, pas du genre de la catastrophe du *Titanic*, plutôt une expérience qui ne fonctionna pas complètement. Ten n'avait jamais joué avec les deux autres gars. Cependant, il paraissait évident qu'il se montrait plus rapide qu'eux. Avec sa propre ligne, il avait appris comment utiliser cette vitesse. Tandis qu'avec ces deux types, il faisait tout le show et en demandait trop à ses ailiers pour se connecter avec lui, et ceux-ci étaient les meilleurs que nous avions.

Tous les trois ne constituaient que des pièces d'un puzzle qui ne s'emboitaient pas vraiment. Il restait deux minutes à jouer, l'autre équipe en profita pour revenir au score et égaliser. Une minute, et il y avait égalité quand Ten remit la rondelle dans la zone neutre. Le match se termina sur ce score, obligeant les équipes à aller aux prolongations. Le trois contre trois fut tout aussi brutal. D'une certaine manière, aucun des membres des équipes ne semblait connecté aux autres comme si la blessure de Connor avait démoli la structure de l'équipe, la réduisant en lambeaux pour ce match, et que nous avions perdu tout sang-froid. Même l'entraîneur ne jurait pas comme il le faisait normalement. Un Connor blessé risquait de poser un énorme problème et sous-entendait un total changement de jeu.

Lorsque nos adversaires marquèrent à trois minutes vingt-sept dans les cinq minutes de prolongation, les fans explosèrent, et nous quittâmes notre banc, pour nous rendre directement dans les vestiaires. Les joueurs en premier. Des joueurs inconsolables qui voulaient tous savoir une chose : *comment va Connor ? S'en sortira-t-il ? Fera-t-il partie du prochain match ?*

C'était dangereux et pouvait tout faire dérailler.

— Nous ne savons rien pour l'instant, expliqua l'entraîneur à la pièce très silencieuse. Il est neuf heures trente. Je veux que nous soyons dans le bus pour dix heures et demie, d'accord ? Le vol est à onze heures.

Tout le monde hocha la tête et je vis Ten affaissé à sa place, les mains pendant entre les genoux, la tête baissée. Je voulais lui dire que tout irait bien, qu'avoir un capitaine blessé n'était pas la fin du monde, que nous allions rallier tous les joueurs ensemble, qu'il pourrait monter en première ligne, que nous pourrions gagner les dix prochains matchs d'affilée. Si seulement je ressentais cet optimisme à l'intérieur. Ten se retrouvait désormais exposé et je ne parvenais pas à imaginer que la situation changerait d'ici le prochain match.

Le vol de retour se fit dans le calme. Connor avait boitillé pour grimper à bord, sans aucune aide. Sa blessure n'était pas de celles qui mettaient fin à une carrière, cependant, aucun membre de l'équipe médicale ne nous disait quoi que ce soit. Tout ce qu'ils purent déclarer, c'était qu'il faudrait un certain temps pour évaluer les dégâts, ce qui lui ferait peut-être manquer deux semaines. Je réfléchis à qui nous devions faire face. Nous avions six matchs programmés pour les deux prochaines semaines – quatre de suite à domicile, les deux autres en Floride.

Ten utilisa les toilettes, marchant devant moi, sa

main effleurant mon épaule, et Seigneur, comme j'aurais aimé en cet instant le pousser dans la salle de bain, et simplement...

Le tenir contre moi.

Tout ce que je voulais faire, c'était lui dire tout ce que je pouvais pour le rassurer. Complètement stupide, non ? Lorsqu'il revint, il arborait toujours cette expression, à croire qu'il était détruit. Je l'arrêtai d'une main posée sur la cuisse.

— Tu as bien joué. Dépasse ton sentiment de perte et continue, va de l'avant, dis-je.

En tant qu'entraîneur, je pouvais déclarer ce genre de bêtises et personne ne cillerait.

Ten me dévisagea simplement, avant de hocher la tête.

— Oui, Coach, murmura-t-il et je le libérai.

Nous étions de retour à Harrisburg à quatorze heures, prenant des voitures séparées pour nous ramener chez nous, toujours prudents et au moment où j'en eus terminé avec Benning, les véhicules des joueurs avaient disparu, toutefois je savais que Ten serait à la maison.

Il se trouvait au lit lorsque j'entrai. Je me déshabillai, me brossai les dents et me blottis derrière lui.

— À quel point est-ce sérieux ? demanda Ten.

— Ils ont annoncé une blessure au niveau de l'aine. Cela aurait pu être pire, s'il avait subi le plein impact du mur.

Ten se blottit dans mon étreinte et cela lui prit un moment, mais il finit tout de même par s'endormir.

Le jour suivant, lors de la réunion des entraîneurs, ils déterminèrent la déclaration officielle à tenir : une blessure concernant le bas du corps, puis se lancèrent dans qui mettre où. Une grande partie de ce qu'ils devisaient concernait Ten.

Benning semblait changer d'avis chaque fois qu'un de ses entraîneurs intervenait.

Ten était fort. Ten était rapide. Ten était *trop* fort. Ten était *trop* rapide.

Personnellement, je trouvais qu'ils rataient un point vital et lorsque ce fut à mon tour de parler, je dus canaliser mon instinct, car peut-être que mon opinion restait entachée par le fait que j'aimais Ten.

J'adorais le hockey – sa pureté, la grâce, la beauté et le style – et je m'étais toujours montré honnête par rapport au jeu, en tant que joueur et qu'entraîneur. Donc, je devais croire que ce que je voulais dire était purement technique, ne devant pas me concentrer sur la détermination de Ten, et son grand cœur, ce qui signifiait qu'il sacrifierait tout pour son équipe.

— Je suis d'accord, commençai-je avec prudence. Ten est bien trop rapide pour les ailiers actuellement en première ligne, bien qu'honnêtement, je pense que nous ne devrions pas la démanteler. Nous devons faire en sorte que Ten s'ajuste, néanmoins, à mon avis, il est digne de rester en première ligne, ça, c'est certain.

— Je vais travailler avec eux trois, intervint Benning, avant de hocher la tête en direction de Pikey, l'entraîneur associé. Faisons-les entrer.

Nous perdîmes notre match suivant, non pas à cause d'une ligne en particulier, mais parce que l'équipe dans son ensemble semblait totalement perdue et non synchronisée. Ma voix était rauque d'avoir crié et je me sentais étourdi à force d'essayer de faire fonctionner les différents joueurs. Nous avons eu de la chance de nous en tirer avec seulement une défaite de cinq à deux. Ce n'était pas ce dont l'équipe avait besoin, ni Ten. Il surcompensait et avait perdu le tranchant naturel de son patinage. Il se sentait frustré, l'équipe, déçue... nous devions tout reprendre en main, nous tous.

Nous emportâmes le match suivant, après une recomposition de l'équipe fraîchement sortie d'un dos à dos et les débuts de leur gardien de but de sauvegarde. Ce ne fut pas une belle victoire, ce fut plutôt désordonné et décousu, toutefois, ils l'emportèrent. Une nouvelle réussite à Nashville, et je surpris un bref sourire de Ten. C'est lors de cette rencontre que quelque chose se mit en place dans ma tête. Ten se montrait différent. Il parlait avec autorité, lorsqu'il était guidé et suivi lors des matchs, et il acceptait ses responsabilités de joueur de première ligne.

Enfin, sur la glace, il le faisait. Lors des interviews télévisées, également.

À la maison ? Il n'était plus le même. Tout partit en vrilles lors de notre journée de repos, après notre dernière victoire. Nous nous sommes réveillés, avons fait l'amour comme d'habitude, mangé notre petit-déjeuner, bu du café, parlé de choses et d'autres... nous avons même partagé une douche et échangé des baisers brûlants.

Cependant, lorsqu'il s'agit de décider quoi faire de notre journée ? Ce fut difficile de faire un choix entre sortir pour déjeuner ou rester à la maison pour regarder des films ringards que nous pourrions tourner en ridicule, Ten était clairement agité. Il ne parvenait pas à se décider ou refusait de choisir. Il n'avait aucun avis sur ce que nous devrions faire, et commença à aller et venir. J'envisageai de sortir me promener, afin de lui laisser un peu d'espace pour lui permettre de faire face à ce qui le travaillait, néanmoins, il semblait vouloir discuter.

— Je ne suis pas prêt pour occuper la première ligne de cette équipe, annonça-t-il, lors de son vingtième et quelque passage devant le canapé.

Ah ! Il s'agissait donc de cela.

— Si, tu l'es, lâchais-je et je le croyais.

Je ne lui mentirais pas, parce que, comme je l'ai déjà dit, vous deviez agir de manière honnête au hockey. Je ne m'en étais jamais pris à un joueur et n'allais pas commencer maintenant. Ten devait savoir que j'étais sincère, n'est-ce pas ? Seulement, ses paroles suivantes prouvèrent qu'il se fichait totalement de ce que je lui répondais.

— Tu dis ça, juste parce que nous sommes ensemble.

— Ce n'est pas parce que tu prends ma bite dans ton cul que je mens, lançai-je crûment et je le vis grimacer.

J'avais réagi durement et je réalisai que j'avais besoin d'abandonner mon rôle d'entraîneur afin de retrouver ma bonté intérieure. Ma phrase sortit de la mauvaise façon, car je voulais plutôt lui demander : *parle-moi, Ten. Voyons si nous pouvons résoudre ce problème et j'agirai en tant que fidèle soutien et petit ami.* Alors que ce qui sortit, fut :

— Pour l'amour de Dieu, Ten ! Ne sois pas aussi dur envers toi-même !

Ouais, même après toute cette thérapie concernant « ton cœur, c'est de la merde, le hockey c'est fini pour toi » à l'occasion, j'étais toujours un connard, incapable d'exprimer sa pensée de manière correcte.

Ten s'assit sur la table basse devant moi, ses genoux cognant les miens.

— Je désirais tellement cette place en première ligne, admit-il. Mais, pas aux dépens de Connor.

— Le voilà le fond du problème ? Tu te sens coupable que Connor ait été blessé et que tu aies pris sa place ?

— Oui… non… oui… merde ! Je ne sais pas !

Ten avait l'air adorablement confus. Je me penchai en avant et posai mes mains sur ses genoux.

— C'est le hockey, Ten. Tu le sais.

Il me dévisagea et acquiesça, toutefois son inquiétude ne quitta pas son expression.

— Et si je suis un meilleur centre de seconde ligne ?

— Tu l'es peut-être, reconnus-je, puis je m'assurai d'ajouter de quoi le rassurer. Néanmoins, les entraîneurs et la direction ont perçu une forte amélioration chez toi, sur cette première ligne, et tu en seras d'autant plus fort en deuxième, lorsque Connor sera de retour.

Il hocha la tête.

— Je voulais cette première ligne, admit-il d'une voix douce, comme s'il reconnaissait le pire péché du monde. Je désirais la gagner. Tu vois à quel point c'est stupide, car avec le sport dans lequel nous évoluons, cela signifie que nous pouvons tous être blessés du jour au lendemain.

— Exactement. Joue à ta position, fais de ton mieux. Et sois un membre à part entière de l'équipe.

— Toutes ces années à être l'éternel second, derrière Tate Collins, je voulais prouver que j'étais le meilleur, peut-être que je suis mieux en tant que deuxième.

— Ce sont des conneries et tu le sais ! rétorquai-je.

Il dut y avoir quelque chose dans mon ton, parce que Ten me sourit, un vrai sourire à cœur ouvert, qui atteignit ses beaux yeux. J'étais fichu. Je le tirai afin qu'il s'assoie à côté de moi sur le canapé, puis le serrai.

— Et un jour, plaisantai-je, quand tu auras grandi, tu pourras devenir le capitaine de ta propre équipe.

Ce fut suffisant pour qu'il entame une bagarre, qui se transforma en échanges de baisers, ce qui, inévitablement, nous mena à une séance de sexe débridée, une des plus chaudes de toute ma vie.

Il est une drogue et je suis accro.

Thanksgiving n'était pas ma période préférée de l'année. Je veux dire... j'adorais le Thanksgiving canadien, toutefois l'américain n'avait rien à voir avec le Canadien. Cela importait peu cependant, parce que, soudain, alors même que la moitié de notre équipe n'était pas composée de joueurs américains, il devint essentiel de savoir exactement comment vous alliez passer cette journée. Même Stan s'y intéressa, bien que sa compréhension de Thanksgiving m'échappât. Lorsque je l'interrogeai, tout ce qu'il répondit fut « manger jambon. Glou-glou ».

Il me semblait que ce à quoi chacun d'entre nous passait ce jour-là était tout ce dont tout le monde pouvait parler, et j'avais personnellement été invité à quatre repas différents, puisque l'équipe semblait me voir en tant que triste solitaire. Je n'expliquai même pas que j'aurais Ryker avec moi, car sa mère et son mari seraient en croisière pour fêter leurs dix ans de mariage.

Tout ce que je pus dire fut Dieu, merci pour Ten.

— Hey, Coach ! Brady a déclaré que tu devais lui rendre visite pour Thanksgiving, lança-t-il, assez fort pour que quiconque prenne la peine de traîner dans le coin, discutant du dernier match, puisse entendre.

Subtilité ne faisait pas partie de son vocabulaire.

— Vraiment ?

— Ouais, Jamie et lui seront chez mes parents et j'y vais aussi. Vous voulez venir ?

— J'ai Ryker, repris-je, ramassant mon sac.

J'avais déjà prévu le pire des scénarios en cas d'absence de Ten pendant plusieurs jours, néanmoins, lorsque Casey m'avait touché deux mots de son voyage de dernière minute, j'avais été heureux de pouvoir profiter de la journée avec Ryker. Regarder les films de Star Wars et avaler de grandes quantités de nourriture autre que de la dinde faisaient partie de mes plans. Ten avait abordé la conversation la semaine dernière, alors qu'il savait que j'aurais Ryker, et aucun d'entre nous n'avait dressé de plans plus précis.

— Ouais, maman a dit que Ryker devrait venir aussi.

Ce qui expliquait comment nous en étions arrivés à l'endroit où nous nous trouvions à présent : assis sur un banc à lacer nos patins à la patinoire d'entraînement des Railers. Nous n'étions pas encore en Caroline. C'était un avant-goût aux réjouissances de Thanksgiving. Ryker s'était levé de bonne heure et il avait parlé non-stop de patiner avec Ten et moi. Le bâtiment à cette heure se trouvait fermé, car il était vingt-trois heures, les lumières, tamisées. Il n'y avait que nous trois, et j'allais monter sur la patinoire pour la première fois avec Ten.

Enfin, pas vraiment la première fois, bien que la première sans ma casquette d'entraîneur, avec peut-être une chance de jouer à deux contre un. Je possédais toujours quelques capacités. Mon cœur m'avait peut-être laissé tomber, toutefois mes muscles se souvenaient des gestes et la joie de pouvoir patiner librement demeurait bien présente.

Ten et Ryker discutaient plus vite que je ne l'aurais cru humainement possible et, de temps en temps, je surprenais le regard vitreux de Ten. Rester avec mon fils de dix-sept ans le fatiguait clairement.

Puis nous arrivâmes sur la glace et j'observai avec fierté tandis que Ryker poussait sur ses pieds, trouvant un rythme rapide et précis, terminant la poussée avec des croisements en arrière, effectuant des cercles lents autour de moi et de Ten. Il s'éloigna à nouveau, prenant une rondelle avec lui, s'échauffant avec quelques passes lentes contre les rambardes.

— Il est doué et je ne dis pas ça seulement en tant que son père, déclarai-je. Il est meilleur que son âge ne l'exige, Ev veut déjà le lier à un agent.

Ten me lança un regard, puis revint sur Ryker.

— Non, lâcha-t-il. Pas après ce qui est arrivé à Brady, tu te souviens ?

Je m'en rappelais que trop bien : le salaud avait bousillé le contrat de Brady et pratiquement empêché de quitter les ligues mineures, manquant de peu de lui faire rater toutes ses chances d'atteindre les qualifications que nous avions partagées.

— Ev veut remettre ça sur le tapis afin de me faire changer d'avis. Il passera me rendre visite.

— Il est là ?

Ten jeta un coup d'œil circulaire, horrifié et je ne pus m'empêcher de rire. Ev et Ten n'avaient pas vraiment parlé, tout juste échangé une poignée de main lors d'une rencontre, cependant Ten avait entendu toutes les histoires horribles que je lui avais racontées.

— Demain. Quelque chose au sujet du soutien d'entreprises locales, putain, je n'en sais rien ! Il s'arrange toujours pour mettre les mains dans tout ce qui est en rapport avec moi.

Je ne pus contenir la pointe d'irritation contenue dans ma voix, et ne m'arrêtai pas.

— Et il est parfaitement au courant que Ryker se trouve avec moi pour Thanksgiving, donc je m'attends à ce qu'il se pointe chez moi. Apparemment, il voulait que Ryker reste avec lui – ayant balancé quelque chose comme quoi je ne serais pas émotionnellement disponible, peu importe ce qu'il entend par là.

Ryker s'arrêta juste devant nous, nous aspergeant de glace.

— Hey, les vieux ! Vous voulez patiner ?

Ten se redressa à côté de moi et se mit à glousser d'un air menaçant.

— Tu vas payer très cher pour ça, gamin.

Ryker sourit comme s'il n'en attendait pas moins,

avant de s'éloigner de Ten, balançant un palet du bout de sa crosse. Un coup de Ten et la rondelle atterrit sur la glace, rebondit à la fin, puis Ten la vola à mon fils, d'un coup par en dessous.

Les voir tous les deux ensemble était magnifique. Les deux hommes de ma vie, riant et plaisantant, avant de devenir très sérieux. Ryker n'avait aucune chance contre Ten, bien que, de temps en temps – deux fois, pour être exact – alors qu'il arrivait sur son côté gauche, il parvint à intercepter le palet, obligeant Ten à travailler dur pour le récupérer. Je les rejoignis, reprenant mon rôle de défenseur solitaire, volant la rondelle, faisant semblant de pousser Ryker dans la rambarde. Mon souffle allait bien, mon cœur tenait le coup, toutefois, je ne parvenais pas à me mesurer à Ryker et il n'y avait aucune chance que je puisse m'approcher un tant soit peu de Ten.

Je parvenais à composer avec la différence d'âge dans ma vie amoureuse. Ces années supplémentaires ne représentaient rien et j'aimais tellement Ten que c'en était douloureux, donc j'oubliais tout grâce à cet amour. Pourtant, en ce qui concernait le hockey, une décennie équivalait à une éternité. Ajoutez à cela que je n'étais plus aussi tonique et musclé qu'autrefois. Je me maintenais en bonne forme, pour autant le temps faisait son œuvre. Je patinai vers la rambarde, avant de me hisser et de m'asseoir, contemplant Ryker et Ten courir sur la glace.

Mon fils avait définitivement un avenir en tant que

patineur. Un jour, il occuperait cette place d'ailier gauche dont tout le monde parlerait. Bordel, si Ten restait en bonne santé – et pourquoi ne le serait-il pas ? Après tout, tout le monde ne possédait pas un cœur mal foutu comme le mien – alors, Ryker pourrait même devenir son ailier.

C'était probablement la meilleure nuit de ma vie.

Et vu la manière dont Ryker et Ten se roulaient sur la glace, avec des larmes de rire coulant sur leurs joues, Ryker balançant des flocons sur le visage de Ten, je devinai qu'ils devaient ressentir la même chose.

Le grand Jimmy Everett, le légendaire ailier gauche et étoile des Red Wings dans les années soixante-dix, se présenta alors que nous étions à mi-chemin de notre entraînement matinal, le dernier avant notre courte pause pour Thanksgiving. Nous étions chanceux cette année – aucun match le jour de la dinde, ni la veille ni le lendemain. Nous étions gagnants/gagnants. Nous rendre dans la famille de Ten allait être un bon usage de ces quelques jours de congé, du moins c'était ce que je ne cessais de me répéter.

Auparavant, je devais faire face à Ev.

Benning m'appela, inclinant la tête vers l'endroit où Ev se tenait, discutant avec la direction. Que diable faisait-il, si proche des Railers, restait sujet à débat. Je l'avais vu bavarder avec Ryker, bien que cela n'ait pas duré longtemps, le langage corporel de mon fils montrant son sentiment de malaise. Ne vous méprenez pas, Ev était un bon grand père, pour tout ce que j'en savais, toutefois il se focalisait tellement sur le fait que Ryker fasse partie de la LNH le plus tôt possible, dans la meilleure équipe, que même mon fils en avait marre de son attitude et de son ingérence.

Ryker, dans l'un de mes sweat-shirts à capuche à l'effigie des Railers, se tenait à côté d'Ev en cet instant, et semblait être sur le point d'exploser. Ev parlait avec la moitié de l'équipe dirigeante qui, à son tour, se pavanait devant lui comme s'il était un putain de Gretzky.

Je surpris la fin de ce qui me sembla être une impressionnante marche arrière.

— Ce que je veux dire par là, expliquait Ev, avec force de grands gestes, c'est que Ryker est certainement assez bon pour l'une des six originales.

— Grand-père ! siffla Ryker, écarlate de mortification.

— Personnellement, je le verrais bien de retour au Canada, ajouta-t-il. Alors, je ne voulais offenser personne avec mon commentaire concernant les O6.

— Ce n'est pas le cas, mentit notre directeur marketing.

Elle échangea un regard avec moi – son expression indiquant qu'elle avait déjà atteint son quota de patience pour la journée.

— Quoi qu'il en soit, n'hésitez pas à visiter les

salles et nous vous retrouverons pour le déjeuner à treize heures. Cela vous convient-il ?

Ev acquiesça.

— Je ne mange pas de coquillages, ajouta-t-il.

Soudain, je m'imaginai poussant « accidentellement » la tête d'Ev dans un seau rempli de cocktail de crevettes et l'image était si bonne que je la partagerai certainement avec Ten plus tard.

— Ryker, veux-tu venir avec moi ? demandai-je.

Il vint immédiatement à mon côté et je le guidai vers la zone réservée aux vestiaires où je retirai mes patins. Nous partagions l'endroit avec l'équipe, la seule démarcation entre le coin des entraîneurs et celui des joueurs résidait en un mur, à hauteur de la taille. J'adorais cet aréna pour l'entraînement, parce qu'elle me permettait justement d'avoir l'impression de faire partie de l'équipe, comme s'il n'y avait aucune barrière.

Malheureusement, Ev nous suivit, me menaçant.

— Patrick McNulty veut te parler. Je lui ai donné ton numéro, annonça-t-il, d'une voix assez forte pour que tout le monde l'entende.

McNulty possédait de nombreux bons gars dans son écurie, cependant je savais de source sûre que la plupart d'entre eux voulaient en sortir.

— McVicieux ? lançai-je patiemment. L'agent ? Celui à propos de l'enregistrement où il faisait chanter ce gamin des Leaf et qui est devenu viral ?

Ev soupira.

— C'est le meilleur dans le métier et je le veux pour Ryker.

— Putain ! Non !

— Eh bien, je lui ai donné ton numéro.

Ev croisa les bras sur son torse comme si l'affaire était entendue.

— Tu lui répondras.

— Non.

Ev se tourna vers Ryker.

— Je fais de mon mieux pour toi, Ryker, mais tu vois ce que je dois supporter ? Ton *père* agit comme un véritable mur de briques là.

J'enfilai mes chaussures – amusant de voir combien je me sentais plus tranquille en sachant que je les avais aux pieds et que je pouvais sans danger lui botter les fesses sans lui casser un orteil – et me relevai.

— Pour la dernière fois, Ev : Ryker est trop jeune pour prendre un agent. Il reste à l'école, termine ses études et rejoindra les recrutements en temps voulu, sans risquer un burn-out. À dix-huit ans, sa mère et moi irons avec lui et nous entretiendrons avec autant de foutus agents qu'il faudra pour nous assurer qu'il sera le mieux représenté, et c'est lui qui prendra la décision.

Ev arbora une amusante nuance de violet et je pouvais imaginer les gros titres : *Un joueur de hockey tient tête à son pseudo beau-père et le tue* – pas d'une crise cardiaque, juste d'un accès de colère et il devait l'avoir enfoui tout au fond de lui depuis un bon moment, parce qu'il me frappa avec la force d'une tornade.

Il s'immisça dans mon espace personnel et il cracha les mots, comme une mitraillette.

— Tu crois que je ne te vois pas pousser mon petit-fils vers tes préférences sexuelles dégénérées ? Tu crois que je ne sais pas pour Rowe et toi ? Ryker réside sous ton toit et je suis à peu près certain que Rowe et toi, vous baisez probablement juste devant mon petit-fils.

— Seigneur ! Grand-père... tenta de l'interrompre Ryker.

Ev semblait avoir la tête prête à exploser et il n'y avait pas moyen de le stopper.

— Dès l'instant où tu as gâché la vie de ma fille, j'ai su que tu n'étais que de la merde, et ta déviance pollue tout ce qui pourrait être bon pour Ryker.

Ses mots glissaient sur moi, parce qu'ils ne signifiaient rien, toutefois, la réaction qui émana de la pièce fut tout à fait différente.

De toute la salle, je veux dire.

L'équipe des entraîneurs et toute celle des joueurs des Railers se trouvaient présentes et Ev perdait les pédales devant un public, révélant le fait que Ten et moi étions ensemble en même temps. Seigneur, cela ne pouvait pas se produire. Je posai une main calme sur le bras d'Ev.

— Allons discuter de tout cela ailleurs.

— Monsieur Everett, nous vous demandons de quitter cette zone.

Cela provenait de Benning qui s'approcha.

Ev le contourna et libéra son bras en même temps.

— Réalisez-vous quelle sorte d'homme travaille pour vous ? demanda-t-il au coach.

— Un homme bien, fut tout ce que ce dernier répondit.

J'aurais pu l'embrasser. Sa déclaration ne désamorça pas la situation, au contraire, Ev se montra encore plus bruyant.

— Il couche avec l'un de vos patineurs. Vous comprenez bien ça, non ? Il détruit votre équipe comme il le fait avec les chances de Ryker.

Puis, tout partit en vrille. Une merde de proportion épique. Stan agrippa le biceps d'Ev et l'écarta physiquement de moi, tandis que Ryker se glissait entre nous.

— Faire Hulk, déclara le grand gardien de but, déposant Ev derrière lui et le bloquant.

Je regardai Ten, observai l'équipe, puis les entraîneurs.

— Je peux expliquer… lançai-je.

J'étais prêt à endosser toute la responsabilité de cet incident, à démissionner, à déclarer à tout le monde que ce n'était rien, que Ten était quelqu'un de bien et qu'ils ne devraient pas l'échanger ni le lyncher, ni tout ce qui pourrait leur venir à l'esprit.

Ten démolit mes beaux projets. Il posa ses mains sur mes épaules et m'embrassa. Rien de classé X, juste un doux baiser, puis il recula afin de faire face à l'équipe. Certains des gars paraissaient choqués. D'autres échangeaient de l'argent. Je ne remarquai qu'un seul visage vraiment furieux, un nouveau que nous venions d'embaucher. Adler Lockhart, une grande gueule qui cherchait à se faire mousser auprès des autres. Il ne semblait pas heureux du tout.

— Je suis dans une relation engagée avec Mads, annonça Ten.

Ryker se tint à côté de moi et brusquement, j'eus l'impression d'être l'homme le plus fort et le plus chanceux sur Terre.

— Alors, ouais, ajoutai-je un peu tardivement, passant vraiment pour un débile. Je suis avec Ten.

Ev laissa échapper un grognement dégoûté. Stan se contenta de le soulever comme un pompier et de le sortir de la pièce. Les entraîneurs s'éloignèrent et Ryker les accompagna, comme s'il savait que Ten et moi avions besoin de rester seuls avec le reste de l'équipe.

— Les gars ? demanda Ten.

— Eh bien, manifestement, vous savez compliquer les choses pour l'équipe, fit Adler Lockhart en rigolant. Ne pouvons-nous pas simplement oublier ce qui vient de se passer ? Nous n'avons pas besoin du stress supplémentaire d'avoir à nous méfier de qui reluque les queues des autres dans les vestiaires…

— Va te faire foutre, Lockhart ! cracha Arvy.

— Je n'ai aucun problème au fait que l'entraîneur et toi soyez en couple, déclara une autre voix.

Même Adler murmura enfin son acquiescement lorsque tout le monde le fixa.

Puis, Connor, qui avait observé l'entraînement

depuis le banc de touche et se trouvait à présent assis à son emplacement réservé, porta deux doigts à sa bouche et siffla bruyamment.

— Cela ne quittera pas cette pièce, avertit-il fermement.

Je frémis. Bordel, je pouvais sentir que j'étais sur la défensive.

— Veux-tu me parler seul à seul ? s'enquit Ten, toujours à côté de moi, paraissant plus inquiet que je n'aurais aimé l'entendre.

Je saisis sa main, il n'aurait pas à le faire seul.

— Non, répondit Connor, fronçant les sourcils. C'est juste que si vous voulez garder cela secret, vous n'avez pas besoin que ces idiots ouvrent leurs grandes bouches. Nous vous soutiendrons quand vous le rendrez public, okay ?

Il ne nous demandait pas si c'était d'accord, il l'exigeait de l'équipe et les hommes acceptèrent.

Il soupira bruyamment et clopina jusqu'à nous.

— Sérieusement, les gars, vous devriez coller un bâillon à Everett.

J'acquiesçai. En voilà une bonne idée.

Désormais, plus de gens savaient que nous étions amoureux.

Et c'était une bonne sensation.

DIX-SEPT

Tennant

Descendant de l'avion de l'aéroport international de Myrtle Beach, j'avais du mal à supporter le froid. Je me recroquevillai dans mon sweat-shirt des Railers.

— Seigneur, il gèle ! me plaignis-je, tandis que Mads, Ryker et moi désembarquions. Il ne doit pas faire plus de dix degrés.

— Frileux garçon de la plage ! lâcha un Canadien derrière moi en gloussant.

Lui faire un doigt d'honneur en guise de réponse fut mon premier réflexe, mais vu qu'il y avait des personnes âgées devant moi, à la place, je me contentai d'un regard noir par-dessus mon épaule glacée.

— Bon sang, nous sortons en débardeur et sandales quand nous atteignons les dix degrés en Ontario, déclara Mads.

— Tant mieux pour toi ! grommelai-je.

Ryker gloussa au badinage. C'était vraiment un gamin cool. Je savais que certaines personnes ne manqueraient pas de faire toutes sortes de remarques sarcastiques parce que Ryker et moi étions plus proches en âge que le couple que je formais avec Mads, et que la nouvelle serait rendue publique… si cela arrivait un jour. De toute façon, j'emmerdais les connards et tous ceux qui leur ressemblaient.

Je me précipitai vers le terminal pour éviter les engelures. Ma famille était là, tous souriaient largement. Maman vint me voir en premier, m'attira contre elle et me serra longuement dans ses bras. Je l'embrassai tendrement, clignant des yeux pour chasser les larmes qui s'accumulaient.

— Mon bébé rentre à la maison, murmura-t-elle à mon oreille.

J'adressai un petit sourire à mon père tandis que ma mère se cramponnait à moi comme une moule à son rocher.

— Jean, nous devons bouger de là. Nous bloquons le trafic, commenta papa.

Maman déposa un autre baiser sur ma joue recouverte de chaume.

— *Maintenant*, j'ai vraiment l'impression que l'on peut fêter Thanksgiving.

Il y avait tellement d'amour dans ses yeux que je dus tousser et renifler un peu avant de m'écarter du chemin pour laisser passer les hommes qui m'accompagnaient.

— Voici le fils de Jared, Ryker.

— C'est merveilleux de te rencontrer, Ryker.

Maman l'étreignit également, bien que pas aussi férocement, puis elle embrassa Mads sur la joue. Papa lui envoya une grande gifle dans le dos, empoigna la main de Ryker, avant de le serrer contre son torse pour un câlin viril.

— Qu'il est bon de t'avoir à la maison, Tennant, dit-il, alors que nous rejoignions la zone réservée afin de récupérer nos bagages.

Une fois nos sacs en main, nous nous dirigeâmes vers le parking. Maman nous guida vers leur nouvelle Dodge Durango rouge. Nous discutâmes tous ensemble pendant le trajet de l'aéroport jusqu'à la maison de mes parents.

Nous sortîmes de la Durango et je jetai un coup d'œil à Mads. Il semblait tendu, les lèvres fines et le regard inquiet. Je songeai à l'emmener faire une balade sur la plage, à un bloc de là, mais ma mère me tirait déjà vers la maison.

Mads passa un bras autour de Ryker, murmurant quelque chose à l'oreille de son fils. Le rugissement qui émana de la porte d'entrée lorsque papa l'ouvrit illumina les yeux de Ryker.

— Jumelles de deux ans, criai-je, par-dessus les rires haut perchés et les gloussements qui vinrent nous retrouver à la porte.

Les filles de Brady étaient vêtues de manière identique, avec des salopettes beiges sur des chemisiers en dentelle blanche. Leurs cheveux noirs étaient tirés en queues de cheval sur le dessus de la tête, comme cette petite *Pebble Pierrafeu*. Les filles virent Ryker et Mads, puis s'enfuirent en hurlant à pleins poumons.

— Maman, tu devrais sérieusement distribuer des bouchons d'oreilles dès que l'on franchit le seuil de cette maison.

Il s'ensuivit un chaos total. Jamie courut devant nous avec une des jumelles sur les épaules, Brady tenait l'autre fille, et ils s'arrêtèrent juste le temps de m'envoyer un « yo » ainsi qu'à Mads et Ryker avant de se précipiter vers l'intérieur.

— Bienvenue dans cette maison de fous, lança papa en riant, tandis que les enfants couinaient et que les femmes criaient après leurs maris, afin de faire cesser leurs bagarres dans la maison de leurs parents. Ce sera comme ça jusqu'à ce que les garçons partent, ajouta-t-il afin d'apaiser la santé mentale de Mads… je pense.

— C'est aussi vivant que dans mes souvenirs, commenta Mads, retirant sa veste.

Maman prit nos manteaux et les accrocha tous dans le placard de l'entrée, avant de nous pousser dans la mêlée : les enfants, des jouets, les deux Lisa, le labrador noir de Lisa et Brady, Bourque, et mes frères. J'avais vraiment le sentiment d'être à la maison. C'était bruyant, plein de tapage et légèrement fou. Je présentai Mads et Ryker aux épouses de Brady et Jamie, respectivement, la blonde Lisa et la brune Lisa.

— Tu penses que je ne vais pas réussir à m'intégrer

ici, puisque je ne suis pas une Lisa ? chuchota Mads, alors que nous nous installions dans le canapé.

Sa remarque me fit rire. Je voulais tapoter sa cuisse ou me pencher pour réclamer un baiser, cependant, je n'avais pas encore vraiment trouvé la bonne occasion de parler de Mads et de moi à mes parents... j'y parviendrai, du moins je l'espérais.

Le dîner fut constitué de pizzas et d'ailes de poulet, puisque maman avait déclaré qu'elle aurait bien assez à cuisiner le lendemain. Au moment où les pizzas avaient disparu, les traces de tension qui entouraient les yeux et la bouche de Mads jusqu'à présent avaient légèrement diminué. Nous regardâmes quelques vieux films de Stephen Seagal jusqu'à minuit. Rester assis à côté de Mads toute la soirée, sa hanche et sa cuisse collées aux miennes, sans être capable de le toucher me rendait petit à petit complètement fou. J'avais déjà imaginé un millier de scénarios pour organiser un rendez-vous secret, mais deux problèmes majeurs me retenaient : le fait que Mads dormirait au sous-sol, avec son fils, sur un canapé-lit et l'idée d'avoir des relations sexuelles dans la maison de mes parents. Il y avait quelque chose de glaçant à le faire là où ma mère pourrait entendre. Par contre, le faire là où elle ne percevrait *rien*...

— Hey, murmurai-je à Mads, après que tout le monde soit allé se coucher. Viens me retrouver dans le jardin de derrière dans une heure.

Il fronça les sourcils.

— Fais-le, simplement.

Je trottinai jusqu'à ma vieille chambre et passai l'heure suivante à lire certaines vieilles bandes dessinées rangées dans une boîte à l'intérieur de mon placard. Lorsque la sonnerie de l'alarme de mon téléphone se mit à tinter doucement, je saisis mon sweat-shirt des Railers dans mon sac, l'enfilai et marchai sur la pointe des pieds devant les portes des chambres où les Rowe étaient endormis, puis descendis l'escalier, évitant soigneusement la sixième marche qui grinçait bruyamment. Mads se trouvait déjà dans la cuisine, vêtu d'un pantalon molletonné et d'un débardeur, ses épaules semblant tellement plus larges que sa taille étroite. Ouais, j'avais vraiment besoin de ça.

— Viens, chuchotai-je, déverrouillant prudemment la porte arrière.

Je sortis dans la nuit.

— Putain, on gèle !

— Tennant, quel but à tout cela ? demanda-t-il, alors que nous nous tenions sous le vieux chêne qui se trouvait au centre du jardin bien entretenu de mon père.

J'agitai une main au-dessus de ma tête. Il leva les yeux.

— Il y a une cabane dans les arbres.

— Ouais, répondis-je, avant de le contourner pour grimper sur les planches qui servaient d'escalier. Et nous allons la faire swinguer. Je me rappelle que tu utilisais ce terme quand tu étais plus jeune, non ?

— Seigneur, tu es vraiment un petit malin, toi ! marmonna-t-il.

Poussant la trappe pour entrer, je me glissai dans l'ouverture, qui me sembla bien plus petite qu'à l'époque où j'avais dix ans, regardai le plafond bas, avant de me mettre sur le côté pour que Mads puisse tenter d'entrer à son tour. Sa largeur d'épaules faillit l'empêcher de monter dans ce repaire secret. À force de nous tortiller, nous parvînmes à le libérer et il entra dans la petite boîte poussiéreuse néanmoins munie de fenêtres.

— Je me souviens d'un endroit plus grand, grommela-t-il, utilisant l'application lampe de poche de mon téléphone pour vérifier son état général.

Les vieux posters de Marvel étaient toujours accrochés aux murs. Ainsi qu'un autre de Wayne Gretzky.

— Et qu'il n'y faisait pas aussi froid.

— Tu t'attends à ce que nous fassions quoi ici, exactement ? demanda Mads.

J'éteignis la lumière et rampai jusqu'au coin où il était assis à côté de l'une des deux fenêtres.

— Je te l'ai dit. Nous allons nous faufiler ici pour nous tripoter.

Je commençai à retirer mes vêtements.

— Merde !

Je frissonnai une fois nu.

— Je vais me geler les couilles !

— Nous pourrions retourner à l'intérieur, à nos lits douillets et chauds et nous baiserons lorsque nous serons à la maison, déclara-t-il.

Toutefois, ses mains tenaient un tout autre discours, me caressant de manière sexuelle quand je m'assis sur ses genoux et m'installai sur ses cuisses. Il me touchait partout, ses doigts effleurant ma poitrine et mes épaules alors qu'un seul rayon de lune illuminait la fenêtre, jetant sur Mads et moi des éclats d'ivoire tachetés.

— Ou nous pouvons rester ici et baiser maintenant, gémis-je quand sa main voyagea plus bas, des doigts rugueux glissant sur le bout de mon sexe.

J'ondulai des hanches contre lui, nouant mes doigts derrière sa tête. Il souleva son bassin. Je souris lorsque je sentis son érection s'insinuer entre mes fesses. J'abaissai la tête, mes lèvres se posant sur sa joue rugueuse, pour enfin trouver ses lèvres. Il plongea avidement sa langue dans ma bouche, l'emmêlant à la mienne, tout en me caressant fiévreusement. Oh, ouais, il était vraiment intéressé. Ses baisers étaient agressifs, exigeants, exaltants.

— As-tu apporté le nécessaire ? haleta Jared, après avoir abandonné mes lèvres pour mordiller mon cou, comme un petit tigre joueur.

— Quel genre de maître des rendez-vous cachés serais-je si je n'avais pas pris le nécessaire ? m'enquis-je, tendant la main vers mon sweat-shirt.

Je sortis son membre de son pantalon, m'attelant rapidement à lui mettre un préservatif et à le lubrifier afin que je puisse m'installer correctement sur lui. Les genoux fermement serrés contre ses hanches, mes doigts bloqués derrière sa tête, ses mains posées sur ma taille, je m'empalai sur lui. La sensation de brûlure et d'étirement me coupa le souffle.

— Doucement, vas-y lentement. Bon sang, Ten… Juste… merde ! Bordel !

Je gloussai tandis qu'il ne parvenait pas à former une phrase correcte. J'aurais pu dire quelque chose, cependant, j'avais, moi aussi, du mal à trouver mes mots. Au lieu de parler, je me contentai de bouger. Cela me semblait être la meilleure réponse à lui donner. J'effectuai de lentes rotations avec mon bassin, ce qui le fit s'enfoncer de plus en plus profondément jusqu'à…

Ses doigts s'imprimèrent dans mes hanches. Au moindre roulement de mon aine, son sexe touchait ma prostate. Chaque fois que je gémissais, il en faisait autant. Ce fut un accouplement rapide et enflammé. Je jouis sans aucune autre stimulation que le fait qu'il soit à l'intérieur de moi. Mads agita ses hanches en moi tandis que je profitais de mon orgasme, sa poigne presque douloureuse. Un fort coup de reins en avant le fit basculer à son tour. Avec son sexe pulsant à l'intérieur de moi, je couvris sa bouche de la mienne, aspirai sa langue alors qu'il se tortillait sous moi.

Je m'effondrai sur lui, mes lèvres passant de sa joue à son cou.

— Bon sang, c'était épique ! murmurai-je, contre sa jugulaire.

Il me maintint en place, ses doigts toujours fermement ancrés à ma taille.

— T'ai-je dit aujourd'hui que je t'aime ? s'enquit-il, d'une voix rendue rauque par la passion.

— Plusieurs fois, à la sauvette.

Je mordillai sa gorge, embrassai sa mâchoire, frissonnant à la sensation du frottement de ses poils de barbe sous ma langue. Je pris son visage en coupe, inclinai sa tête et l'embrassai lentement et profondément.

— Ten, tu dois te relever, bébé.

— Je sais.

Je pouvais sentir que son membre devenait flaccide. Je volai un autre baiser, léger, avant de m'écarter. Nous émîmes tous les deux un gémissement à la sensation de perte.

— Cet endroit ressemble à un putain de congélateur. Quel est le problème avec le temps ?

Je tâtonnai autour de moi afin de retrouver mes vêtements. Lorsque je les trouvai, je me redressai pour enfiler mon pantalon et me cognai fortement la tête, manquant de peu de perdre conscience. Je tombai à genoux, mon pantalon autour de mes chevilles, me tenant le haut de la tête.

— Ah, putain de bordel de merde ! Foutue baraque pour hobbit ! Saloperie de plafond ! Est-ce que je saigne ? Bâtard de fils de pute ! Qui a fait un plafond aussi près du sol ? Connerie de merde à la con !

— Wow ! Tu es *vraiment* un joueur de hockey ! gloussa Mads sur ma droite. Devons-nous t'emmener en salle de repos pour suivre le protocole lié à une commotion cérébrale ?

— Va te faire foutre ! Ça fait mal !

Il éclata de rire.

— C'est ce que j'ai cru comprendre.

Je ne voyais pas ce qu'il y avait de drôle avec mon crâne fracassé, mais Mads gloussait encore alors que nous descendions de la cabane dans les arbres, quelques minutes plus tard. Je sautai le dernier échelon et atterris sur la pelouse, prêt à lancer un commentaire cinglant à mon amant, jusqu'à ce que j'entende les portes coulissantes de la salle de musique s'ouvrir. Je me retournai. Brady et Lisa se tenaient à deux mètres de nous, dans leurs pyjamas, avec un air sacrément coupable. Mon frère tenait quelques oreillers et sa femme, une couverture roulée en boule dans les bras. Son regard passa rapidement entre Mads et moi, tandis qu'elle effectuait une déduction rapide. Brady ne l'avait-il pas informée pour Mads et moi ? Vu l'expression stupéfaite qui ornait ses traits, manifestement non, il n'en avait rien dit.

— Wow ! Ce n'est pas gênant du tout comme situation… grommelai-je quand Mads se rapprocha de moi.

Quatre adultes se tenaient dans le jardin, en vêtements de nuit, se dévisageant tout en restant muets.

— Très bien… alors… on va rentrer. Amusez-vous bien.

Je m'enfuis vers la porte. Mads riait comme un fou à

présent. Nous entrâmes dans la cuisine, ricanant, imitant Beavis et Butt-Head.

— As-tu remarqué l'expression de Lisa ? gloussai-je, contournant la table.

Mads referma la porte aussi silencieusement que possible.

— Elle ne s'attendait manifestement pas à nous voir descendre de cette cabane !

— Je dois admettre que j'ai moi-même été légèrement surprise, lança ma mère, de l'autre côté de l'évier.

Je fis brusquement demi-tour, pour me retrouver face à elle, tandis que je sondais l'obscurité. Mads émit un petit son rauque. Elle alluma la lampe au-dessus de l'évier. Elle repoussa les ombres.

— Voudrais-tu m'expliquer cela, Jared ?

Je restai bouche bée. Pourquoi s'en prenait-elle à Mads ?

Celui-ci se racla la gorge et fit quelques pas jusqu'à ce qu'il puisse attraper le dossier de l'une des chaises de la cuisine. Je me tins près du réfrigérateur, gobant les mouches.

— C'est exactement ce que vous pensez, Jean.

Son regard se posa sur moi pendant un moment. Oh, bordel, il n'était pas aussi calme qu'il souhaitait que nous le pensions. J'en étais venu à bien le connaître. Je pouvais voir sa tourmente dans la prunelle de ses yeux.

— Tennant et moi sommes amants.

Maman resta bouche bée. Elle me dévisagea.

— Depuis combien de temps Jared et toi êtes en couple ?

— Définis « être en couple », répondis-je.

Les lèvres de ma mère s'affinèrent. Ouais… j'avais mis les pieds dans le plat. Même Mads grogna à ma remarque.

— Tu sais parfaitement bien ce que signifie être en couple, Tennant. Jared et toi étiez-vous déjà amants lorsque tu nous as informés, ton père et moi, de ton homosexualité ?

— Nous n'avions pas vraiment…

Mads s'insinua dans la conversation.

— Oui, Jean, nous l'étions.

— Merci de réagir en adulte responsable et de répondre à mes questions avec respect, Jared.

Ow ! Ouch ! Celle-là me fit mal comme un palet reçu dans les couilles.

— Nous aurions dû vous en informer, Bruce et vous, depuis des semaines. Je suis prêt à endosser la pleine responsabilité de cette situation. J'aurais dû venir vous trouver, Bruce et vous, avant que Ten et moi commencions à sortir ensemble afin d'en discuter avec vous.

— Vraiment, Mads ? En quel honneur ? Nous ne sommes plus au quatorzième siècle ! Demander l'autorisation de mes parents pour que nous puissions nous voir ? Euh… non. C'est à moi de prendre cette décision, pas eux.

— Tennant, ce n'est pas le moment de te comporter comme un gamin ! lança laconiquement Jared.

— Sais-tu ce qui me fait le plus mal, Tennant ?

Maman reprit sa harangue entre mon petit ami et moi. Je détournai mon regard de Mads.

— Ce n'est pas le fait que lui et toi, vous vous faufiliez pour aller traîner dans cette cabane. Brady et Jamie utilisent cette fichue vieille cahute pour avoir des relations sexuelles chaque fois qu'ils sont ici, et ce, depuis des années.

Et moi qui avais cru que j'étais intelligent.

— Je ne voulais pas faire ça chez toi, indiquai-je faiblement.

La confession ne sembla pas l'apaiser… ni faire en sorte qu'elle se sente moins blessée. Ses bras restaient serrés autour de sa taille, me donnant l'impression que je lui avais envoyé mon poing en plein dans le ventre et qu'elle en attendait un autre.

— Ton père et moi sommes bien conscients que nos fils ne mènent pas des vies de célibataires.

Elle cessa de plaquer ses mains sur son ventre, pour croiser les bras sur sa poitrine.

— Cependant, j'apprécie que tu aies assez de respect envers nous pour aller le faire dans la cabane. Tu vois, ce n'est pas que je suis en colère parce que Jared et toi, vous vous êtes faufilés pour aller folâtrer, ni même parce que tu as choisi Jared pour amant. C'est un homme bien et un ami de la famille depuis des années. Le fait qu'il soit légèrement plus âgé est une bonne chose. Il tempèrera certainement ton impulsivité, vu combien tu peux l'être à certains moments.

Téméraire ? Je ne l'étais pas. Que voulait-elle dire exactement ? J'aurais aimé pouvoir faire une recherche sur Google, néanmoins, ce n'était pas vraiment le bon moment.

— La raison pour laquelle je suis bouleversée, c'est que toi… de tous mes garçons, tu m'aies caché cette relation, même après ton coming out.

— Je sais. Je suis désolé. Mais… faire mon coming out était déjà assez difficile, tu sais ? Je ne pouvais pas… Ce n'est pas que je ne voulais pas t'en parler, maman.

— Tes frères savent-ils ?

Mads soupira légèrement à côté de moi, la chaise craqua lorsqu'il appuya un peu trop fort sur le dossier. S'il la brisait, maman nous fouetterait tous les deux avec les éclats de bois.

— Tennant, regarde-moi.

Je le devais, pourtant je ne le voulais pas. Son regard croisa le mien. Je hochai la tête. Elle inhala brusquement, toussa et redressa ses épaules.

— Brady nous a surpris après que nous…

Je laissai mon explication s'estomper.

— Et dire que je croyais que nous étions proches.

Elle serra sa chemise de nuit autour d'elle et sortit, laissant planer un petit nuage de son parfum floral derrière elle. Je fis un geste pour la suivre. Mads saisit mon épaule, et me tourna pour lui faire face.

— Laisse-la se reprendre un peu, Ten. Elle se sent abandonnée. Je peux le comprendre. Si Ryker avait quelqu'un dans sa vie, avec qui il couchait, j'aimerais penser qu'il me parlerait d'elle… ou de lui.

— *J'allais* leur dire ! Merde ! Mec, toute cette situation est merdique.

Jared m'attira contre son torse et referma ses bras autour de moi. Je savourai son étreinte. Ce n'était *pas du tout* de cette manière que notre visite devait se dérouler.

Téméraire. C'est un adjectif qui signifie « agir avec un manque de prudence ou de considération vis-à-vis des conséquences possibles d'une action ». Maman avait déclaré que j'étais imprudent. Cela voulait dire qu'elle pensait que j'étais irresponsable ou quelque chose dans ce goût-là. Je tirai les rideaux de la fenêtre de ma chambre tandis que le soleil commençait à s'élever dans le ciel, l'illuminant de teintes roses chaleureuses. Quand avais-je agi avec audace ? Bien sûr, je suppose que l'on pourrait dire que sortir avec mon entraîneur était un peu impulsif, toutefois l'amour surgissait n'importe quand. Nous n'avons aucun contrôle quant à la personne dont nous tombons amoureux. Ugh ! Je remis le rideau en place et m'assis sur le bord du lit dans lequel je n'avais pas couché. Qui diable pourrait dormir après avoir fendu le cœur de sa mère en deux ? Mads devait probablement en souffrir aussi – à se tourner et se retourner toute la nuit – dans le sous-sol, pendant que Ryker roupillait comme une bûche. J'aurais aimé être à ses côtés en cet instant. Peut-être aurait-il de sages paroles pour moi. Il était robuste et dur, fatigué par le voyage. Merde ! Je venais juste de décrire les bagages de ma grand-mère.

Sachant que je n'allais pas pouvoir m'endormir, à moins d'avoir réglé la situation avec ma mère, je partis à sa recherche. Je trouvai papa à la place, préparant du café tout en écoutant de vieux tubes des années soixante-dix sur son iPad. Il m'adressa un regard déçu par-dessus l'épaule de son peignoir préféré, qui pendait sur un de ses bras. Papa se réveillait toujours lentement.

— Maman est-elle debout ? m'enquis-je, me laissant tomber dans ce qui avait été la chaise de Jamie quand nous étions à la maison.

Je ramassai la salière en forme de poulet pour l'examiner.

— Elle est réveillée, mais elle se repose un peu plus longtemps. Elle a une journée chargée aujourd'hui.

Je jetai un coup d'œil à papa alors qu'il versait de l'eau dans la cafetière.

— T'a-t-elle parlé de quelque chose ?

Mon regard revint sur la poule en verre qui reposait dans ma paume. Elle était mignonne, blanche avec des points noirs et un bec jaune.

— Oui, elle l'a fait. Tennant, pourquoi ne poserais-tu pas ce truc pour me regarder ?

— Parce que je ne veux pas laisser tomber cette poule.

Je soupirai, et la reposai près du coq. Je remarquai que le distributeur de serviettes en papier était vide.

— Tu n'as pas laissé tomber ta mère non plus.

— Pfff ! Tu parles !

Il avança vers moi, posa une main sur mon tatouage Pokémon et pressa fort.

— Tu n'as jamais laissé tomber personne. Elle l'a compris. Pourquoi ne vas-tu pas jouer dans la salle de musique jusqu'à ce que le café soit fini ? Alors, nous pourrons en reparler si elle n'est pas descendue.

— Okay, ouais.

Je repoussai la chaise, mes épaules s'affaissant.

La salle de musique était toujours la première pièce à profiter des rayons du soleil. Je posai les fesses sur le long banc installé devant le Steinway noir et massif. Pour une raison quelconque, cette salle bénéficiait le plus de la chaleur de la maison. Maman disait que la musique réchauffait une âme mieux que n'importe quel vieux radiateur ne pourrait jamais le faire. Le soleil diffusait ses rayons, en dépit du chêne qui contenait notre cabane. Je tapotai sur quelques touches, puis feuilletai la partition posée sur le pupitre. Des chansons de saison. Maman adorait ses airs de Noël. Elle avait probablement dû en jouer pour les filles. J'avais le sentiment d'être le plus grand crétin de tout l'univers. Tirant une des partitions situées au centre, j'étudiai les notes et décidai que je pouvais les jouer. Peut-être…

J'étais à mi-chemin de la « *Danse des Petits Cygnes* » tiré de « *Casse-noisette* » de Tchaïkovski quand je fis un faux pas. J'essayai de nouveau et réussis. Puis, je passai à « *La Danse de la Fée Dragée* », tirée du même ballet, alors que le soleil éclairait l'ébène du piano et le côté de mon visage.

— Joliment interprété, mais tes doigts semblent trop relâchés.

Maman s'assit à côté de moi, son petit derrière n'occupant pas beaucoup de place. Les dernières notes que j'avais jouées planaient dans l'air, rejoignant les grains de poussière qui dansaient dans ce rayon de soleil qui nous entourait.

— Maman…

— Non, Tennant, tu n'as rien fait de mal.

Elle agita un peu ses hanches. Je reculai de quelques centimètres, puis lui jetai un coup d'œil de côté.

Ses cheveux étaient soigneusement brossés, elle avait mis du rouge à lèvres et portait un peignoir soigneusement fermé par-dessus sa chemise de nuit. Elle était identique à ce dont je me souvenais d'elle, lors de mes vacances. Excepté que lesdits souvenirs n'intégraient pas alors la découverte de mon homosexualité et que j'avais Mads pour amant. Bon sang, comme les choses étaient plus faciles à l'époque.

— Non, c'était plutôt moi.

Elle soupira bruyamment, avant de me dévisager.

— Je me comporte en véritable idiote parfois. Comment ai-je pu croire que tu me raconterais chaque détail de ta vie maintenant que tu es adulte, sous prétexte que tu le faisais quand tu avais cinq ans ?

— Maman, je te *jure* que j'allais vous en parler, à papa et toi aujourd'hui… d'une manière ou d'une autre.

Elle tapota ma cuisse, puis elle retira un cheveu noir de mon pantalon de pyjama. Il alla aussi flotter dans l'air, en compagnie des notes et des grains de poussière.

— Tu sais quoi ? Même si tu ne nous avais rien dit aujourd'hui, cela aurait été correct. Je n'ai pas à t'ordonner de me tenir informée de la personne avec qui tu vas coucher. Mon Dieu, c'est terrible cette curiosité !

Elle se moqua d'elle-même, ce qui me fit légèrement sourire.

— Tu vois, le problème réside dans le fait que je n'étais même pas sûr de ce que Mads et moi étions à ce moment-là, tu sais ? Je veux dire… viscéralement attirés l'un par l'autre, mais… bordel, que c'est difficile !

Je me passai les mains dans mes cheveux. Instantanément, maman tendit la sienne pour aplatir les mèches qui partaient dans tous les sens. Je me sentis plus léger.

— J'avais juste besoin de temps. *Nous* avions besoin de temps. Pour comprendre la situation afin d'en être sûrs. Il y a eu trop de bordel – je veux dire, des trucs – qui se sont passés dans nos vies depuis mon arrivée à Harrisburg. Je n'ai jamais voulu que Brady soit le premier à l'apprendre, il s'est juste pointé chez Mads alors que je me retrouvais couvert de fraises et… tu sais quoi ? Je ne vais pas m'appesantir sur le sujet, pourtant si j'avais pu choisir une personne à qui le dire en face à face, cela aurait été toi.

— Tu es un jeune homme doux, Tennant. J'espère que Jared sait à quel point il est chanceux.

Elle m'embrassa sur la joue, et tendit la main pour attraper une autre partition remplie de notes.

— Que dirais-tu d'un air de plus, avant que je commence à préparer des tartes et à farcir la dinde ?

— Bien sûr ! Choisis…

Je savais, avant même de le voir, que ce serait sa chanson préférée avec son pianiste favori. Rien du tout à voir avec Noël ou Thanksgiving, bien que cela me paraisse juste. Je jouai et nous chantâmes. Lorsque nous arrivâmes au passage louant le fait que Levon était un homme bien, elle tendit une main pour attraper mon menton et chanta ces paroles rien que pour moi. Maman et moi interprétâmes ce morceau jusqu'à la fin. Je déposai un petit baiser sur sa joue et sortis pour retrouver Mads. Il montait juste l'escalier, avec Ryker sur ses talons.

— Ma mère dit que tu es un homme chanceux, lui racontai-je, glissant mes bras autour de lui.

— Je le sais déjà, murmura-t-il, avant d'accepter le long baiser langoureux que je lui offris devant Dieu et la moitié de ma famille réveillée.

Le reste de la journée fut enjoué avec des tonnes de nourriture, des parties de football, et des câlins sur le canapé avec Mads. Je ne vous raconte pas de conneries. Mads et moi. Sur le canapé. Entrelacés comme un couple. Et personne ne flippa le moins du monde. Une fois le repas terminé vers seize heures, Ryker s'assit entre Mads et moi. Les femmes se trouvaient à la cuisine, en train de finir de nettoyer. Nous autres, hommes virils étions étalés partout, essayant de digérer sans nous endormir tout en émettant des prédictions sur qui allait gagner lors de l'affrontement entre les Vikings et les Lions. Ma tête roulait sur l'épaule de Mads alors que je luttais pour ne pas faire une petite sieste. Le son provenant d'un jeu de Pokémon parvint à mes oreilles endormies.

— Ryker, que cela veut-il dire quand cela se produit ? entendis-je Mads murmurer.

Je roulai la tête sur la gauche pour le trouver montrant à son fils sa créature transformée.

— Mec ! As-tu fait évoluer ton Salamèche ? demandai-je, toute envie de dormir ayant disparu.

Jamie ronflait dans le siège inclinable.

— Peut-être, répondit Mads, un sourire sournois ornant ses lèvres, ce qui me donna envie de les embrasser.

— Je t'aime plus qu'une tarte à la citrouille et je veux porter ton bébé.

J'attrapai son visage et l'embrassai bruyamment.

— Les gars, nous allons faire un bébé. Nous revenons dans vingt minutes, annonçai-je à mes frères, mon père et au chien.

Bourque aboya paresseusement.

— Vieux vaut compter sur trente, lança Mads, sans

bouger à cause de la surconsommation de dinde, de farce, de poêlée de haricots verts et de purée de pommes de terre.

— Vous pouvez en prendre l'un des miens, Lisa en a fait un de rechange, déclara Brady en bâillant.

— Nous devrions peut-être digérer un petit peu plus avant d'essayer de faire un bébé, proposa Mads et je bâillai à mon tour.

— Bonne idée.

Je me blottis contre lui, soupirai comme un chat devant une jatte de crème, et m'endormis rapidement.

Il nous fut très difficile d'avoir à rentrer ce soir-là, toutefois nous avions tous des matchs en vue, que ce soit le jour suivant ou le dimanche. Ryker somnola pendant tout le vol de retour, sa tête coincée contre le hublot, la veste d'entraînement de son père roulée en boule pour lui servir d'oreiller. Jared, assis entre son fils et moi, lisait un livre, son profil fort et masculin m'hypnotisant. Lorsqu'il sentit que je l'observais, il leva les yeux de son roman – un truc de vieux avec un chevalier sur l'avant – et m'adressa un regard interrogateur, coinçant son bouquin ouvert sur sa cuisse.

— Tu es vraiment très beau, déclarai-je en souriant.

Ses prunelles se posèrent sur les gens installés devant nous, comme s'il craignait que les autres passagers m'entendent dire cela. Avec l'amour d'une bonne famille et celui qui grandissait en moi pour cet homme, je posai une main sur la sienne, recouvrant le livre.

— Ten, es-tu certain de vouloir afficher un tel geste d'affection en public ? demanda-t-il doucement.

J'entrelaçai mes doigts aux siens.

— Je n'ai jamais été aussi sûr de toute ma vie.

Il porta mes phalanges à ses lèvres.

— Je serai juste à côté de toi.

Je me réinstallai dans mon siège, mes doigts toujours noués aux siens et je laissai mes paupières s'abaisser. Si j'avais Mads avec moi, je pourrais faire face à tout ce que mon coming out public m'apporterait. Je devais le faire. Il n'y avait pas moyen que je reprenne l'habitude de nous cacher à la face du monde. Peut-être qu'après avoir fait cette annonce, je pourrais retourner jouer au hockey et aimer Jared Madsen. Vous savez… les choses importantes de la vie.

AH, PUTAIN DE MERDE !
FOUTUE MAISON DE HOBBIT !
QUI A CONSTRUIT CE
PLAFOND SI PROCHE DU SOL ?
PUTAIN DE BORDEL DE
PUTAIN DE MERDE !
EST-CE QUE JE SAIGNE ?

EST-CE QUE JE T'AI DIT
AUJOURD'HUI QUE JE T'AIMAIS ?

WAOUH! TU ES VRAIMENT UN JOUEUR DE HOCKEY.
DEVONS-NOUS T'EMMENER EN SALLE DE REPOS ET
SUIVRE LE PROTOCOLE COMMOTION ?

VA TE FAIRE FOUTRE !
ÇA FAIT MAL.

J'AI CRU
COMPRENDRE.

Epilogue

MADS

Ten se retrouvait incapable de rester immobile, il remuait et tirait sur l'ourlet de son maillot, et même avec une main ferme posée sur son genou, il ne pouvait pas s'arrêter. Non pas que je sois dans un meilleur état. Il s'agissait d'un gros, d'un énorme changement de vie et tout dépendant d'un « oui » de nous deux.

— Le concept d'être le premier joueur de hockey ouvertement gay n'est pas à prendre à la légère, lança Ten, et il posa une main sur la mienne qu'il serra fortement.

— Raison pour laquelle nous avons un expert en gestion de crises, voilà un fait non négociable, Ten. Notre manière de traiter ceci en tant qu'équipe influera énormément de futures décisions. Pour l'équipe en elle-même et pour le hockey.

Tout ce à quoi je pouvais penser, c'était au gamin qui patinait là-bas, sur la glace, au milieu de nulle part au Canada, inquiet à l'idée de se montrer honnête avec lui-même et tous les autres, de peur de ne pas être capable de jouer. Je m'en fichais, j'avais fait mon coming out, pourtant même si c'était le cas, je donnais l'image *d'un ancien joueur*. Le fait de ma bisexualité signifiait également que l'étiquette « gay » ne résumait pas celle utilisée pour me décrire.

Quant à Ten ? Il serait Tennant Rowe, le joueur des Railers ouvertement gay…

Lorsque vous jouiez, vous n'entendiez pas les conneries que les équipes adverses vous balançaient, et si cette merde provenait de vos propres supporters ? Et si le coming out de Ten chassait la foule ou devenait la raison de crimes de haine ? Il avait avoué hier soir ne pas être sûr de se sentir prêt à incarner la personne à qui des millions de paroles haineuses seraient jetées. J'aurais pu lui dire que cela n'avait pas d'importance, toutefois, nous savions tous les deux qu'il s'agissait du contraire.

La semaine qui s'était écoulée depuis Thanksgiving avait été stressante, bien qu'étrangement calme en même temps. Ten intériorisait tout cela, et je n'avais pas besoin d'avoir suivi une thérapie pour le savoir.

— Ten ? demandai-je.

Il me regarda et agrippa fermement ma main.

— Très bien, déclara-t-il. Allons-y.

Le coach ouvrit la porte et un homme en costume entra. Il exsudait la confiance en lui et l'honnêteté à égales mesures. Il semblait bien dans sa peau, pratiquement comme je me sentais à présent. Tout ce dont nous avions besoin, c'était que Ten parvienne à ce point également.

Il tendit la main.

— Layton Foxx, annonça-t-il, souriant en parlant. Je suis vraiment heureux de vous rencontrer, Monsieur Rowe, Monsieur Madsen.

— Mads, le corrigeai-je.

— Ten, le reprit-il en même temps.

Nous échangeâmes des sourires, Mads et Ten pouvaient faire face au monde. Tous les deux.

Layton s'assit.

— Très bien, commença-t-il, alors voici ce que nous proposons…

J'écoutai ses paroles, entendis chacun de ses mots, du moins, je le crois.

Pourtant, tout ce sur quoi je pouvais me concentrer, c'était sur la main de Ten serrant la mienne et je savourai le fait d'être aimé et amoureux, tout en sachant qu'ensemble, nous pourrions vaincre et affronter tout ce qui se mettrait en travers de notre route.

N'importe quoi.

FIN

Première Saison (Railers 2)

Layton veut le succès, Adler désire une famille. Comment l'amour pourra-t-il rendre ces deux choses possibles ?

Layton Foxx travaille dur pour obtenir ce qu'il possède : son appartement, sa carrière, une chance de laisser une trace, tout cela est dû aux sacrifices qu'il a dû consentir. Suite à un évènement tragique de son passé, il ne veut pas et n'a pas besoin d'amour. Puis il rencontre Adler Lockhart, l'ailier sexy et extraverti des Harrisburg Railers. Brusquement, il lui est impossible d'éviter l'amour, même s'il le veut.

Adler Lockhart a toujours tout obtenu dans sa vie : voitures, villas, argent, études dans les meilleures écoles de l'Ivy League. Laes seules choses qu'il ne peut pas acquérir : des parents se souciant sincèrement de lui, et l'amour d'un homme bon. Soudain, Layton s'insinue dans sa vie privilégiée et lui montre ce à quoi un véritable amour peut ressembler.

Saga Railers Hockey / Saga Owatonna U

coécrite avec RJ Scott

1. Changer Les Limites (Railers Hockey #1)
2. Première Saison (Railers Hockey #2)
3. Spirale Infernale (Railers Hockey #3)
4. Retour de Bâton (Railers Hockey #4)
5. Dernière Défense (Railers Hockey #5)
6. Ligne de but (Railers Hockey #6)
7. Zone Neutre (Railers Hockey #7)
8. Ryker (en français) (Owatona U #1)
9. Coup du chapeau - (Railers Hockey #8)
10. Scott (en français) - (Owatona U #2)
11. Le grand jour - (Railers Hockey #9)
12. Benoit (en français) (Owatona U #3)

Saga Les Coyotes de Chesterford

1. Hors Glace – Les Coyotes de Chesterford #1

Également par RJ Scott

Pour obtenir la liste complète des ebooks et des liens, scanne le code ci-dessus ou visite le site: rjscott.co.uk/liste-de-livres

Également par VL Locey

Pour obtenir la liste complète des ebooks et des liens, scanne
le code ci-dessus ou visite le site: vllocey.com/translations

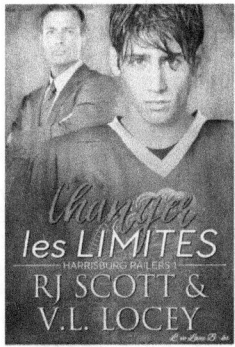  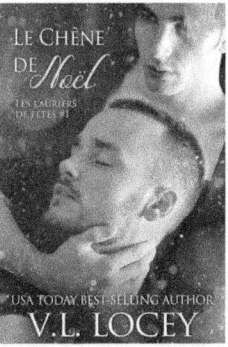

À Propos des Auteurs: RJ Scott

Le but de RJ Scott est d'écrire des histoires avec un cœur romantique, une route sinueuse pour atteindre le bonheur et surtout, ce soupçon de fin heureuse.

RJ est l'auteure de plus d'une centaine de romans publiés et est connue pour écrire des livres avec une fin heureuse.

Elle vit juste à l'extérieur de Londres et passe chaque minute où elle n'est pas avec sa famille à lire ou à écrire.

La dernière fois qu'elle a fait une pause d'écriture d'une semaine, elle a réellement détesté ça. Et elle doit encore trouver une bouteille de vin qui lui résistera.

Website: www.rjscott.co.uk

Newsletter: rjscott.co.uk/NL-FR

facebook.com/author.rjscott

x.com/Rjscott_author

instagram.com/rjscott_author

amazon.com/author/rj-scott

bookbub.com/authors/rj-scott

goodreads.com/rjscott

pinterest.com/rjscottauthor

À Propos des Auteurs: V.L. Locey

V.L. Locey aime porter des jeans usés, le yoga, les éclats de rire, marcher, lire et écrire des histoires puissantes, la mythologie grecque, les New York Rangers, les bandes dessinées et le café.

(Pas forcément dans cet ordre.)

Elle partage sa vie avec son mari, sa fille, un chien, deux chats, un tas de poules assorties et deux bœufs Jersey.

Lorsqu'elle n'écrit pas des romances épicées, elle aime passer sa journée avec sa ménagerie dans les collines de Pennsylvanie avec une tasse de café à la main.

Website: vllocey.com

Newsletter: vllocey.com/newsletter

facebook.com/124405447678452

x.com/vllocey

instagram.com/vl_locey

bookbub.com/authors/v-l-locey

goodreads.com/vllocey

pinterest.com/vllocey

amazon.com/author/vllocey